Pôlefiction

Du même auteur chez Gallimard Jeunesse :

Qui es-tu Alaska ?
La Face cachée de Margo
Will & Will (avec David Levithan)

John Green

Tortues à l'infini

Traduit de l'anglais (États-Unis)
par Catherine Gibert

GALLIMARD JEUNESSE

Graphisme de couverture : Marguerite Courtieu

Titre original : *Turtles All the Way Down*
Initialement publié par Dutton Books, New York, 2017

À Henry et Alice

« L'homme est certes libre de faire ce qu'il veut, mais il ne peut vouloir ce qu'il veut. »

– Arthur Schopenhauer

Un

À l'époque où je me suis rendu compte pour la première fois que j'étais peut-être un personnage de fiction, je passais mes journées au White River High School, un lycée public situé au nord d'Indianapolis où des forces – si supérieures aux miennes que j'étais incapable de les identifier – exigeaient que je déjeune entre 12h37 et 13h14. Si ces mêmes forces m'avaient attribué une autre plage horaire pour déjeuner ou si mes camarades de table, qui ont contribué à écrire mon destin, avaient choisi un autre sujet de conversation en ce jour de septembre, j'aurais connu une autre fin – du moins, un autre milieu. Mais je commençais à comprendre que l'on n'était pas l'auteur de sa vie, que c'était une histoire racontée par d'autres.

Bien sûr, on croit choisir. Il le faut. Quand la sonnerie monotone retentit des hautes sphères à 12h37, on se dit : « Tiens, je déjeunerais bien maintenant. » Alors que c'est la cloche qui décide. On se berce de l'illusion d'être le peintre quand on n'est que la toile.

À la cafétéria, les hurlements de centaines de lycéens réduisaient les conversations à du bruit, semblable aux flots déchaînés d'une rivière roulant sur des cailloux. À la lumière agressivement artificielle des néons, je songeais qu'on croyait tous être les héros d'une sorte d'épopée personnelle alors qu'on n'était finalement que des organismes identiques colonisant une immense salle sans fenêtres qui sentait le gras et le détergent.

Je mangeais un sandwich au beurre de cacahuètes et au miel accompagné d'une cannette de Dr Pepper. À vrai dire, je trouve toute cette affaire de mastication de plantes et d'animaux, qu'il faut ensuite faire descendre le long de son œsophage, plutôt répugnante ; si bien que je m'efforçais de ne pas penser au fait que je mangeais, ce qui est une autre façon d'y penser.

En face de moi, Mychal Turner gribouillait sur un carnet à feuilles jaunes. Ce qui se passait autour de cette table avait tout d'une pièce à succès de Broadway. Au fil des ans, les interprètes changeaient, mais les rôles, eux, ne variaient jamais. Mychal tenait celui de l'Artiste. Il parlait à Daisy Ramirez qui jouait ma Meilleure et Plus Intrépide Amie depuis l'école primaire, mais je ne pouvais suivre leur conversation à cause du bruit que faisaient les autres.

Et quel était mon rôle dans cette pièce ? Celui de l'Acolyte. J'étais l'Amie de Daisy ou bien la Fille de Mme Holmes. J'étais le quelque chose de quelqu'un.

J'ai senti mon ventre s'attaquer à mon sandwich et, en dépit du brouhaha ambiant, je pouvais l'entendre digérer, les bactéries rongeaient la pâte visqueuse du beurre de cacahuètes – comme si les lycéens à l'intérieur de mon corps déjeunaient à ma cafétéria interne. J'ai été parcourue d'un frisson.

– Tu n'es pas allée en colo avec lui ? m'a demandé Daisy.

– Avec qui ?

– Davis Pickett.

– Si, pourquoi ?

– Tu n'écoutais pas ? m'a-t-elle lancé.

Je suis trop occupée à écouter la cacophonie de mon appareil digestif, ai-je pensé. Bien sûr, je savais depuis longtemps que j'hébergeais une assemblée considérable d'organismes parasitaires, mais je n'appréciais guère qu'on me le rappelle. D'après le comptage cellulaire, les humains sont faits à cinquante pour cent de microbes, ce qui signifie que la moitié environ des cellules qui nous constituent ne nous appartiennent pas. Il y a mille fois plus de microbes qui habitent mon biome personnel que d'êtres humains sur terre, et j'ai souvent l'impression de les sentir vivre, se reproduire et mourir en moi et sur moi. J'ai essuyé mes paumes moites sur mon jean en essayant de contrôler ma respiration. J'avoue, j'ai quelques problèmes d'anxiété, mais je soutiens qu'il n'est pas irrationnel de s'inquiéter d'être le refuge d'une colonie de bactéries.

– Son père était sur le point d'être arrêté pour corruption ou je ne sais quoi, mais la nuit qui a précédé la descente de flics, il a disparu, m'a expliqué Mychal. Il y a une récompense de cent mille dollars sur sa tête.

– Et tu connais son fils, a ajouté Daisy.

– Je le connaissais, ai-je précisé.

J'ai regardé Daisy attaquer à la fourchette la pizza rectangulaire fournie par la cantine et ses haricots verts. Elle n'arrêtait pas de me lancer des regards en ouvrant grand les yeux comme pour me demander: «Alors?» J'ai compris qu'elle voulait que je lui pose une question à propos de quelque chose, mais je ne voyais pas quoi, car mon ventre refusait de se taire. Ce qui me plongeait dans un abîme d'inquiétude à l'idée d'avoir réellement contracté une infection parasitaire.

J'ai vaguement entendu Mychal détailler son nouveau projet artistique à Daisy. À l'aide de Photoshop, il comptait mixer les visages de cent personnes s'appelant Mychal pour produire un cent unième Mychal qui serait la moyenne de tous les autres. Je trouvais le projet intéressant et j'aurais bien aimé écouter la suite, mais la cafétéria était trop bruyante et je ne pouvais m'empêcher de me demander s'il y avait quelque chose qui clochait dans l'équilibre des forces microbiennes à l'intérieur de mon corps.

Un abdomen beaucoup trop bruyant est un symptôme révélateur, certes rare, mais non sans précédent, d'une infection par la bactérie *clostridium difficile*, qui peut s'avérer fatale. J'ai sorti mon téléphone et j'ai tapé « microbiome humain » pour relire la présentation sur Wikipedia des milliards de micro-organismes qui se trouvaient en ce moment même à l'intérieur de mon corps. J'ai cliqué sur l'article concernant la CD et j'ai fait défiler jusqu'au paragraphe qui souligne que la plupart de ces infections se contractent à l'hôpital. Puis je suis descendue plus bas jusqu'à la liste des symptômes, mais je n'en avais aucun, si ce n'était l'abdomen trop bruyant ; je savais cependant grâce à des recherches antérieures que la Cleveland Clinic avait signalé le cas d'un patient mort d'une infection par la CD alors qu'il était arrivé à l'hôpital avec seulement de la fièvre et une douleur au ventre. Je me suis rappelé à moi-même que je n'avais pas de fièvre et moi-même a répondu : *Pas encore*.

À la cafétéria où une tranche de plus en plus mince de ma conscience résidait encore, Daisy proposait à Mychal de bâtir son projet non sur des photos de gens qui s'appelaient Mychal, mais sur des photos de détenus qui avaient été inculpés avant d'être innocentés.

– Ce sera plus facile de toute façon, lui a-t-elle expliqué, parce qu'ils ont tous été pris en photo sous le même angle pour l'identification. Et puis, ton projet ne se limitera pas à une histoire de noms, il parlera de races, de classes et d'incarcération de masse.

– Tu es un génie, Daisy !

– Tu as l'air surpris, lui a-t-elle rétorqué.

Et pendant cet échange, je me disais : *Si la moitié des cellules à l'intérieur de mon corps ne sont pas moi, cela ne questionne-t-il pas la notion de « moi » en tant que pronom singulier et encore plus en tant qu'auteur de mon destin ?* Je suis tombée très bas dans ce trou de ver que je connais par cœur, au point de quitter la cafétéria de White River High School pour de bon et de me retrouver dans une espèce d'espace non sensoriel que seuls les gens vraiment dingues connaissent.

Depuis que je suis toute petite, j'enfonce l'ongle de mon pouce droit dans la pulpe de mon majeur, et, à force, j'ai une drôle de callosité à la place de l'empreinte digitale. Après toutes ces années de pratique, je peux facilement ouvrir une crevasse dans la peau, que je couvre d'un pansement pour éviter une infection. Mais parfois, cela ne suffit pas, j'ai quand même peur d'avoir contracté une infection et d'être obligée de la stopper ; or le seul moyen d'y parvenir est de rouvrir la plaie et de faire sortir autant de sang que possible. À partir du moment où j'ai envisagé cette option, je ne peux pas ne pas le faire. Toutes mes excuses pour la double négation mais c'est une situation doublement négative, un pétrin dont on ne peut s'échapper qu'en mettant la négation à la forme négative. Tout cela pour dire que je commençais à avoir envie de sentir mon ongle entamer la pulpe de mon doigt et je savais que résister était plus ou moins inutile. Sous la table de la cafétéria, j'ai retiré le pansement et j'ai enfoncé mon ongle dans la callosité jusqu'à ce que je sente la peau se déchirer.

– Holminette, a appelé Daisy.

J'ai levé la tête.

– On a presque fini de déjeuner et tu n'as rien dit sur mes cheveux.

Elle a secoué sa crinière et j'ai vu des mèches si rouges qu'elles avaient des reflets roses. D'accord. Elle s'était teint les cheveux.

Je suis remontée des profondeurs.

– C'est gonflé, ai-je fait remarquer.

– N'est-ce pas ? Ça dit : « Mesdames et messieurs et vous qui ne vous reconnaissez pas en dames ou en messieurs, sachez que Daisy Ramirez ne brisera pas ses promesses, mais elle brisera votre cœur. »

C'était la devise autoproclamée de Daisy : « Brise les cœurs, pas les promesses. » Elle n'arrêtait pas de menacer de se la faire tatouer sur la cheville quand elle aurait dix-huit ans. Daisy a reporté son attention sur Mychal et moi sur mes pensées. Les gargouillis dans mon ventre étaient encore plus sonores. J'étais à deux doigts de vomir. Pour quelqu'un qui détestait les fluides corporels, je vomissais beaucoup.

– Holminette, ça va ? m'a lancé Daisy.

J'ai hoché la tête. Il m'arrivait de me demander pourquoi elle m'aimait ou, du moins, me supportait. Et les autres aussi. Même moi, je me trouvais horripilante.

J'ai senti la sueur inonder mon front et, dès que je commence à transpirer, c'est un flot ininterrompu. Je continue ensuite pendant des heures et pas seulement du visage ou des aisselles. Ma nuque transpire. Mes seins transpirent. Mes mollets transpirent. J'avais peut-être de la fièvre, finalement.

Sous la table, j'ai mis le vieux pansement dans ma poche et, sans regarder, j'en ai sorti un neuf que j'ai déballé, puis j'ai baissé rapidement les yeux pour le poser sur mon doigt. Ce faisant, je respirais en inspirant par le nez et en expirant par la bouche, comme me l'avait conseillé le docteur Karen Singh, soufflant à un rythme « qui ferait vaciller la flamme d'une bougie mais ne l'éteindrait pas. Imaginez cette bougie, Aza, qui vacille sous votre souffle mais demeure, toujours». J'ai essayé le truc de la respiration, mais la spirale de pensées continuait de se faire plus oppressante. Je pouvais entendre la voix du docteur Singh dans ma tête, me disant de ne pas sortir mon téléphone, de ne pas consulter les mêmes articles encore et encore; mais je l'ai fait quand même et j'ai relu la page Wikipedia sur le «microbiote humain».

Le problème avec une spirale, c'est que si on se laisse prendre à l'intérieur, ça ne s'arrête jamais. Elle continue de se resserrer à l'infini.

J'ai refermé la glissière du sac en plastique sur le reste de mon sandwich, je me suis levée et je l'ai jeté dans une poubelle débordante de détritus. J'ai entendu une voix derrière moi:

– Je dois m'inquiéter que tu n'aies pas sorti plus de deux mots d'affilée de toute la journée?

– Spirale de pensées, ai-je marmonné en guise de réponse.

Daisy me connaissait depuis qu'on avait six ans, assez longtemps pour comprendre de quoi je parlais.

– Je m'en doutais. Désolée, ma vieille. On essaie de se voir plus tard?

Une fille prénommée Molly s'est avancée vers nous en souriant.

– Salut, Daisy. Juste pour info, ta teinture à la grenadine a déteint sur ton T-shirt.

Daisy a regardé ses épaules et, effectivement, son haut rayé était devenu rose par endroits. Elle a mis un instant à réagir.

– Oui, ça fait partie du look, Molly. En ce moment, les T-shirts avec des taches sont hyper à la mode à Paris.

Elle a tourné le dos à la fille et m'a dit :

– Bien. On peut aller chez toi, on regardera *Star Wars Rebels*.

Daisy était fan de *Star Wars* – et pas seulement des films, des livres, des séries d'animation et des émissions pour enfants où les personnages sont en Lego –, elle écrivait une fanfiction sur les amours de Chewbacca.

– Et on te remontera le moral jusqu'à ce que tu sois capable d'aligner trois, voire quatre mots. Pas mal, non ?

– Ça marche.

– Ensuite, tu pourras m'accompagner au boulot. Désolée, mais j'ai besoin d'un chauffeur.

– D'accord.

J'aurais voulu ajouter quelque chose, mais les pensées continuaient d'affluer, spontanées, indésirables. Si j'avais écrit l'histoire, j'aurais arrêté d'être focalisée sur mon microbiome. J'aurais dit à Daisy que j'adorais son idée pour le projet artistique de Mychal, que je me rappelais très bien Davis Pickett, que j'avais rencontré quand j'avais onze ans, alors que j'étais en proie à une peur confuse mais persistante. Et je lui aurais raconté cette fois où, à la colo, Davis et moi avions regardé le ciel d'été sans nuages, tous les deux allongés au bord d'un ponton, les jambes ballantes dans le vide, le dos appuyé contre les vieilles planches de bois. J'aurais ajouté que Davis et moi ne nous étions jamais beaucoup parlé et qu'on ne s'était pas beaucoup regardés non plus ; mais ce n'était pas grave, car nous regardions le même ciel ensemble – ce qui est sans doute plus intime que de croiser le regard de l'autre. Tout le monde peut vous regarder. Il est plutôt rare de trouver quelqu'un qui voie le monde tel que vous le voyez.

Deux

La transpiration avait emporté avec elle presque toute ma peur et pourtant, en allant de la cafétéria à mon cours d'histoire, je n'ai pas pu m'empêcher de sortir mon téléphone pour relire le récit horrifique que constituait l'article de Wikipedia sur le « microbiote humain ». Je lisais en marchant quand j'ai entendu ma mère crier par la porte ouverte de sa salle de classe. Elle était assise à son bureau, penchée sur un livre. Maman est prof de maths, mais la lecture est sa passion.

– Pas de téléphone dans les couloirs, Aza !

J'ai rangé mon téléphone et suis entrée dans sa classe. Il me restait quatre minutes avant la fin de ma pause déjeuner, juste ce qu'il fallait pour avoir une conversation avec sa mère. Elle a levé les yeux sur moi et a sans doute deviné quelque chose à mon regard.

– Ça va ?

– Oui, ai-je répondu.

– Pas trop angoissée ?

À un moment donné, après que le docteur Singh lui avait recommandé de ne pas me demander si j'étais anxieuse, elle avait cessé de me poser des questions directes.

– Ça va, ai-je répondu.

– Tu as pris tes médicaments.

Autre question indirecte.

– Oui, ai-je répondu, ce qui était à moitié vrai.

En troisième, après un épisode dépressif, on m'avait prescrit un comprimé rond et blanc à prendre une fois par jour. Mais en réalité, je le prenais peut-être trois fois par semaine.

– On dirait que tu as…

« Transpiré » est sûrement ce qu'elle voulait dire.

– Qui décide à quel moment la cloche doit sonner ? ai-je demandé. Je parle de celle du lycée.

– Tu sais quoi, je n'en ai aucune idée. Sans doute quelqu'un de l'équipe du directeur.

– J'aimerais bien savoir pourquoi la pause déjeuner dure trente-sept minutes et pas cinquante ou vingt-deux…

– Il s'en passe des choses dans ta petite tête.

– Je trouve juste bizarre que ce genre de décision soit prise par quelqu'un que je ne connais pas et d'être obligée de m'y plier. C'est comme si ma vie était régie par l'emploi du temps d'un individu que je n'ai jamais rencontré.

– À cet égard et à bien d'autres, les lycées américains ressemblent plutôt à des prisons.

J'ai ouvert de grands yeux.

– Oh, mais oui, tu as raison. Les détecteurs de métaux. Les murs en béton.

– Les deux sont surpeuplés et sous-financés, a ajouté maman. Et ont des sonneries qui vous indiquent à quel moment vous déplacer.

– Et on n'a pas le droit de choisir quand on veut déjeuner, ai-je fait remarquer. Les prisons ont des gardiens corrompus et assoiffés de pouvoir et les lycées, eux, ont des profs.

Elle m'a lancé un regard puis s'est mise à rire.

– Tu rentres directement après les cours ?

– Oui. Ensuite, il faut que je dépose Daisy à son travail.

Maman a acquiescé.

– Parfois, la petite fille que tu as été me manque… Et puis je me rappelle les restaurants de la chaîne Chuck E. Cheese !

– Elle veut juste mettre de l'argent de côté pour la fac.

Ma mère a jeté un coup d'œil à son livre.

– Si on vivait en Europe, l'université ne coûterait pas grand-chose.

Je me suis préparée à son discours sur les frais universitaires.

– Il y a des facs gratuites au Brésil, dans pratiquement toute l'Europe et en Chine. Mais ici, on vous prend vingt-cinq mille dollars par an pour aller à la fac dans l'État où vous habitez. Je viens à peine de finir de rembourser mes emprunts et, bientôt, je vais devoir en contracter d'autres pour toi.

– Je ne suis qu'en première, j'ai encore tout le temps de gagner au loto. Et puis si ça ne marche pas, je pourrai toujours me lancer dans le trafic de méthamphétamines pour payer la fac.

Maman a esquissé un pâle sourire. Elle s'inquiétait vraiment de savoir comment elle allait financer mes études.

– Tu es sûre que ça va ? a-t-elle demandé.

J'ai hoché la tête juste au moment où la cloche sonnait pour m'expédier en histoire.

En arrivant à ma voiture après les cours, j'ai trouvé Daisy installée à l'avant. Elle s'était changée, avait retiré son T-shirt taché et enfilé son polo rouge Chuck E. Cheese à la place. Son sac à dos sur les genoux, elle buvait une brique de lait fournie par le lycée. Daisy était la seule en qui j'avais assez confiance pour lui confier une clé de Harold. Même maman n'en avait pas !

– Sois gentille de ne pas boire de liquide non transparent dans Harold.

– Le lait est un liquide transparent, a-t-elle répondu.

– Faux.

Avant de prendre le chemin du retour, j'ai conduit Harold à l'entrée principale et attendu que Daisy jette sa brique de lait.

Vous avez peut-être déjà été amoureux. Je veux dire vraiment amoureux, d'un amour que ma grand-mère décrivait en citant la Première Lettre de saint Paul aux Corinthiens qui dit que l'amour est patient et plein de bonté, qu'il n'est point envieux ni vantard, qu'il croit tout, qu'il espère tout, qu'il supporte tout. Je n'aime pas trop balancer le mot « amour » à tort et à travers ; c'est un sentiment trop merveilleux, trop rare, pour le dévaloriser par un usage abusif du terme. On peut vivre une bonne vie sans jamais connaître le véritable amour (dans la version corinthienne du sens, je veux dire). Mais j'ai eu la chance de le rencontrer avec Harold.

Harold était une Toyota Corolla vieille de seize ans de couleur turquoise. Son moteur cliquetait à un rythme régulier, semblable aux battements de son impeccable cœur de métal. Harold appartenait à mon père – en fait, c'est papa qui l'avait baptisé Harold. Maman s'étant toujours refusée à le vendre, il était resté au garage pendant huit ans, jusqu'à mes seize ans.

Le remettre sur pied après si longtemps avait absorbé la totalité de mes quatre cents dollars d'économies – argent de poche, monnaie chipée à maman quand elle m'envoyait faire une course à la supérette, boulot d'été chez Subway, cadeaux de Noël de mes grands-parents –, d'une certaine façon, Harold était donc la somme de tout mon être, du moins financièrement parlant. Et je l'adorais. Je rêvais souvent de lui. Il avait un coffre gigantesque, on lui avait ajouté un immense volant blanc et la banquette arrière était recouverte de cuir beige. Il accélérait avec la douce sérénité du maître bouddhiste zen conscient que rien ne mérite d'être accompli rapidement et ses freins poussaient des gémissements semblables à la musique produite par une machine de métal.

D'un autre côté, Harold n'avait pas de connexion Bluetooth ni, d'ailleurs, de lecteur de CD, ce qui signifiait que, en sa compagnie, trois choix s'offraient à vous : 1. Rouler en silence. 2. Écouter la radio ou 3. Écouter la face B de la cassette *So Addictive*, l'excellent album de Missy Elliott qui appartenait à mon père et que – parce qu'on ne pouvait plus l'éjecter du lecteur – j'avais déjà entendu une centaine de fois.

Et, pour finir, il se trouve que le système audio imparfait de Harold a été la dernière note de la mélodie de coïncidences qui a changé ma vie.

Daisy et moi étions en train de chercher une station susceptible de passer la chanson d'un groupe particulièrement génial et sous-estimé quand on est tombées sur un bulletin d'informations : « … Pickett Engineering, une entreprise de BTP installée à Indianapolis et qui emploie plus de dix mille personnes à travers le monde. Aujourd'hui… » J'ai avancé la main pour changer de station mais Daisy l'a écartée.

– C'est ce que je te racontais ! s'est-elle écriée.

La radio poursuivait : « … cent mille dollars de récompense pour toute information permettant de localiser le P-DG de l'entreprise, Russell Pickett. Pickett, qui a disparu dans la nuit qui devait précéder l'intervention de la police à son domicile dans le cadre d'une enquête pour fraude et corruption, a été vu pour la dernière fois le 8 septembre dans son domaine au bord de la rivière. Toute personne possédant des informations sur l'endroit où il se trouve est priée d'appeler la police d'Indianapolis. »

– Cent mille dollars, a répété Daisy. Et tu connais son fils.

– Je le connaissais, ai-je rectifié.

Deux étés de suite, après le CM2 et la sixième, Davis et moi avions été envoyés en même temps à la colo Déprime, enfin c'est comme ça qu'on appelait entre nous la colonie Spero, un lieu de vacances pour enfants qui ont perdu un parent situé au fin fond de Brown County.

En dehors des moments passés ensemble à

la colo Déprime, nous nous étions vus quelquefois au cours de l'année scolaire, car Davis habitait un peu plus loin au bord de la rivière, sur l'autre rive. Maman et moi vivions sur celle qui était parfois inondée. Quand, sur celle des Pickett, de hauts murs de pierre détournaient les eaux montantes dans notre direction.

– Il ne se souvient sûrement pas de moi.

– Tout le monde se souvient de toi, Holminette.

– Ce n'est…

– Ce n'est pas un jugement de valeur. Je ne dis pas que tu es une fille bien ou généreuse ou gentille, ou je ne sais trop quoi. Je dis seulement que tu es *mémorable*.

– Ça fait des années que je ne l'ai pas vu, ai-je dit.

Mais, quand on a joué avec quelqu'un dans une propriété qui comprend un parcours de golf et une piscine avec cinq toboggans et une île au milieu, on n'est pas près de l'oublier. Davis était la seule semi-célébrité que j'aie jamais rencontrée.

– Cent mille dollars, a répété Daisy pour la troisième fois au moment où on s'engageait sur la I-465, le périphérique qui fait le tour d'Indianapolis. Je répare des machines de jeu pour huit dollars quarante de l'heure alors qu'il y a cent mille dollars qui nous attendent quelque part.

– Je ne dirais pas qu'ils nous *attendent*. De toute façon, je dois déjà lire un truc concernant les effets de la variole sur les populations autochtones ce soir, et j'ai bien peur de ne pas avoir le temps de résoudre l'affaire du milliardaire en cavale, désolée.

J'ai accéléré pour que Harold atteigne la vitesse moyenne sur autoroute. Je ne le conduisais jamais au-delà des limitations. Je l'aimais trop pour ça.

– Bien, tu le connais mieux que moi. Alors, pour citer les insubmersibles membres du plus grand groupe de pop au monde, je dirais : « *You are the one.* » Tu es la bonne personne.

C'était le titre du morceau hyper-kitsch que j'étais trop vieille pour adorer mais que j'adorais quand même.

– J'aimerais pouvoir te contredire, mais cette chanson est tellement géniale.

– *You're. The. One.* « *You're the one that I choose. The one I'll never lose. You're my forever. My star. My sky. My air. It's you.* »

On a éclaté de rire et j'ai changé de station de radio en pensant que le sujet était clos, mais Daisy s'est mise à me lire un article de l'*Indianapolis Star* sur son téléphone.

– « Russell Pickett, le controversé P-DG et fondateur de Pickett Engineering, n'était pas à son domicile lorsque la police s'est présentée vendredi matin avec un mandat de perquisition et il n'a pas réapparu depuis. Son avocat, maître Simon Morris, affirme qu'il n'a aucune information quant à l'endroit où Pickett se trouve et, au cours d'une conférence de presse qui s'est déroulée aujourd'hui, l'inspecteur Dwight Allen a déclaré qu'aucune activité sur les cartes ou comptes bancaires de Pickett n'avait été signalée depuis la nuit qui aurait dû précéder l'intervention. *Bla, bla, bla*… Allen a également affirmé que, hormis une caméra située au niveau de la grille d'entrée, la propriété n'était pas sous surveillance vidéo. Dans le rapport de police que l'*Indianapolis Star* s'est procuré, il est spécifié que Pickett a été vu pour la dernière fois par ses fils, Davis et Noah, jeudi soir. *Bla, bla, bla*… propriété au nord de la 38e Rue, une flopée de procès, finance le zoo, *bla, bla, bla*… appelez la police si vous avez des informations, *bla, bla, bla*. » Non, mais attends, comment ça il n'y a pas de surveillance vidéo ? Quel genre de milliardaire n'a pas de caméras de surveillance ?

– Le genre qui n'a pas envie de voir ses affaires louches enregistrées, ai-je répondu.

Tout en conduisant, je n'arrêtais pas de retourner l'histoire dans ma tête. Quelque chose me chiffonnait, mais je ne voyais pas quoi, jusqu'au moment où le souvenir d'étranges coyotes verts aux yeux blancs est remonté à la surface.

– En fait, je me souviens qu'il y avait bien une autre caméra, mais pas de surveillance. Davis et son frère avaient installé une caméra avec capture de mouvement dans les bois près de la rivière. Elle était équipée de la vision nocturne et chaque fois qu'un animal passait – chevreuil, coyote ou je ne sais quoi –, elle se déclenchait et prenait une photo.

– Holminette, a dit Daisy, on a une piste.

– Et, à cause de la caméra de l'entrée principale, on sait qu'il n'a pas pu quitter la propriété en voiture. Donc soit il a escaladé le mur de chez lui, soit il a traversé les bois jusqu'à la rivière et s'est enfui par là, non ?

– En effet…

– Il est donc possible qu'il ait déclenché la caméra avec capture de mouvement. Remarque, ça fait quelques années que je n'ai pas mis les pieds là-bas, elle n'y est peut-être plus.

– Peut-être que si ! a dit Daisy.

– Et peut-être que non.

– Prends cette sortie, a-t-elle soudain lancé et je me suis exécutée.

Je savais que ce n'était pas la bonne, mais je l'ai prise quand même. Et, sans que Daisy ajoute quoi que ce soit, je me suis engagée sur la voie qui retournait en ville, vers chez moi. Vers chez Davis.

Daisy a saisi son téléphone et a composé un numéro.

– Salut, Éric. C'est Daisy. Écoute, je suis vraiment désolée, mais j'ai la gastro. Probablement un norovirus.

– …

– Oui, pas de problème. Encore désolée, a-t-elle ajouté, puis elle a raccroché et rangé son téléphone dans son sac. Pour peu que tu prononces le mot « diarrhée », ils te supplient de rester chez toi tellement ils ont la trouille d'une épidémie. Bon, voilà ce qu'on va faire. Tu as toujours ton canoë ?

Trois

Il y a quelques années, il nous est arrivé, à maman et moi, de descendre la White River en canoë pour aller au parc qui se trouve derrière le musée d'art et on passait devant chez Davis. On échouait le canoë sur la plage, on faisait un petit tour, puis on rentrait en pagayant contre le courant paresseux. Mais cela faisait longtemps que je n'étais pas allée sur la rivière. En théorie, la White River est sublime – hérons cendrés, oies, chevreuils et autres bestioles – sauf que, en réalité, l'eau a une odeur d'égouts. Non, en fait, elle ne *sent* pas les égouts, elle *pue* les égouts : chaque fois qu'il pleut, ils se mettent à déborder et les eaux usées de tout le centre de l'Indiana se déversent directement dans la rivière.

Je me suis garée dans l'allée. Je suis descendue de voiture, j'ai marché jusqu'au garage, me suis accroupie, puis j'ai glissé la main sous la porte et je l'ai soulevée. Je suis remontée en voiture et me suis garée pendant que Daisy n'arrêtait pas de répéter qu'on allait devenir riches.

L'effort que j'avais fourni pour ouvrir le garage m'avait fait un peu transpirer, alors, une fois dans la maison, j'ai foncé directement dans ma chambre et j'ai branché la clim. Je me suis assise en tailleur sur mon lit et j'ai laissé l'air froid me souffler dans le dos. Ma chambre était en bazar, fringues sales par terre et papiers disséminés un peu partout – fiches d'exercices, vieux contrôles, brochures d'universités rapportées par maman étaient étalés sur mon bureau et sur le sol. Daisy est apparue dans l'encadrement de la porte.

– Tu as des fringues qui pourraient m'aller ? a-t-elle demandé. Je ne suis pas sûre que l'uniforme de chez Chuck E. Cheese ou un T-shirt taché par de la teinture soient la tenue idéale pour rencontrer un milliardaire, et je n'ai rien pour me changer.

Comme elle faisait à peu près la taille de ma mère, on est allées faire un tour dans sa penderie. Tout en essayant de trouver un haut et un jean qui ne fassent pas trop maman, Daisy parlait. Elle parlait beaucoup.

– J'ai une théorie sur les uniformes. Je pense qu'ils ont été conçus pour que tu deviennes une non-personne, une non-Daisy Ramirez, un non-être humain, mais un truc qui sert des pizzas aux gens et échange leurs tickets contre des dinosaures en plastique. C'est comme si l'uniforme était fait pour me *cacher*.

– C'est vrai, ai-je admis.

– Putain de système d'oppression, a-t-elle bougonné avant de sortir un corsage violet hideux de la penderie. Ta mère s'habille comme une prof de maths de troisième.

– C'est une prof de maths de troisième.

– Ce n'est pas une raison.

– Pourquoi pas une robe ? ai-je demandé, alors que j'en brandissais une mi-longue, noire avec des motifs cachemire roses – une horreur.

– Je crois que je vais garder mon uniforme.

– D'accord.

J'ai entendu la voiture de ma mère arriver et, même si elle n'aurait vu aucun inconvénient à ce qu'on lui emprunte ses vêtements, j'ai sursauté. Daisy s'en est rendu compte et m'a entraînée hors de la chambre en me tirant par le poignet. On s'est faufilées à l'arrière de la maison avant que maman entre et on s'est frayé un chemin à travers les buissons de chèvrefeuille en bordure du terrain.

Il se trouve qu'on avait toujours le canoë, retourné dans un coin et bourré d'araignées mortes. Daisy l'a remis dans le bon sens, puis elle a arraché les pagaies et les deux gilets de sauvetage jadis orange au lierre qui avait poussé par-dessus. Elle a essuyé le canoë du revers de la main, balancé les pagaies et les gilets de sauvetage à l'intérieur et a entrepris de le tirer jusqu'à la rive. Daisy était petite et pas très musclée, mais elle avait une force colossale.

– La White River est tellement dégoûtante, me suis-je plainte.

– Holminette, ne sois pas irrationnelle. Aide-moi plutôt à transporter ce truc.

J'ai attrapé l'arrière du canoë.

– Elle est composée à cinquante pour cent d'urine. Et je te parle de la bonne moitié.

– *You're the one*, a-t-elle répété en hissant le canoë sur la berge pour le pousser dans l'eau.

Puis elle a sauté sur une petite avancée boueuse, a enfilé un gilet de sauvetage trop petit pour elle et s'est assise à l'avant de l'embarcation.

Je l'ai suivie, je me suis installée à l'arrière, puis, à l'aide de la pagaie, j'ai poussé contre le bord pour nous écarter de la berge. Cela faisait des lustres que je n'avais pas manœuvré un canoë, mais l'eau était basse et la rivière si large que je n'avais pas grand-chose à faire. Daisy s'est retournée et m'a fait un sourire, bouche fermée. Être sur la rivière me donnait l'impression de retomber en enfance.

Quand on était petites, Daisy et moi avions un jeu auquel on s'amusait sur la rive, les jours où l'eau était particulièrement basse comme aujourd'hui. Il s'appelait « les enfants de la rivière » : on imaginait qu'on vivait seules au bord de l'eau, qu'on se nourrissait de déchets et qu'on se cachait des adultes parce qu'ils voulaient nous abandonner dans un orphelinat. Je me rappelle Daisy me jetant des faucheux parce qu'elle savait très bien que je les détestais, moi qui criais et courais en agitant les bras même si je n'avais pas vraiment peur. Car, à l'époque, toutes les émotions avaient le goût du jeu, je faisais leur apprentissage, je n'étais pas encore leur prisonnière. La véritable terreur, ce n'est pas la peur, c'est ne pas avoir le choix en la matière.

– Tu sais que cette rivière est la seule raison pour laquelle Indianapolis existe ? a dit Daisy en se retournant vers moi. Alors que l'Indiana venait tout juste de devenir un État, ils ont voulu bâtir une nouvelle ville qui en serait la capitale, mais ils ne savaient pas où. La solution évidente était de la mettre au milieu. Donc les mecs en question ont regardé la carte de leur nouvel État et ils ont remarqué qu'une rivière coulait en plein centre. Là, ils se sont dit – bingo – c'est l'endroit idéal ! Parce qu'on est en 1819, par là, et qu'une ville a besoin d'eau pour les transports maritimes, ce genre de choses. Alors ils annoncent à tout le monde : « On va construire une nouvelle ville ! Sur une rivière ! Et on l'appellera Indiana-*polis* parce qu'on est drôlement futés ! » Et c'est seulement après avoir fait cette annonce qu'ils se sont aperçus que la White River n'avait pas plus de quinze centimètres de fond et qu'on ne pouvait pas naviguer dessus en kayak et encore moins en bateau à vapeur. Pendant un moment, Indianapolis a été la plus grande ville au monde établie sur une voie non navigable.

– Comment tu sais tout ça ? ai-je demandé.

– Mon père est dingue d'histoire, a-t-elle expliqué et, au même moment, son téléphone a sonné. Merde, je l'ai fait apparaître, a-t-elle dit en mettant le téléphone contre son oreille. Salut, papa… euh, oui, bien sûr… Non, il ne dira rien… Cool, oui, je serai à la maison à dix-huit heures.

Elle a remis son téléphone dans sa poche et s'est tournée vers moi, clignant des yeux à cause du soleil.

– Il me demandait si je pouvais changer d'horaire pour garder Elena parce que maman fait des heures sup. Je n'ai même pas eu à mentir pour justifier que je n'étais pas au boulot et maintenant il croit que je me sens hyper-concernée par ma sœur. Holminette, tout marche comme sur des roulettes. Notre destin s'éclaircit. On est sur le point de vivre le rêve américain, dont la nature même est, bien sûr, de profiter du malheur d'un autre.

J'ai ri et mon rire m'a semblé étrangement fort quand je l'ai entendu résonner à travers la rivière déserte. Une tortue à carapace molle, qui était posée sur un arbre à demi immergé près de la berge, nous a aperçues et a sauté dans l'eau. La rivière grouillait de tortues.

Après le premier coude, on a dépassé une île plate faite de millions de galets. Un héron cendré était perché sur un vieux pneu décoloré. En nous voyant, il a déployé ses ailes et s'est envolé, plus ptérodactyle qu'oiseau. L'île nous a obligées à emprunter un chenal étroit sur le côté est de la rive, et on a glissé sous des sycomores penchés vers l'eau, en quête de soleil.

La plupart des arbres avaient encore leurs feuilles, certaines veinées de rose, les premiers signes de l'automne. En passant sous un arbre mort dénudé mais toujours debout, j'ai regardé à travers les branches qui, en s'entrecroisant, fragmentaient le ciel bleu en toutes sortes de polygones irréguliers.

J'ai toujours le téléphone de papa. Il est dans le coffre de Harold, avec son chargeur, à côté de la roue de secours. Dans son téléphone, il y avait une tonne de photos de branches dénudées qui fractionnent le ciel, à l'image de ce que je voyais en passant sous le sycomore. Je me suis toujours demandé ce qu'il trouvait à ce ciel morcelé.

Bref, c'était une belle journée – on était inondées de soleil sans avoir trop chaud. Je suis plutôt une fille d'intérieur, j'ai rarement l'occasion de m'intéresser à la météo mais je sais quand même que, à Indianapolis, on a environ huit à dix jours de beau temps par an, et celui-là en faisait partie. Je n'avais même plus besoin de pagayer quand la rivière a décrit une courbe vers l'ouest. L'eau ondulait au soleil. Un couple de canards branchus nous a repérées et s'est envolé en battant furieusement des ailes.

On a fini par arriver à une langue de terre que, petites, on appelait l'île aux Pirates. À la différence de la plage de galets devant laquelle on était passées plus tôt, c'était une île, une vraie. Il y poussait des buissons de chèvrefeuille et de grands arbres dont le tronc était marqué par les crues annuelles de printemps. La rivière charriait une telle quantité de déchets rejetés par les agriculteurs que des petits plants de tomates et de soja sortaient de terre un peu partout, nourris par les égouts.

J'ai dirigé le canoë jusqu'à la plage couverte d'algues et on est descendues faire un tour. La rivière nous avait rendues silencieuses, comme si on avait perdu conscience de la présence de l'autre, et on s'est éloignées dans des directions différentes.

Pour mes onze ans, j'avais passé une partie de ma fête d'anniversaire sur cette île. Maman avait dessiné une carte au trésor et, après le gâteau, nous étions montées toutes les trois avec Daisy dans le canoë et nous avions pagayé jusqu'à l'île aux Pirates. En creusant au pied d'un arbre, nous avions découvert un petit coffre rempli de pièces en chocolat enveloppées de papier doré. Davis et son petit frère, Noah, nous avaient rejointes. Je me rappelais avoir sondé le sol jusqu'à ce que ma pelle heurte le coffre en plastique et m'être convaincue qu'il s'agissait d'un véritable trésor (alors même que je savais que c'était faux). Je m'entendais si bien à être enfant, alors que je m'entendais si mal avec celle que j'étais devenue, quoi qu'elle soit.

J'ai marché au bord de l'eau sur toute la longueur de l'île jusqu'à ce que je tombe sur Daisy, assise sur un arbre déraciné et sans écorce que le reflux des eaux avait abandonné là. Je me suis installée à côté d'elle et j'ai regardé les écrevisses s'agiter dans la petite flaque à nos pieds. L'eau s'était considérablement évaporée – l'été avait été beaucoup plus chaud et sec que d'habitude.

– Tu te rappelles ton anniversaire ici ? a-t-elle demandé.

– Oui.

Davis y avait perdu pendant un court instant la figurine d'Iron Man qu'il ne quittait jamais. Il l'avait depuis si longtemps que les décalcos s'étaient effacées, et elle se résumait à un torse rouge et des membres jaunes. Je me rappelais que Davis avait piqué une crise en s'apercevant qu'il ne l'avait plus, mais maman l'avait finalement retrouvée.

– Ça va, Holminette ?
– Oui.
– Tu peux dire autre chose que oui ?
– Oui, ai-je répondu ébauchant un sourire.

On est restées assises sur l'arbre un moment, puis on s'est levées ensemble sans rien dire et on a pataugé dans l'eau qui nous arrivait jusqu'aux genoux pour gagner la rive. Pourquoi ne voyais-je aucun inconvénient à tremper mes pieds dans l'eau immonde de la White River alors que, quelques heures plus tôt, il m'était insupportable d'entendre mon ventre gargouiller ? Si seulement je le savais.

Un grillage métallique retenait les blocs de pierre qui formaient le mur anti-inondation ; je l'ai escaladé, puis j'ai tendu la main à Daisy pour l'aider. On a remonté la berge et on s'est retrouvées dans une forêt de sycomores et d'érables. Au loin, j'apercevais les greens impeccables du parcours de golf et, au-delà, la demeure des Pickett, toute de verre et d'acier, dessinée par je ne sais quel architecte célèbre.

On s'est baladées un moment chacune de notre côté tandis que j'essayais de me repérer, puis j'ai entendu Daisy chuchoter :

– Holminette.

Je l'ai rejointe à travers bois. Elle avait trouvé la caméra infrarouge fixée à un arbre, à environ un mètre vingt du sol. Un cercle noir de deux centimètres et demi de diamètre – le genre d'objet qu'on ne remarquerait jamais dans une forêt à moins de le chercher.

J'ai sorti mon téléphone et je l'ai connecté à la caméra, qui n'était protégée par aucun mot de passe. En quelques secondes, j'ai commencé à télécharger les photos. J'ai effacé les deux premières, que la caméra avait prises de nous, et j'en ai fait défiler une dizaine qui dataient de la semaine précédente – chevreuils, coyotes, ratons laveurs et opossums photographiés de jour ou transformés en silhouettes vertes aux yeux blancs la nuit.

– Je ne voudrais pas t'affoler, mais il y a une voiturette de golf qui vient vers nous, a chuchoté Daisy.

J'ai levé la tête. La voiturette en question était encore loin. J'ai fait défiler d'autres photos jusqu'à la date du 9 septembre et là, j'ai vu le dos d'un homme assez costaud, vêtu d'un pyjama à rayures, en ombre verte. Heure de la prise de vue : 1:01:03. J'ai fait une capture d'écran.

– Le mec nous a vues, a dit Daisy, inquiète.

J'ai jeté un nouveau coup d'œil, avant de marmonner :

– Je me dépêche.

Je suis passée à la photo précédente, elle se téléchargeait lentement. J'ai entendu Daisy prendre ses jambes à son cou, mais je suis restée, à attendre que la photo apparaisse. C'était étrange d'être la fille calme quand Daisy était la fille flippée. Mais les choses qui stressent habituellement les gens ne me font pas peur. Je n'ai pas peur d'un type dans une voiturette de golf ni des films d'horreur ou des montagnes russes. J'ignorais précisément ce qui pouvait m'effrayer, mais rien de cela, en tout cas. L'image est apparue, une ligne de pixels après l'autre. Coyote. J'ai levé les yeux, vu que l'homme à la voiturette m'avait repérée et j'ai détalé.

J'ai slalomé jusqu'à la rivière, escaladé le mur de protection et vu Daisy penchée au-dessus du canoë retourné, une grosse pierre levée au-dessus de la tête.

– Qu'est-ce que tu fous ? ai-je demandé.

– On ne sait pas qui est ce type mais il t'a vue, a-t-elle répondu. Alors, je te concocte une excuse.

– Quoi ?

– On n'a pas d'autre choix que de la jouer jeune fille en détresse, Holminette, a-t-elle dit avant d'abattre de toutes ses forces la pierre sur la coque du canoë, faisant s'écailler la peinture verte qui recouvrait la fibre de verre.

Elle a remis le canoë à l'endroit ; il a immédiatement pris l'eau.

– Bon, maintenant, je vais me cacher et toi, tu parles au type de la voiturette.

– Quoi ? Non. Pas question.

– Une jeune fille en détresse est toujours seule.

– Pas question, j'ai dit.

C'est alors qu'une voix s'est écriée du haut du mur :

– Ça va en bas ?

J'ai levé la tête et vu un vieil homme ridé comme une pomme, en costume noir et chemise blanche.

– Il y a un trou dans notre canoë, a répondu Daisy. Et, en fait, on est copines avec Davis Pickett. Il habite ici ?

– Je m'appelle Lyle, a dit l'homme. Sécurité. Je peux vous conduire à la maison.

Quatre

Lyle nous a fait monter dans la voiturette et il a suivi un petit chemin bitumé qui longeait le parcours de golf en passant devant une grande cabane en rondins baptisée *Le Cottage*, à en croire un panneau de bois.

Cela faisait des années que je n'avais pas mis les pieds chez les Pickett et j'ai constaté que la propriété avait encore embelli. Les bunkers du golf venaient d'être ratissés. Le chemin sur lequel la voiturette roulait n'avait pas de bosse ou de trou. Il était bordé de jeunes érables. Mais ce qui m'a surtout frappée, c'était cette étendue de gazon infinie sans la moindre mauvaise herbe, tondue de frais selon un motif en losanges. La résidence des Pickett était silencieuse, déserte et immense – un peu comme un lotissement flambant neuf avant que les occupants n'emménagent. J'adorais ça.

Daisy a profité du trajet pour questionner Lyle, avec toute la subtilité qui la caractérise :

– Alors, comme ça, vous êtes le chef de la sécurité du domaine ?

– Je suis la sécurité, a répondu Lyle.

– Depuis combien de temps travaillez-vous chez M. Pickett ?

– Assez longtemps pour savoir que vous n'êtes pas des amies de Davis.

Daisy, qui n'avait aucune notion de ce qu'était la gêne, ne s'est pas découragée.

– L'amie, c'est Holminette. La nuit où Pickett a disparu, vous étiez de service ?

– M. Pickett ne veut aucun membre du personnel dans la propriété entre la tombée du jour et l'aube, a-t-il répondu.

– Vous êtes combien ?

Lyle a arrêté la voiturette.

– Vous avez intérêt à connaître Davis, sinon je vous fais coffrer pour effraction.

Après un dernier virage, la piscine est apparue devant nous, un grand lagon bleu aux eaux miroitantes avec, au centre, l'île dont j'avais gardé le souvenir. À la différence près que celle-ci était désormais couverte d'un dôme géodésique en verre. Les toboggans – des cylindres qui s'enroulaient les uns autour des autres – n'avaient pas bougé non plus sauf qu'ils étaient secs. Des chaises longues en teck étaient disposées sur une terrasse jouxtant la piscine, une serviette blanche posée sur les coussins. On a longé le bassin jusqu'à une autre terrasse, où Davis Pickett était étendu sur l'une d'elles. En polo d'uniforme scolaire et short en toile, il lisait un livre en le tenant de façon à se protéger du soleil.

En entendant la voiturette, il s'est redressé et a regardé dans notre direction. Il avait les jambes maigres et bronzées, les genoux osseux. La monture de ses lunettes était en plastique et il portait une casquette de l'équipe des Indiana Pacers.

– Aza Holmes ?

Il s'est levé. Comme il était à contre-jour, je distinguais à peine son visage. Je suis descendue de la voiturette et me suis avancée vers lui.

– Salut, ai-je dit.

J'ai hésité à l'embrasser et il a semblé ressentir le même embarras. Finalement, on ne s'est pas touchés, ce qui, en toute honnêteté, est ma façon de dire bonjour préférée.

– Qu'est-ce qui me vaut ce plaisir ? a-t-il demandé d'une voix atone, neutre, indéchiffrable.

Daisy est apparue derrière moi et lui a tendu la main, puis elle a serré la sienne avec force.

– Daisy Ramirez, la meilleure amie d'Holminette. Notre canoë est crevé.

– On a heurté un rocher et atterri sur l'île aux Pirates, ai-je ajouté.

– Vous les connaissez ? a demandé Lyle.

– Oui, tout va bien, merci, Lyle. Vous voulez quelque chose à boire, les filles ? Eau ? Dr Pepper ?

– Dr Pepper ? ai-je répété, un rien perplexe.

– Ce n'était pas ton soda préféré ?

Je l'ai regardé en cillant.

– Euh, oui. J'en veux bien un.

– Lyle, vous pourriez nous apporter trois Dr Pepper ?

– Bien sûr, patron, a répondu Lyle et il est reparti en voiturette.

Daisy m'a lancé un regard au message clair : « Quand je te disais qu'il se souviendrait de toi », puis elle a détourné les yeux. Davis n'a manifestement rien remarqué. Il avait une façon de m'observer délicieusement timide, me jetant un coup d'œil avant de regarder ailleurs, ses yeux marron immenses derrière ses lunettes. Ses yeux, son nez, sa bouche – tous les traits de son visage – semblaient trop grands, comme s'ils avaient grandi de leur côté et que son visage était resté celui d'un enfant.

– Je ne sais pas quoi dire, a-t-il commencé. Je ne suis pas très doué pour faire la conversation.

– Dis ce que tu penses, ai-je proposé. C'est quelque chose que je ne fais absolument jamais.

Il a ébauché un sourire puis a haussé les épaules.

– OK. J'ai pensé : « Dommage qu'elle soit en quête de la récompense. »

– Quelle récompense ? ai-je demandé d'un ton peu convaincant.

Davis s'est assis sur une des chaises longues en teck et je me suis installée en face de lui. Il s'est penché en avant, coudes osseux sur genoux osseux.

– J'ai pensé à toi il y a quelques semaines, a-t-il repris. Quand mon père a disparu, son nom revenait en boucle aux infos, son nom complet – Russell Davis Pickett – et je n'arrêtais pas de me dire : « Mais c'est mon nom. » C'était trop bizarre d'entendre les présentateurs annoncer : « Russell Davis Pickett est porté disparu », alors que j'étais là.

– Et ça t'a fait penser à moi ?

– Oui. La première fois qu'on s'est vus, quand je t'ai demandé ton nom, tu m'as raconté que ta mère t'avait appelée Aza parce qu'elle voulait que tu aies un nom à toi, un son propre.

– En fait, c'était mon père.

Je revoyais papa m'expliquer les raisons pour lesquelles ils avaient choisi mon nom : « Il couvre tout l'alphabet, parce que nous voulions que tu saches que tu peux être qui tu veux. »

– Tandis que ton père…, ai-je poursuivi.

– … a fait de moi un fils de. Il m'a réduit à ça.

– Tu ne te résumes pas à ton nom, ai-je avancé.

– Bien sûr que si. Je ne peux pas ne pas être Davis Pickett. Ne pas être le fils de mon père.

– Sans doute.

– Et je ne peux pas non plus ne pas être un orphelin.

– Je suis désolée.

Ses yeux fatigués ont croisé les miens.

– Un tas de vieux copains se sont manifestés ces derniers jours et je ne suis pas idiot. J'ai compris. Mais je ne sais pas où est mon père.

– La vérité, c'est que…, ai-je commencé et je me suis arrêtée parce qu'une ombre s'est dressée au-dessus de nous.

Je me suis retournée. Daisy était derrière moi.

– La vérité, c'est qu'on écoutait la radio, a-t-elle dit, et qu'on parlait de ton père aux infos. Alors Holminette ici présente m'a raconté que, quand vous étiez plus jeunes, elle était dingue de toi.

– Daisy, ai-je bredouillé.

– Alors, je lui ai dit comme ça, on n'a qu'à aller le voir, je te parie que c'est l'amour de ta vie. On a fait semblant de s'échouer et toi, tu t'es rappelé qu'elle aimait le Dr Pepper. C'est carrément *LE* GRAND AMOUR. Un peu comme dans *La Tempête*. Bon, je vais vous laisser pour que vous puissiez vivre heureux jusqu'à la fin de vos jours.

Son ombre s'est éloignée, laissant la place à la lumière dorée du soleil.

– C'est vrai ? a demandé Davis.

– Je ne dirais pas que c'est comme dans *La Tempête*, ai-je répondu, sauf que je ne supportais pas l'idée de lui dire la vérité.

Mais ce n'était pas vraiment un mensonge. Du moins, pas complètement.

– On était petits, je veux dire, ai-je ajouté.

– Tu n'as presque pas l'air d'être la même personne, a-t-il déclaré au bout d'un moment.

– Quoi ?

– Tu étais un petit éclair maigrichon et aujourd'hui, tu es…

– Quoi ?

– Différente. Adulte.

Mon ventre a gargouillé, mais pour quelle raison ? Mystère. Je ne comprenais rien à mon corps – était-ce de peur ou de joie ?

Davis avait le regard perdu vers la rangée d'arbres qui bordaient la rivière.

– Je suis vraiment désolée pour ton père, ai-je dit.

Il a haussé les épaules.

– Mon père est un connard. Il s'est tiré avant que la police ne l'arrête parce qu'il est lâche.

Que répondre à cela ? À la façon dont les gens parlent de leur père, on pouvait presque se réjouir de ne pas en avoir.

– Je ne sais vraiment pas où il est, Aza. Et si quelqu'un le savait, il ne le dirait pas, parce que mon père lui donnerait beaucoup plus d'argent que le montant de la récompense.

Franchement, cent mille dollars ? Ce n'est pas tant que ça.

Je l'ai regardé fixement.

– Excuse-moi, a-t-il dit, c'était sans doute très con.

– Sans doute ?

– Oui, tu as raison. Ce que je veux dire, c'est qu'il s'en tirera. Il s'en tire toujours.

Je m'apprêtais à réagir quand j'ai entendu Daisy revenir. Elle était accompagnée d'un type – grand, baraqué, en short et polo assortis.

– On va voir un tuatara ! s'est-elle écriée.

Davis s'est levé.

– Aza, a-t-il annoncé, je te présente Malik Moore, notre zoologiste.

Il a dit « notre zoologiste » comme si c'étaient des paroles normales à prononcer au cours d'une conversation ordinaire, comme si la plupart des gens qui atteignaient un certain niveau de vie avaient un zoologiste à leur service.

Je me suis levée et j'ai serré la main de Malik.

– Je suis en charge du tuatara, a-t-il expliqué.

Tout le monde avait l'air de tenir pour acquis que je savais quel genre de bestiole était un tuatara. Malik s'est avancé au bord de la piscine, il s'est agenouillé, a soulevé une trappe enchâssée dans un des carreaux de la terrasse et il a appuyé sur un bouton. Une passerelle articulée en chrome s'est dépliée, partant du bord de la piscine jusqu'à l'île en décrivant un arc. Daisy m'a attrapée par le bras.

– C'est la réalité vraie ? m'a-t-elle chuchoté.

Puis Malik a agité la main avec emphase pour nous inviter à nous engager sur la passerelle et il a fermé la marche. Arrivé devant le dôme de verre, il a inséré une carte magnétique dans une fente. J'ai entendu un mécanisme se libérer et la porte s'est ouverte. Je suis entrée et me suis retrouvée soudain en climat tropical, il faisait au moins vingt degrés de plus qu'à l'extérieur et l'atmosphère était beaucoup plus humide.

Daisy et moi sommes restées près de l'entrée en attendant que Malik ait fini ses allées et venues, et revienne avec un gros lézard d'environ soixante centimètres de long et huit centimètres de haut. Sa queue, qui ressemblait à celle d'un dragon, était enroulée autour du bras du zoologiste.

– Vous pouvez la caresser, a-t-il proposé et Daisy l'a fait.

Mais, en voyant les griffures sur les mains de Malik, j'ai pensé que l'animal n'aimait peut-être pas toujours qu'on le touche. Donc, quand il me l'a tendu, j'ai dit :

– Je n'aime pas trop les lézards.

Et il a commencé à m'expliquer avec force détails que Tua (c'était son petit nom) n'était pas un lézard, mais un animal génétiquement différent du lézard dont l'origine remontait à l'ère secondaire, c'est-à-dire à deux cents millions d'années, ce qui faisait de lui un dinosaure vivant ; et qu'un tuatara pouvait vivre au moins cent cinquante ans ; et que le pluriel de tuatara était tuatara ; et qu'ils formaient la seule espèce encore existante de l'ordre des rhynchocéphales ; et qu'ils étaient en voie d'extinction en Nouvelle-Zélande dont ils étaient originaires ; et qu'il avait écrit sa thèse de doctorat sur les taux de l'évolution moléculaire du tuatara et ainsi de suite jusqu'à ce que la porte s'ouvre à nouveau et que Lyle annonce :

– Dr Pepper, patron.

J'ai pris les cannettes, en ai donné une à Daisy et une à Davis.

– Vous êtes sûre que vous ne voulez pas la caresser ? m'a demandé Malik.

– J'ai aussi peur des dinosaures, ai-je expliqué.

– Holminette collectionne toutes les grandes peurs, a dit Daisy tout en caressant Tua. De toute façon, il faut qu'on y aille. J'ai du babysitting qui m'attend.

– Je vais vous raccompagner, a proposé Davis.

Il voulait d'abord passer par la maison et je pensais l'attendre à l'extérieur, mais Daisy m'a poussée tellement fort que je me suis retrouvée en train de marcher à côté de lui.

Davis a ouvert la porte de la maison, un impressionnant panneau de verre d'au moins trois mètres de haut, et nous sommes entrés dans une pièce immense au sol en marbre. À ma gauche, allongé sur un canapé, Noah Pickett jouait à un jeu vidéo de combat spatial sur un écran démesuré.

– Noah, a dit Davis, tu te rappelles Aza Holmes ?

– 'lut, a-t-il lancé sans détourner les yeux de son jeu.

Davis a monté rapidement un escalier flottant, en marbre également, et je suis restée seule avec Noah – du moins, c'est ce que je croyais, jusqu'à ce qu'une femme que je n'avais pas vue m'interpelle.

– C'est un vrai Picasso.

Elle était habillée en blanc de la tête aux pieds et coupait des fruits dans une cuisine étincelante.

– La vache ! me suis-je exclamée en regardant à mon tour le tableau.

Un homme tout en lignes ondulées monté sur un cheval tout en lignes ondulées, lui aussi.

– J'ai l'impression de travailler dans un musée, a-t-elle déclaré.

En la regardant, j'ai repensé à la théorie de Daisy sur les uniformes.

– Oui, cette maison est magnifique, ai-je dit.

– Ils ont aussi un Rauschenberg à l'étage, a-t-elle ajouté.

J'ai hoché la tête, même si j'ignorais qui était ce Rauschenberg. Mychal aurait probablement su.

– Vous pouvez aller voir, a-t-elle proposé en me montrant l'escalier.

Je suis montée mais je ne me suis pas arrêtée pour admirer l'œuvre constituée de déchets recyclés au sommet des marches. J'ai préféré jeter un rapide coup d'œil dans l'entrebâillement de la première porte ouverte. Ce devait être la chambre de Davis, d'une propreté impeccable, les lignes dessinées par l'aspirateur toujours visibles sur la moquette. Un lit *king-size* avec quantité d'oreillers et une couette bleu marine. Dans un coin de la pièce, près d'un mur de fenêtres, un télescope, pointé vers le ciel. Des photos de famille sur son bureau – toutes datant de plusieurs années, à l'époque où il était petit. Des affiches de concert encadrées au mur – les Beatles, Thelonious Monk, Otis Redding, Leonard Cohen, Billie Holiday. Une bibliothèque bourrée de livres, dont un rayonnage était intégralement consacré à des BD protégées par une couverture en plastique. Et sur la table de chevet, à côté d'une pile de livres, la figurine d'Iron Man.

Je l'ai prise et l'ai retournée. Au dos d'une jambe, le plastique s'était fendu et on voyait le vide à l'intérieur, mais les jambes comme les bras étaient toujours articulés.

– Attention, ai-je entendu derrière moi. Tu tiens entre tes mains le seul objet matériel que j'aime vraiment.

J'ai reposé Iron Man et me suis retournée.

– Excuse-moi, ai-je dit.

– Iron Man et moi avons traversé de sacrées galères tous les deux.

– Je dois te confier un secret, ai-je dit. J'ai toujours trouvé qu'Iron Man était le plus nul.

Davis a souri.

– C'était sympa tant que ça a duré, Aza, mais notre amitié vient de prendre fin.

J'ai éclaté de rire et on est redescendus.

– Rosa, vous pouvez rester jusqu'à ce que je revienne ? a-t-il demandé à la femme en blanc.

– Oui, bien sûr, a-t-elle répondu. Je t'ai laissé du poulet au piment et de la salade dans le frigo pour le dîner.

– Merci, a dit Davis. Noah, mec, je suis de retour dans vingt minutes, OK ?

– OK, a répondu Noah sans quitter le cosmos.

En marchant vers la Cadillac Escalade de Davis, contre laquelle Daisy était appuyée, je lui ai demandé :

– C'est votre femme de ménage ?

– Non, la gouvernante. Elle est là depuis que

je suis né. Elle est un peu ce qui se rapproche le plus d'un parent.

– Mais elle ne vit pas avec vous ?

– Non, elle part tous les soirs à dix-huit heures. Finalement, pas si parent que ça.

Davis a déverrouillé les portières, Daisy est montée à l'arrière et m'a fait signe de m'installer à l'avant. En contournant le véhicule, j'ai aperçu Lyle à côté de la voiturette. Sans nous quitter des yeux, il parlait à un homme qui ramassait les premières feuilles mortes.

– Je vais les déposer, lui a dit Davis.

– Soyez prudent, patron, a répondu Lyle.

Dès que les portières ont été refermées, Davis a lâché :

– Tout le monde est toujours en train de me surveiller. C'est épuisant.

– Je suis désolée, ai-je dit.

Davis a ouvert la bouche pour ajouter quelque chose, puis il s'est ravisé, avant de reprendre la parole, un instant plus tard :

– Tu sais, c'est comme au collège, quand tu as l'impression que tout le monde passe son temps à te regarder et à parler dans ton dos. C'est la même impression, sauf que, maintenant, les gens le font vraiment.

– Ils pensent peut-être que tu sais où est ton père, est intervenue Daisy.

– Eh bien, ils ont tort. Je ne le sais pas. Et je

ne veux pas le savoir, a-t-il rétorqué d'un ton sans appel.

– Pourquoi ? a insisté Daisy.

Je regardais Davis quand il lui a répondu et j'ai vu qu'il se retenait d'exploser.

– Pour le moment, le mieux que mon père puisse faire pour Noah et moi, c'est de rester là où il est. De toute façon, il ne s'est jamais occupé de nous.

J'avais beau habiter de l'autre côté de la rivière, il fallait bien faire dix minutes de voiture pour rentrer chez moi car il n'y avait qu'un seul pont dans le secteur. On a roulé en silence, sauf quand je donnais des indications à Davis. Quand il a fini par se garer devant la maison, je lui ai demandé de me passer son téléphone et j'ai tapé mon numéro dans ses contacts. Daisy est descendue de voiture sans dire au revoir et je m'apprêtais à faire de même quand, au moment où je lui rendais son téléphone, Davis m'a pris la main et a retourné la paume vers lui.

– Je me souviens de ça, a-t-il dit et j'ai vu qu'il regardait le pansement sur mon doigt.

J'ai retiré ma main et l'ai refermée.

– Ça fait mal ? a-t-il demandé.

Pour une raison obscure, j'ai été tentée de lui dire la vérité.

– Que ça fasse mal ou non n'est pas vraiment la question.

– C'est une excellente devise, a-t-il dit.

J'ai souri.

– Oui, peut-être. Bon, il faut que j'y aille.

– Ça m'a fait plaisir de te revoir, Aza, a-t-il dit juste avant que je referme la portière.

– Oui, moi aussi.

Cinq

Tandis que, bien au chaud dans le cocon de Harold, je raccompagnais Daisy en bas de chez elle, elle n'a pas arrêté une seconde de me seriner que j'étais amoureuse de Davis.

– Holminette, tu rayonnes. Tu es lumineuse. Tu irradies.

– Non.

– Si.

– Je ne sais même pas si je le trouve mignon.

– Il se situe dans la grande moyenne de la gent masculine, a-t-elle dit. Genre assez craquant pour que je puisse avoir envie de succomber. Le problème avec les garçons, c'est que quatre-vingt-dix pour cent sont dans la norme. Si on pouvait les habiller correctement, leur faire prendre une douche, les obliger à se tenir droits, à nous écouter et à être moins débiles, ils seraient potables.

– Je n'ai aucune envie de sortir avec quelqu'un.

C'est ce que les gens prétendent souvent alors

qu'ils rêvent secrètement de trouver l'âme sœur, sauf que moi, je le pensais vraiment. J'étais attirée par des garçons, bien sûr, et j'aimais bien l'idée de sortir avec quelqu'un, mais je n'étais pas outillée pour la mécanique d'une relation. Les passages obligés qui m'angoissaient le plus étaient les suivants : 1. S'embrasser. 2. Devoir dire les choses qu'il faut pour ne pas blesser l'autre. 3. S'enfoncer davantage en essayant de s'excuser. 4. Aller au cinéma ensemble et se sentir obligée de se tenir la main, même après qu'elles ont commencé à devenir moites et que nos transpirations se sont mélangées. Et 5. Le moment où il demande : « Tu penses à quoi ? » en s'attendant à entendre répondre : « Je pense à toi, mon cœur », alors qu'en fait on est en train de réfléchir au fait que les vaches ne pourraient pas survivre sans les bactéries qui colonisent leur tube digestif, ce qui, en soi, signifie qu'elles n'ont pas d'existence propre en tant que forme de vie indépendante (et ce n'est pas le genre de réflexion susceptible d'être formulée à voix haute. Par conséquent, il ne reste que deux options : mentir ou avoir l'air bizarre).

– Eh bien, moi, j'ai envie de sortir avec quelqu'un, a dit Daisy. Je tenterais bien ma chance avec le petit orphelin milliardaire s'il n'était pas autant hypnotisé par toi. En parlant de ça, j'ai un super-scoop. Devine qui va hériter de la fortune de Pickett s'il meurt ?

– Davis et Noah.
– Non. Cherche encore.
– Le zoologiste !
– Toujours pas.
– Allez, dis-moi.
– Continue de chercher.
– Bon. Alors, toi ?
– Hélas, non. Ce qui est carrément injuste. Je suis milliardaire mais sans les milliards qui vont avec, Holminette. J'ai l'âme du propriétaire d'un jet privé, et la vie d'une conductrice de bus. C'est une tragédie. Mais non, ce n'est pas moi. Ni Davis. Ni le zoologiste. Mais le tuatara.
– Hein ? Quoi ?
– Le tuatara à la con, Holminette. Malik m'a dit que c'était de notoriété publique et je te le confirme. Écoute ça, m'a-t-elle dit en me montrant son téléphone. C'est un article de l'*Indianapolis Star* publié l'an dernier. « Hier soir, Russell Pickett, le milliardaire P-DG et fondateur de Pickett Engineering, a choqué le distingué public du Grand Prix automobile d'Indianapolis en annonçant qu'il léguait tous ses biens à son tuatara. Il a qualifié cet animal, qui peut vivre jusqu'à plus de cent cinquante ans, de magique. Il a précisé qu'il avait créé une fondation dont le but était d'étudier les tuatara et de veiller à leur préservation. Selon lui, "en levant les secrets de Tua – il appelle l'animal par son nom –, les

hommes connaîtront les clés de la longévité et comprendront mieux l'évolution de la vie sur terre". Et, à la question du journaliste qui lui demandait s'il confirmait qu'il avait bien l'intention de léguer tous ses biens à un fonds dont l'unique bénéficiaire serait un animal, Pickett a répondu par l'affirmative. "Le seul et unique bénéficiaire de ma fortune sera Tua – jusqu'à sa mort. Après quoi, mon patrimoine ira à un fonds en faveur de tous les tuatara du monde." Un représentant de chez Pickett Engineering a affirmé que les affaires personnelles du P-DG n'avaient aucune incidence sur la gouvernance de l'entreprise.» Rien de tel que de laisser sa fortune à un lézard pour faire comprendre à ses enfants qu'on n'en a rien à foutre d'eux.

– Je te rappelle qu'il ne s'agit pas d'un lézard, ai-je fait remarquer.

– Holminette, un jour tu gagneras le prix Nobel de la pédanterie maximale et je serai trop fière de toi.

– Merci, ai-je dit, en me garant sur le parking de son immeuble. Donc, si le père de Davis meurt, son frère et lui n'auront rien ? Je croyais qu'on était au moins obligé de payer les études de ses enfants ?

– J'en sais rien, a répondu Daisy. Mais j'en arrive à penser que Davis dénoncerait son père s'il connaissait l'endroit où il se trouve.

– Oui. Quelqu'un le sait forcément. Il a dû

avoir besoin d'aide, non ? On ne disparaît pas comme ça.

– C'est vrai, mais il y a pléthore de complices possibles. Pickett a plusieurs milliers d'employés. Et combien de personnes travaillent sur la propriété ? Quand tu penses qu'ils ont un zoologiste.

– Ça doit être pénible d'avoir tous ces gens chez soi toute la journée. Des gens qui ne font pas partie de ta famille et qui squattent ton espace en permanence.

– En effet, Holminette. Comment peut-on supporter le désagrément de domestiques débordant d'enthousiasme ?

J'ai ri et Daisy a tapé dans ses mains.

– Bon. Ma liste de choses à faire : faire des recherches sur les testaments. Mettre la main sur le rapport de police. La tienne : craquer pour Davis, ce que tu as accompli en grande partie. Merci de m'avoir raccompagnée, c'est l'heure d'aller faire semblant d'aimer ma sœur.

Elle a pris son sac à dos, est descendue de voiture et a claqué la portière pourtant si délicate de Harold.

En rentrant à la maison, j'ai regardé la télé avec maman, mais je n'arrêtais pas de penser à Davis en train de scruter mon doigt, ma main dans la sienne.

J'ai des pensées que le docteur Karen Singh

qualifie d'« intrusives », sauf que, la première fois qu'elle a dit le mot, j'ai compris : « invasives » ; ce que je préfère, dans la mesure où, comme les mauvaises herbes, ces pensées arrivent dans ma biosphère en provenance d'une terre très éloignée et que leur propagation est incontrôlable.

Tout le monde est censé avoir ce type de pensées – vous regardez du haut d'un pont, par exemple, et, sans crier gare, il vous vient à l'esprit que vous pourriez sauter. Puis, si vous faites partie de la majorité des gens, vous vous dites : « Quelle drôle d'idée », et vous passez à autre chose. Mais chez certains individus, la pensée invasive peut prendre le dessus, évincer toutes les autres au point d'être la seule qui vous anime, la seule à laquelle vous revenez inlassablement ou dont vous cherchez à vous distraire.

Vous êtes en train de regarder la télé avec votre mère – une série sur des enquêteurs qui remontent le temps pour élucider des affaires – quand vous vous rappelez ce garçon qui vous tenait la main et scrutait votre doigt et, là, la pensée qui vous vient à l'esprit est la suivante : *Tu devrais retirer le pansement pour vérifier qu'il n'y a pas d'infection.*

Vous n'avez aucune envie de le faire, c'est une invasive. Tout le monde en a. Sauf que la vôtre refuse de se taire. Comme vous avez suivi une thérapie cognitivo-comportementale, vous vous dites : *Je ne suis pas mes pensées*, même si, au fond, vous vous demandez ce que vous êtes alors. Puis vous vous ordonnez de cliquer sur la petite croix dans le coin supérieur droit de la pensée pour la faire disparaître. Et ça peut marcher quelque temps ; vous revenez chez vous sur le canapé à côté de votre mère. Et là, votre cerveau dit : *D'accord, mais si ton doigt était infecté ? Pourquoi ne pas vérifier ? La cafétéria n'était pas l'endroit le plus hygiénique pour rouvrir une plaie. Et puis, tu es allée dans la rivière.*

Voilà, vous êtes stressée parce que vous êtes déjà passée par ce même rodéo des milliers de fois et aussi parce que vous aimeriez choisir les pensées qui sont censées être les vôtres. La rivière était sale, quand même. Mais est-ce que votre main a touché l'eau ? *Retirer le pansement prendrait une seconde.* Vous vous dites que vous avez fait attention à ne pas toucher l'eau mais votre moi répond : *Et si jamais tu as touché quelque chose qui l'a touchée ?* Puis vous pensez que la plaie n'est sûrement pas infectée, mais la distance que vous avez créée avec le « sûrement » est immédiatement comblée par la pensée : *Il faut que tu vérifies qu'il n'y a pas d'infection ; allez, vas-y, comme ça, tu seras tranquille.* Bon, d'accord, alors vous vous excusez auprès de votre mère et vous filez à la salle de bains. Vous retirez le pansement et vous découvrez que vous ne saignez pas. En revanche, il semblerait que ce soit de l'humidité que vous voyez à l'intérieur du pansement. Vous brandissez celui-ci à la lumière jaune de la salle de bains et, effectivement, ce pourrait être une trace d'humidité.

Elle pourrait être due à de la transpiration certes, mais aussi à l'eau de la rivière ou, pire, à un écoulement séro-purulent, le signe incontestable d'une infection. Alors vous prenez le gel antibactérien dans l'armoire à pharmacie et vous en pressez un peu sur le bout de votre doigt, ce qui brûle très fort, puis vous vous lavez consciencieusement les mains en récitant votre alphabet afin d'avoir la certitude que vous les frottez pendant les vingt secondes préconisées par le Centre épidémiologique ; puis vous vous les séchez soigneusement sur une serviette ; ensuite, vous enfoncez votre ongle au fond de la callosité jusqu'à ce que le sang commence à couler et vous appuyez tant qu'il coule ; enfin, vous séchez la plaie avec un mouchoir en papier, vous prenez un pansement dans la poche de votre jean, où vous en avez une provision inépuisable, et vous l'appliquez soigneusement sur votre doigt. Vous retournez vous asseoir sur le canapé pour regarder la télé et pendant seulement quelques minutes ou peut-être beaucoup plus, vous sentez la tension se relâcher, le soulagement d'avoir cédé à votre voix intérieure.

Puis deux, cinq ou six cents minutes s'écoulent avant que vous vous demandiez : *Est-ce que j'ai bien fait sortir tout le pus ? C'était du pus ou de la transpiration ? Si c'était du pus, il faut que je retourne nettoyer la plaie.*

La spirale se resserre ainsi indéfiniment.

Six

Le lendemain après les cours, je me suis jointe à la cohue des élèves qui sortaient de White River High School par les halls bondés et j'ai retrouvé Harold. Je devais changer mon pansement, ce qui ne m'a pris que quelques minutes. De toute façon, je préférais attendre que le gros des voitures soit parti avant de rentrer. Histoire de passer le temps, j'ai envoyé un texto à Daisy pour lui demander de me retrouver chez Applebee's, notre cantine, pour y travailler ensemble.

Elle m'a répondu quelques minutes plus tard :

Je bosse jusqu'à 8 h. Je te retrouve après ?

Moi : Tu veux que je te dépose ?

Elle : Papa est venu me chercher.
Il m'emmène. Davis t'a envoyé un texto ?

Moi : Non. Faudrait que je lui en envoie un ?

Elle : Sûrement pas.

Elle : Attends entre 24 et 30 h. Ça tombe sous le sens. Tu es intriguée mais pas accro.

Moi : Pigé. Je ne connaissais pas l'existence des 10 commandements du texto.

Elle : Maintenant tu sais. On est presque arrivés, faut que je te laisse. Première chose à l'ordre du jour : tirage à la courte paille pour savoir qui va enfiler le costume de Chuckie. Prie pour moi.

Harold et moi avions pris le chemin du retour quand j'ai réalisé que je pouvais aller n'importe où. Pas n'importe où, peut-être, mais presque. Je pouvais aller dans l'Ohio, si je voulais, ou le Kentucky, et être rentrée avant le couvre-feu. Grâce à Harold, plusieurs centaines de kilomètres carrés du Midwest américain étaient à ma portée. J'ai continué à rouler sur Meridian Street en direction du nord jusqu'à la sortie pour la I-465. J'ai allumé la radio juste au moment où passait une chanson que j'aimais bien : *Can't Stop Thinking About You*, les basses grésillant dans les haut-parleurs en bout de course, les paroles étaient idiotes et absurdes, juste ce qu'il me fallait.

Parfois, on arrive à enchaîner une super-série de chansons à la radio quand, à chaque coupure pub, on change de station et que la nouvelle passe un morceau qu'on adore mais qu'on a pratiquement oublié. Une chanson qu'on n'aurait jamais choisie mais qui se révèle idéale pour s'égosiller en même temps. J'ai donc roulé au hasard, accompagnée par cette miraculeuse *playlist*. J'ai suivi l'autoroute en direction de l'est, puis du sud, puis de l'ouest, puis du nord, puis de l'est à nouveau, jusqu'à ce que je retrouve la sortie sur Meridian Street, mon point de départ.

Faire le tour d'Indianapolis m'a coûté sept dollars d'essence. C'était du gâchis, mais je me sentais beaucoup mieux.

En me garant devant la maison pour aller ouvrir la porte du garage, j'ai constaté que Daisy m'avait bombardée de textos.

C'est moi qui ai tiré la courte paille.
Je dois enfiler cette horreur de costume.

À plus si je survis.

Si je meurs, pleure tous les jours sur ma tombe jusqu'à ce qu'une pousse jaillisse du sol et continue à pleurer pour qu'elle se transforme en un arbre magnifique dont les racines entoureront mon corps.

Ça y est, c'est l'heure. Ils me prennent mon téléphone. Ne m'oublie pas, Holminette !

Dernière nouvelle : J'ai survécu. Quelqu'un

m'emmène chez Applebee's après le boulot.

À plus.

J'ai trouvé maman dans le salon, les pieds sur la table basse, en train de corriger des copies. Je me suis assise à côté d'elle.

– Un certain Lyle qui travaille chez les Pickett a rapporté notre canoë réparé, a-t-elle dit sans lever les yeux. Il paraît que vous descendiez la White River et que vous avez heurté un rocher.

– Oui.

– Toi et Daisy. Sur la White River.

– Oui, ai-je dit encore.

Elle a fini par lever la tête.

– Ça ressemble à quelque chose que tu ferais si tu avais envie de tomber sur Davis Pickett, par exemple.

J'ai haussé les épaules.

– Ça a marché ?

J'ai à nouveau haussé les épaules, mais elle ne me lâchait pas du regard et j'ai fini par capituler.

– Je pensais à lui. Je suppose que je cherchais une excuse pour savoir comment il allait.

– Comment est-ce qu'il s'en sort sans son père ?

– Je crois que ça va, ai-je répondu. La plupart des gens n'ont pas l'air de beaucoup aimer leur père.

Elle s'est penchée vers moi, son épaule contre la mienne. On pensait toutes les deux à papa, mais on n'était pas très douées pour en parler.

– Je me demande si tu te serais disputée avec ton père.

Je n'ai pas répondu.

– Il t'aurait comprise, c'est certain. Il pigeait tes « pourquoi » alors que j'en étais incapable. Mais il était toujours inquiet pour tout, tu aurais peut-être trouvé ça épuisant. C'était mon cas, parfois.

– Toi aussi, tu t'inquiètes.

– Sans doute. C'est vrai que je me fais du souci pour toi.

– Je n'ai rien contre les gens inquiets. S'inquiéter est la bonne façon de voir le monde. La vie est inquiétante.

– Je croirais l'entendre, a-t-elle dit avec un pâle sourire. Je n'en reviens toujours pas qu'il nous ait quittées.

On aurait dit qu'elle parlait d'une décision, comme si papa en tondant la pelouse ce jour-là s'était dit : « Tiens, et si je tombais raide mort maintenant. »

C'est moi qui ai préparé le dîner, un gratin de macaronis à partir de légumes en conserve et de pâtes alimentaires, mais avec du bon cheddar. On a mangé en regardant une émission de téléréalité dans laquelle des gens ordinaires s'efforçaient de survivre en pleine nature. Mon téléphone a vibré au moment où maman et moi faisions la vaisselle – Daisy m'informait qu'elle était arrivée chez Applebee's. J'ai promis à ma mère d'être de retour avant minuit et j'ai retrouvé Harold qui s'est montré délicieux, comme toujours.

Applebee's est une chaîne de restaurants de moyenne gamme qui propose de la « cuisine américaine », ce qui signifie en gros que tous les plats sont à base de fromage. L'an dernier, un gamin s'était pointé à la maison et avait réussi à convaincre maman d'acheter un énorme carnet de bons pour aider financièrement sa troupe de scouts ou je ne sais quoi. Or il se trouve que, dans ce carnet, il y avait soixante bons Applebee's pour « deux burgers à 11 $ ». Et depuis, Daisy et moi vivions dessus.

Je l'ai trouvée qui m'attendait dans un box, elle avait troqué son polo de travail pour un haut turquoise échancré et était plongée dans son téléphone. Daisy n'avait pas d'ordinateur, elle faisait tout sur son téléphone, de textoter à écrire ses fanfictions. Elle tapait plus vite que moi sur un clavier normal.

– Tu as déjà reçu une photo de bite ? a-t-elle demandé en guise de salut.

– J'en ai déjà vu une, oui, ai-je répondu en me glissant sur la banquette en face de la sienne.

– Évidemment que tu en as déjà vu, Holminette. Je ne te demande pas si tu es une bonne sœur du XVIIe siècle. Je veux juste savoir si tu as déjà reçu une photo de bite que tu n'as pas demandée et sans aucun contexte. Une photo de bite en guise d'introduction.

– Pas vraiment.

– Regarde ça, a-t-elle dit en me tendant son téléphone.

– Oui, c'est un pénis, ai-je fait remarquer en plissant les yeux et en tournant le téléphone légèrement vers la gauche.

– D'accord, mais est-ce qu'on peut en parler une seconde ?

– Je préférerais pas, ai-je répondu et j'ai lâché le téléphone en voyant Holly, la serveuse, apparaître devant notre table.

On tombait souvent sur Holly et elle n'était pas franchement membre du fan-club de Daisy et Holminette, ce qui avait sans doute un rapport avec notre stratégie Applebee's fonctionnant aux bons et avec nos maigres ressources qui limitaient les pourboires.

Comme d'habitude, Daisy a dit ce qui lui passait par la tête :

– Holly, vous avez déjà reçu…

– Non, ai-je dit. Non, non, non, puis en regardant Holly : Je prendrai juste un verre d'eau, s'il vous plaît. Mais vers dix heures moins le quart, j'aimerais bien un burger végétarien sans mayonnaise ni condiments, juste le steak veggie et le bun dans une boîte à emporter, s'il vous plaît. Et des frites.

– Et vous, ce sera le Texan Burger épicé ? a demandé Holly à Daisy.

– Avec un verre de vin rouge, s'il vous plaît.

Holly l'a fixée sans rien dire.

– Bon, d'accord. De l'eau.

– Je suppose que vous avez un bon ? a demandé Holly.

– Vous supposez bien, ai-je répondu en le faisant glisser vers elle.

Holly avait à peine tourné les talons que Daisy remettait le sujet sur le tapis.

– Comment est-ce que je suis censée réagir à l'e-mail d'un fan qui m'envoie un pénis en semi-érection ? Est-ce que je dois être *intriguée* ?

– Il pense sûrement que ça se terminera par un mariage. Tu finiras par le rencontrer en vrai, tu tomberas amoureuse de lui et, un jour, tu raconteras à tes enfants que votre histoire d'amour a commencé par une photo de pénis désincarné.

– Quelle drôle de façon de réagir à ma fiction. Tâchons de suivre le cheminement de sa pensée : « J'ai adoré l'aventure romantique de Rey et Chewbacca fouillant le vaisseau spatial Tulgah sur Endor en quête du légendaire élixir de patience Tulgah. Et, pour remercier l'auteur de cette histoire, je vais lui envoyer une photo de ma bite. » Comment tu fais le rapprochement, Holminette ?

– Les garçons sont dégoûtants, ai-je répondu. Tout le monde est dégoûtant. Les gens et leur corps sont dégoûtants. Tout ça me donne envie de gerber.

– Si ça se trouve, c'est un gros nul qui ne jure que par Kylo, a-t-elle marmonné – je ne comprenais rien à son langage de fanfiction.

– Est-ce qu'on pourrait parler d'autre chose ?

– D'accord. Pendant ma pause au boulot, je suis devenue experte en testament. Écoute ça : en fait, on n'a pas le droit de léguer son argent à un animal, un non-humain, mais on peut le laisser à une société qui n'existe que pour servir l'intérêt de l'animal. En gros, l'État de l'Indiana ne considère pas les animaux de compagnie comme des gens ; en revanche, il considère les sociétés comme des gens. Conclusion, l'argent de Pickett ira à une société qui s'occupera de son tuatara. Et on n'est pas obligé non plus de laisser quelque chose à ses enfants. Quel que soit le montant de sa fortune – ni maison, ni argent pour la fac, rien.

– Et si leur père va en prison ?

– Ils auront un tuteur. Le régisseur de la propriété ou un membre de la famille, et cette personne recevra de l'argent pour payer les dépenses des enfants. Si je ne fais pas carrière dans la recherche de fugitifs, je me recyclerai en tutrice d'enfants milliardaires. Bon, toi, tu commences à compiler les infos sur l'affaire et sur la famille Pickett. Et moi, je récupère le rapport de police et je fais mon devoir d'algèbre parce qu'il n'y a pas tant d'heures que ça dans une journée et que Chuck E. Cheese m'en bouffe déjà une bonne partie.

– Comment tu vas te débrouiller pour récupérer le rapport ?

– Oh, tu sais. Par la ruse.

J'ai découvert que j'étais amie sur Facebook avec Davis Pickett. Son profil était une ville fantôme abandonnée depuis longtemps, mais il m'a fourni un de ses noms d'utilisateur préférés – dallgoodman, qui m'a permis de le retrouver sur Instagram.

Sur son compte, il n'avait posté aucune photo, uniquement des citations en typo style vieille machine à écrire sur fond de papier froissé un peu flou. La première, postée deux ans auparavant, était de Charlotte Brontë : « Je tiens à moi. Plus je serai seule, sans ami, sans soutien, plus il faudra que je me respecte. »

La citation la plus récente était : « Celui qui n'a pas peur de la mort ne meurt qu'une fois » et je me suis demandé si ce n'était pas une référence cachée à son père, mais je n'ai pas su la déchiffrer. (Pour info, celui qui *a peur* de la mort ne meurt qu'une fois aussi.)

En faisant défiler les citations, j'ai remarqué que certains utilisateurs étaient des fans absolus des posts de Davis, à commencer par une certaine anniebellcheers, qui alimentait presque exclusivement son compte avec des clichés de pom-pom girls. Jusqu'à ce que je tombe sur des photos d'elle et de Davis, datant de plus d'un an auparavant et accompagnées d'une flopée d'émoticônes cœur.

Leur relation avait dû commencer pendant l'été entre la troisième et la seconde et n'avait duré que quelques mois. Sur le compte Instagram d'anniebellcheers, j'ai trouvé le lien vers son compte Twitter, sur lequel elle suivait toujours un certain nkognito, le pseudo de Davis – je l'ai su car il avait posté une photo de son frère en train de faire une bombe dans la piscine.

Grâce au nom d'utilisateur nkognito, je suis parvenue à un profil YouTube – il était à l'évidence fan de vidéos de basket et de celles, interminables, où l'on voit quelqu'un jouer à un jeu vidéo. Et puis, à force de faire défiler des pages et des pages, j'ai fini par tomber sur un blog.

Au début, je n'étais pas certaine que ce soit celui de Davis. Chaque post commençait par une citation suivie d'un petit paragraphe qui n'était pas suffisamment autobiographique pour que je puisse le reconnaître, comme celui-ci :

« À un certain moment de la vie, la beauté du monde suffit. On n'a pas besoin de la photographier, de la peindre ni même de s'en souvenir. Elle suffit. »

— Toni Morrison

La nuit dernière, allongé sur le sol gelé, j'observais le ciel dégagé que la pollution lumineuse et la buée due à ma respiration gâchaient un peu – pas de télescope ni rien, juste moi et le ciel immense – et je n'arrêtais pas de me dire que « ciel » était un mot singulier, comme s'il s'agissait d'une seule chose. Or le ciel ne se réduit pas à une seule chose. Il est tout. Et hier soir, c'était suffisant.

Je ne savais pas encore s'il s'agissait vraiment de lui jusqu'à ce que je remarque qu'une bonne partie des citations de son compte Instagram étaient également utilisées dans le blog, à commencer par celle de Charlotte Brontë :

« Je tiens à moi. Plus je serai seule, sans ami, sans soutien, plus il faudra que je me respecte. »

— Charlotte Brontë

À la fin, quand marcher est devenu difficile, on s'est assis sur un banc qui donnait sur la rivière, les eaux baissaient, et elle m'a dit que la beauté était

essentiellement une question d'attention.
« La rivière est belle, parce que tu la regardes. »

Autre post datant du mois de novembre dernier, à l'époque où anniebellcheers et lui avaient cessé de communiquer *via* Twitter :

« Par convention chaud, par convention froid, par convention couleur, mais en réalité atomes et vide. » — DÉMOCRITE

Quand l'observation échoue à se conformer
à la vérité, à quoi faire confiance – à ses sens ou à
sa vérité ? Les Grecs n'avaient pas de mot pour bleu.
La couleur n'existait pas pour eux. Ils ne pouvaient
la voir sans un mot pour la désigner.
Je pense à elle tout le temps. J'ai le ventre qui se noue
quand je la vois. Mais est-ce l'amour ou quelque
chose pour lequel nous n'avons pas de mot ?

Le suivant m'a fait un choc :

« Notre plus grande arme contre le stress, c'est notre capacité à choisir une pensée plutôt qu'une autre. »
— WILLIAM JAMES

J'ignore de quel super-pouvoir William James
jouissait, mais je ne peux pas plus choisir
mes pensées que mon nom.

Il avait une façon de parler de ses pensées qui était proche de la manière dont je vivais les miennes – non pas comme un choix mais plutôt comme un destin. Pas un inventaire de ma conscience, mais sa réfutation.

Quand j'étais petite et que je me confiais à maman à propos de mes invasives, elle me répondait toujours :

– Ne pense pas à ça, Aza.

Mais Davis a pigé. On ne peut pas choisir. C'est là le problème.

L'autre aspect intéressant de la présence en ligne de Davis, c'est qu'il a tout arrêté le jour où son père a disparu. Il avait alimenté le blog presque tous les jours pendant plus de deux ans, mais, l'après-midi qui a suivi la disparition, il a écrit :

> « Dormez bien, espèces de crétins. »
>
> — J. D. Salinger

> Je crains qu'il ne s'agisse d'un au revoir, mes amis,
> bien que, encore une fois, personne ne dise au revoir
> à moins d'avoir envie de vous revoir.

Cela se tenait. Les gens avaient sans doute dû commencer à fourrer leur nez partout – si j'avais été capable de découvrir son blog secret, la police y parviendrait aussi. Mais je me demandais si Davis avait réellement quitté

Internet pour de bon ou s'il était parti vers des horizons plus lointains.

Cela dit, je n'arrivais pas à retrouver sa trace. J'ai fini dans une impasse à force de chercher ses noms d'utilisateur et leurs variantes. Les nombreux Davis Pickett que je rencontrais n'étaient pas le mien – Dave Pickett, cinquante-trois ans, conducteur de poids lourds dans le Wisconsin ; Davis Pickett, mort du syndrome lymphoprolifératif avec auto-immunité, après avoir posté de courts textes sur son blog en s'aidant d'un logiciel qui suit le mouvement des yeux ; un twitto qui avait pour nom d'utilisateur dallgoodman et dont le blog n'était que menaces acrimonieuses dirigées contre des membres du Congrès. J'ai trouvé aussi un compte Reddit consacré à l'équipe de basket des Butler Bulldogs et qui appartenait sûrement à Davis, mais, comme les autres, il est devenu silencieux à la disparition de Pickett père.

– J'y suis presque, a dit soudain Daisy. Presque, presque, presque. Si seulement j'étais aussi douée pour la vie que sur Internet !

J'ai levé la tête, reprenant ma place à bord du vaisseau sensoriel d'Applebee's. Daisy pianotait d'une main sur son téléphone et de l'autre, elle tenait son verre d'eau. Tout était brillant et bruyant. Au bar, des gens discutaient en hurlant à propos de je ne sais quel événement sportif.

– Qu'est-ce que tu as trouvé ? m'a demandé Daisy en reposant son verre.

– Davis avait une copine, ils se sont séparés en novembre dernier. Il tient un blog mais il n'a rien posté dessus depuis la disparition de son père. En le parcourant, je l'ai trouvé plutôt… chou.

– Holminette, je suis ravie que tu aies mis tes talents de cyber-enquêtrice au service d'une découverte majeure : Davis est chou. Je t'aime, mais tu as intérêt à trouver des infos concernant notre affaire.

Ce que j'ai fait. L'*Indianapolis Star* couvrait largement le dossier car non seulement Pickett Engineering était l'un des plus gros employeurs de l'Indiana, mais son P-DG était toujours en procès. Pickett avait eu un gigantesque projet immobilier en centre-ville qui avait donné lieu à de multiples poursuites judiciaires ; son ancienne assistante de direction ainsi que sa directrice marketing l'avaient toutes deux attaqué en justice pour harcèlement sexuel ; le jardinier de sa propriété l'avait poursuivi pour violation de la loi en faveur des Américains avec un handicap… La liste était interminable.

Les articles citaient tous le même avocat – Simon Morris. Sur son site web, Morris décrivait son activité comme « cabinet d'avocats dédié à tous les besoins spécifiques des grandes fortunes ».

– BTW, je peux recharger mon téléphone sur ton ordinateur ?

Daisy a vraiment dit « BTW » et j'aurais aimé lui faire remarquer que c'était aussi long à prononcer que « *by the way* » ou même « au fait », mais elle était absorbée par quelque chose. Sans quitter des yeux son téléphone, elle a plongé la main dans son sac, sorti un câble USB et me l'a tendu. Je l'ai branché sur mon ordinateur et elle a juste marmonné :

– Voilà qui est mieux, merci. J'y suis presque.

Je me suis rendu compte que Holly avait déposé ma commande à emporter. J'ai ouvert la boîte de frites et en ai grappillé quelques-unes avant de revenir à mon enquête sur Pickett. J'ai découvert un site qui s'appelait Portedeverre, sur lequel d'anciens et d'actuels employés de chez Pickett Engineering pouvaient se lâcher sur l'entreprise de façon anonyme. Certains commentaires concernaient Russell Pickett lui-même :

« Le P-DG est carrément louche. »

« Russell Pickett est cent pour cent mégalo. »

« Je ne dis pas que les cadres de chez Pickett nous obligent à enfreindre la loi, mais ils commencent souvent leurs phrases par : "Je ne dis pas que vous devriez enfreindre la loi, mais..." »

Voilà le genre de type qu'était Pickett. Et, bien qu'il ait évité tous les procès en payant, l'enquête criminelle se poursuivait. D'après ce que j'ai compris, son entreprise avait versé des pots-de-vin à un régiment de fonctionnaires de l'État d'Indiana en échange de contrats pour la construction d'un système amélioré de stockage des débordements des égouts d'Indianapolis.

Quinze ans plus tôt, le gouvernement de l'État avait mis de côté les fonds nécessaires à la purification de la White River grâce à la création de nouveaux bassins de rétention des eaux usées et à l'agrandissement du tunnel qui court sous le centre-ville, déviant un ruisseau appelé Pogue's Run. L'idée était, d'ici dix ans, d'empêcher les égouts de se déverser dans la rivière chaque fois qu'il pleuvait. Pickett Engineering avait obtenu le contrat initial, or, non seulement l'entreprise n'avait jamais terminé les travaux, mais elle avait largement dépassé le budget. Si bien que le gouvernement lui avait retiré le contrat afin de permettre à une autre entreprise de faire une offre pour l'achèvement du chantier.

Et puis, alors que Pickett Engineering avait fait un travail désastreux la première fois, l'entreprise avait remporté le nouveau contrat – en soudoyant, semble-t-il, des fonctionnaires nationaux. Deux cadres de chez Pickett Engineering avaient déjà été arrêtés et semblaient coopérer avec la police. Russell Pickett lui-même n'avait pas encore été mis en examen, bien qu'un édito dans le journal, datant de trois jours avant sa disparition, ait critiqué les autorités : « L'*Indianapolis Star* a suffisamment de preuves pour faire inculper Russell Pickett, pourquoi n'est-ce pas le cas des autorités ? »

– Eeeeeeeet ça marche. OK. Bouge pas, bouge pas. J'attends que le Zip se télécharge, oui, et s'ouvre et… putain, oui !

Daisy a enfin relevé la tête et m'a souri. Elle avait les dents de devant légèrement de travers – elles se chevauchaient – et en était complexée, si bien qu'elle souriait rarement d'une oreille à l'autre. Mais cette fois, j'ai même aperçu ses gencives.

– Est-ce que je peux faire comme à la fin de *Scooby-Doo* et te raconter comment j'ai fait ?

J'ai acquiescé.

– Donc, le premier article qui mentionne la disparition de Pickett se réfère à un rapport de police que l'*Indianapolis Star* s'est procuré. L'auteur du papier s'appelle Sandra Oliveros, avec la collaboration d'un certain Adam Amer, nom de famille nase, mais bref, il fait clairement figure de débutant sur cette affaire et, en vérifiant rapidement sur Google, j'ai appris qu'il venait d'obtenir son diplôme de l'Indiana University. Alors, j'ai inventé une adresse e-mail qui ressemble comme deux gouttes d'eau à celle de Sandra Oliveros et j'ai envoyé un message à Amer pour lui ordonner de me faire parvenir une copie du rapport de police. Il m'a répondu : « Je ne peux pas, je ne l'ai pas sur mon ordinateur perso. » Je lui ai dit de se magner d'aller au bureau pour me le faire parvenir et il était en mode : « On est vendredi soir », et moi : « Je sais qu'on est vendredi soir, mais les infos ne s'arrêtent pas pendant le week-end, fais ton boulot ou je trouve quelqu'un d'autre pour le faire. » Et le mec s'est précipité au bureau et, sans déconner, il m'a e-mailé des scans du rapport de police.

– Nom de Dieu.

– Bienvenue dans le futur, Holminette. Pirater des ordis est déjà du passé, maintenant, on pirate les gens. Les dossiers sont dans ta boîte e-mail.

Il m'arrivait de me demander si Daisy n'était pas amie avec moi uniquement pour avoir un témoin.

Pendant que le document se chargeait, j'ai détaché les yeux de l'écran et regardé le parking à travers les lattes du store. Un réverbère brillait juste en face de nous, ce qui plongeait les alentours dans une obscurité complète.

Je m'efforçais de chasser une pensée mais, alors que j'ouvrais le rapport de police et commençais à le parcourir, elle s'est faite plus présente.

– Quoi ? a demandé Daisy.

– Rien, ai-je répondu en essayant à nouveau de me libérer de cette pensée, mais c'était impossible. Enfin c'est juste… comment est-ce qu'on peut être sûres qu'il ne va pas avoir d'ennuis ? Tu ne crois pas que, quand il retournera au boulot, lundi, il demandera à sa boss pourquoi elle avait besoin de ces dossiers et qu'elle lui répondra un truc du genre : « Quels dossiers ? » Il pourrait avoir des ennuis, non ? Il pourrait même se faire virer !

Daisy a levé les yeux au ciel, mais j'étais déjà dans ma spirale. Je me suis mise à avoir peur que M. Amer se débrouille pour remonter la piste de Daisy, qu'il la fasse arrêter. Et peut-être qu'ils m'embarqueraient aussi puisque j'étais un complice potentiel. On était en train de jouer à un jeu idiot, alors que des gens allaient en prison pour beaucoup moins que ça. J'ai imaginé les titres des journaux – « Deux pirates informatiques de sexe féminin font une fixation sur un jeune milliardaire. »

– Il va nous retrouver, ai-je dit au bout d'un moment.

– Qui ?

– Le type. Amer.

– Impossible. Je suis connectée au wi-fi public d'un Applebee's et j'utilise une adresse IP qui me localise à Belo Horizonte au Brésil. Et, en admettant qu'il me retrouve, je dirai que tu n'avais pas la moindre idée de ce que je faisais et j'irai en prison à ta place. Bien sûr, pour me remercier de ne pas t'avoir balancée, tu te feras tatouer mon visage sur le bras. Ce sera génial.

– Daisy, sois sérieuse.

– Je le suis. Ton petit bras maigrichon réclame un tatouage de mon visage. Et puis, il ne se fera pas virer. Il ne retrouvera même pas notre piste. Au pire, ça lui fera une bonne leçon sur le *phishing* et sur la façon de mieux protéger sa vie personnelle et professionnelle à l'avenir. On se calme, d'accord ? Il faut que je retourne à la discussion très importante que j'ai avec un inconnu sur Internet, autour de la question : Chewbacca est-il une personne ?

Holly est arrivée avec l'addition, une façon peu subtile de nous rappeler qu'on était restées trop longtemps. Je lui ai tendu la carte bancaire que maman m'avait donnée – Daisy n'avait jamais d'argent et maman m'autorisait à dépenser vingt-cinq dollars par semaine à condition que je continue d'avoir les meilleures notes. Sous la table, j'ai frotté mon pouce contre la callosité de mon doigt. Je me suis dit que Daisy avait probablement raison, que tout irait probablement bien. Probablement.

Sans quitter son téléphone des yeux, Daisy m'a dit :

– Sérieusement, Holminette, je ne permettrai pas que quelque chose arrive. Je te le promets.

– Tu ne contrôles rien, c'est bien ça, le problème. La vie n'est pas quelque chose qu'on manie, tu sais ?

– Un peu que je le sais, a-t-elle marmonné, le nez plongé dans son téléphone. Beurk, merde, le type est en train de me dire que j'écris des trucs zoophiles.

– Quoi ?

– Parce que, dans ma fiction, Chewbacca et Rey sont amoureux. D'après lui, c'est – et je le cite – « délictuel », sous prétexte qu'il s'agit d'une histoire d'amour entre deux espèces différentes. Il n'y a même pas de sexe, que de l'amour – je fais tout pour que mon histoire reste classée parmi les lectures ados et que les plus jeunes puissent y avoir accès.

– Mais Chewbacca n'est pas humain, ai-je fait remarquer.

– La question n'est pas de savoir si Chewie était humain, Holminette, mais s'il était une personne, a-t-elle presque crié – elle prenait cette affaire de *Star Wars* très au sérieux. Or il était, bien sûr, une personne. De toute façon, qu'est-ce qui fait de nous une personne ? Il avait un corps, une âme et des sentiments ; il parlait un langage ; il était un adulte, et si Rey et lui éprouvaient l'un pour l'autre un amour brûlant, chevelu et communicatif, alors, remercions le Seigneur que ces deux adultes consentants, doués de sentiments, se soient trouvés dans une sombre galaxie en ruine.

Trop souvent, rien ne pouvait me délivrer de ma peur mais, parfois, écouter Daisy suffisait. Elle avait redressé quelque chose en moi et je n'avais plus l'impression de me trouver au centre d'un tourbillon ou de m'aventurer dans une spirale qui allait rétrécissant. Je n'avais pas besoin de comparaisons. J'avais repris ma place à l'intérieur de mon corps.

– Donc, il est une personne parce qu'il est doué de sentiments ?

– Personne ne voit d'inconvénient à ce que des humains mâles sortent avec des femelles Twi'leks ! Parce que, bien sûr, les hommes peuvent choisir ce qu'ils ont envie de se taper. Mais une femme humaine qui tombe amoureuse d'un Wookiee, ça, surtout pas. Je sais que je ne fais que nourrir les trolls, Holminette, mais je ne supporte pas ça.

– Je voulais simplement dire qu'un bébé n'est pas doué de sentiments mais qu'il reste quand même une personne.

– Ça n'a rien à voir avec les bébés, Holminette. Il s'agit d'une personne adulte qui se trouve être humaine et qui tombe amoureuse d'un autre adulte qui se trouve être wookiee.

– Est-ce que Rey parle le wookiee ?

– Tu sais ce qui est encore plus agaçant que le fait que tu ne veuilles pas lire ma fanfiction ?

Que tu n'en lises aucune autre sur Chewie. Si tu le faisais, tu saurais que wookiee n'était pas un langage, mais une espèce. Il existait au moins trois langages wookiee. Rey a appris le shyriiwook grâce à des Wookiees venus de Jakku, mais elle le parlait rarement car la plupart des Wookiees comprenaient le basic.

J'ai éclaté de rire.

– Et pourquoi tu utilises le passé ?

– Parce que tout ça est arrivé il y a bien longtemps dans une galaxie lointaine, très lointaine, Holminette. On utilise toujours le passé quand on parle de *Star Wars*. Non, mais sans blague.

– Et est-ce que les humains parlent le shyrii – le langage wookiee ?

En guise de réponse, Daisy a fait une imitation passable de Chewbacca, suivie de sa traduction.

– Je te demandais si tu allais manger toutes tes frites.

J'ai poussé la boîte vers elle et elle en a pris une poignée, puis elle a fait un autre bruit à la Chewbacca avec la bouche à moitié pleine.

– Ce qui voulait dire ? ai-je demandé.

– Ça fait plus de vingt-quatre heures, il est temps d'envoyer un texto à Davis.

– Est-ce que les Wookiees peuvent textoter ?

– Pouvaient, m'a-t-elle corrigée. *Pouvaient* textoter.

Sept

Lundi matin, j'ai accompagné maman au lycée parce que sa voiture était au garage. Comme j'avais le doigt qui brûlait pour l'avoir inondé de gel antibactérien juste avant de partir, j'appuyais sur le pansement. Ce qui renforçait et soulageait la douleur en même temps. Je n'avais pas envoyé de texto à Davis du week-end. J'y avais beaucoup pensé, mais j'ai commencé à stresser après la soirée chez Applebee's : est-ce que je n'avais pas trop attendu ? Et puis Daisy avait travaillé tout le week-end, et n'avait pas eu le temps de me harceler.

Maman avait dû remarquer que j'appuyais sur mon pansement, car elle m'a dit :

– Tu as rendez-vous avec le docteur Singh demain, non ?

– Oui.

– Qu'est-ce que tu penses de ton traitement ?

– Pas si mal, je crois – ce qui n'était pas tout à fait vrai.

Primo, je n'étais pas convaincue de l'efficacité du comprimé rond et blanc quand je le prenais et, deuzio, je ne le prenais pas aussi souvent que j'aurais dû. Je l'oubliais tout le temps, et puis, je ressentais un sentiment que j'avais du mal à identifier, la peur sourde que c'était peut-être une mauvaise chose qu'il faille prendre un comprimé pour être moi-même.

– Tu es là ? a demandé maman.

– Oui.

Il y avait suffisamment de moi – mais tout juste – à l'intérieur de Harold pour entendre sa voix et pour suivre le chemin familier du lycée.

– Sois honnête avec le docteur Singh, d'accord ? Ce n'est pas la peine de souffrir.

Ce à quoi j'aurais pu rétorquer que c'était décidément mal comprendre la misère humaine, mais bon.

Je me suis garée sur le parking des élèves, maman et moi nous sommes séparées et j'ai fait la queue pour passer les détecteurs de métaux. Une fois déclarée inoffensive, je me suis mêlée au flot des corps qui grouillaient dans les couloirs comme des cellules sanguines dans une veine.

Je suis arrivée à mon casier en avance de quelques minutes, ce qui m'a laissé le temps de me renseigner sur le journaliste que Daisy avait embobiné, Adam Amer. Il avait partagé un lien le matin même vers un article – dont il était l'auteur – à propos du conseil d'administration d'une école qui avait voté l'interdiction d'un livre. J'en ai déduit qu'il n'avait pas été viré. Daisy avait raison : il ne s'était rien passé.

Je m'apprêtais à rejoindre ma salle de classe quand Mychal est arrivé en courant jusqu'à mon casier et m'a entraînée vers un banc.

– Comment ça va, Aza ?

– Bien, ai-je répondu.

J'étais en train de réfléchir au fait qu'une partie de vous-même peut parfois se trouver à un endroit quand, au même moment, d'autres parties plus importantes sont ailleurs, là où les sens ne peuvent pas accéder. Comme, par exemple, quand j'avais conduit jusqu'au lycée sans être réellement dans la voiture. Je m'efforçais de regarder Mychal, d'entendre la clameur qui résonnait dans le couloir, mais je n'étais pas là, pas vraiment, pas au fond de moi.

– Alors, écoute, a-t-il dit. Je n'ai pas envie de foutre le bordel dans notre groupe, parce qu'il est super. Mais voilà, c'est délicat… est-ce que tu crois et, sérieusement, tu peux me dire non…

Il n'a pas fini sa phrase mais je voyais où il voulait en venir.

– Je ne suis pas sûre de pouvoir sortir avec quelqu'un en ce moment. Je suis…

Il m'a interrompue.

– OK, maintenant, c'est vraiment gênant. J'allais te demander si tu pensais que Daisy accepterait de sortir avec moi ou si c'était juste dingue. Tu sais que je te trouve super, Aza, mais…

Je connaissais assez Mychal pour ne pas complètement mourir de honte, mais un peu quand même.

– Oui, ai-je répondu. C'est une idée géniale. Sauf que tu ferais mieux d'aller la voir directement plutôt que de passer par moi. Mais oui, bien sûr, demande-lui de sortir avec toi. Je suis hyper-gênée. C'est la honte. Tu dois lui demander. Maintenant, je vais me lever et mettre fin à cette conversation avec ce qui me reste de dignité.

– Je suis archidésolé, a-t-il dit au moment où je m'éloignais. Enfin, je veux dire, tu es très belle, Aza. Ça n'a rien à voir avec ça.

– Non, non, n'ajoute rien. Au temps pour moi. J'y vais. Et oui, demande à Daisy.

Par bonheur, la cloche a sonné au-dessus de nos têtes, ce qui m'a permis de me précipiter à mon cours de bio. Le prof était en retard, alors tout le monde parlait. Je me suis assise à mon bureau et, penchée sur mon téléphone, j'ai immédiatement textoté Daisy.

Moi : J'ai cru que Mychal me demandait de sortir avec lui, alors j'ai voulu le rembarrer gentiment sauf que ce n'était pas moi dont il parlait. Il voulait que je te demande, à sa place, si tu accepterais de sortir avec lui. Niveau d'humiliation maximum. Mais tu devrais dire oui. Il est mignon.

Elle : Oh, merde. Panique. Il ressemble à un bébé géant.

Moi : Quoi ?

Elle : Il ressemble à un bébé géant. C'est Molly Krauss qui me l'a fait remarquer une fois, et depuis, je n'arrive pas à le voir autrement. Je ne peux pas sortir avec un bébé géant.

Moi : C'est à cause de sa boule à zéro ?

Elle : À cause de tout, Holminette. Parce qu'il ressemble trait pour trait à un bébé géant.

Moi : Faux.

Elle : La prochaine fois que tu le croises, regarde-le et ose me dire qu'il ne ressemble pas à un bébé géant. Si Drake et Beyoncé avaient eu un bébé géant, il aurait exactement cette tête-là.

Moi : Alors, ce serait un bébé géant sexy.

Elle : Je conserve ce texto au cas où j'aurais un jour besoin de te faire chanter.

BTW AS-TU JETÉ UN COUP D'ŒIL AU RAPPORT DE POLICE ?

Moi : Pas vraiment, et toi ?

Elle : Oui, alors que j'ai fait la fermeture hier ET samedi ET que j'ai l'impression de lire du sanskrit en essayant de comprendre mon devoir d'algèbre ET que j'ai dû me balader en costume de Chuckie pas loin d'une douzaine de fois. Je n'ai trouvé aucune piste mais j'ai lu le machin en entier. Même si c'est chiant. L'héroïne méconnue de cette enquête, c'est moi.

Moi : Pas si méconnue que ça. Je le lirai aujourd'hui. Il faut que je te laisse. Mme Park me regarde d'un drôle d'air.

Pendant tout le cours de bio, j'ai lu quelques lignes du rapport de police sur mon téléphone chaque fois que la prof écrivait au tableau.

Le document courait sur quelques pages et, en fin de journée, je l'avais lu en entier. La *pd* (personne disparue) était âgée de cinquante-trois ans, cheveux gris, yeux bleus, devise tatouée sur l'omoplate gauche : *Nolite te salopardes exterminorum* (qui signifiait manifestement « Ne laissez pas les salauds vous exterminer »), trois petites cicatrices à l'abdomen, à la suite d'une opération destinée à lui retirer la vésicule biliaire, un mètre quatre-vingt-deux, cent kilos environ, vu pour la dernière fois en tenue de nuit, un haut de pyjama à rayures horizontales bleu marine et blanches et un caleçon bleu ciel. Sa disparition a été constatée à 5 h 35 par la police qui venait effectuer une descente à son domicile dans le cadre d'une enquête pour corruption.

Le rapport était pour l'essentiel constitué des dépositions de témoins qui n'avaient rien vu. Personne n'était présent cette nuit-là, à part Noah et Davis. La caméra de la grille d'entrée avait enregistré les images de deux agents d'entretien quittant la propriété en voiture à 17 h 40. Malik, le zoologiste, était parti à 17 h 52, Lyle à 18 h 02 et Rosa à 18 h 04. Par conséquent, Lyle avait dit vrai en prétendant que Pickett ne voulait personne chez lui la nuit.

Une page était consacrée à la déposition de Davis :

> Rosa nous avait laissé de la pizza. Noah et moi avons mangé en jouant à un jeu vidéo ensemble. Papa est descendu pendant quelques minutes et s'est assis avec nous le temps de manger sa part de pizza, avant de remonter. Tout était comme d'habitude. Le soir, je ne le vois que quelques minutes ou pas du tout. Il n'avait pas l'air inquiet. C'était un jour comme les autres. Après dîner, Noah et moi avons débarrassé nos assiettes dans l'évier. J'ai aidé mon frère à faire ses devoirs et je me suis installé sur le canapé avec

un livre de cours pendant qu'il jouait à un jeu vidéo. Je suis monté vers 22 heures, j'ai travaillé un peu dans ma chambre puis j'ai regardé les étoiles avec mon télescope – Vega et Epsilon Lyrae. Je me suis couché vers 23 h.
Même en y repensant maintenant, je ne vois pas ce qu'il y aurait eu de bizarre à cette journée.
(Le témoin a également affirmé qu'il n'avait rien observé de particulier avec son télescope et il a ajouté : « Mon télescope n'est pas fait pour observer le sol. On verrait tout à l'envers et très éloigné. »)

Le témoignage suivant était celui de Noah.

J'ai joué un peu à Battlefront avec Davis. On a mangé de la pizza pour le dîner. Papa est resté quelques minutes avec nous, on a parlé des résultats des Cubs de Chicago. Il a dit à Davis qu'il avait intérêt à mieux me surveiller et Davis lui a répondu qu'il n'était pas mon père. Papa et lui s'accrochaient tout le temps. Cela dit, quand papa s'est levé pour quitter la pièce, il a posé sa main sur mon épaule, ce que j'ai trouvé bizarre. Je sentais qu'il s'accrochait, ça m'a presque fait mal.
Puis il m'a lâché et il est monté. Davis m'a aidé à faire mon devoir d'algèbre. Ensuite j'ai joué à Battlefront pendant une heure ou deux.
Je suis monté vers minuit et je me suis endormi.
Je n'ai pas revu papa après qu'il nous a dit bonsoir.

Il y avait aussi des photos – presque une centaine – de toutes les pièces de la maison.

Aucun objet ne semblait avoir été déplacé. Dans le bureau de Pickett, j'ai vu une pile de papiers qui paraissaient avoir été laissés pour la nuit et non pour la vie. Un téléphone portable était posé sur sa table de nuit. La moquette avait été si bien nettoyée que des empreintes étaient visibles, une unique série qui allait vers son bureau et en repartait. Le dressing était rempli de dizaines de costumes parfaitement alignés qui allaient du gris clair au noir profond. Sur une photo de l'évier, j'ai vu les trois assiettes sales avec des traces de gras et de sauce tomate. À en juger par les photos, on aurait dit que Pickett avait été arraché à cette terre et non qu'il avait disparu.

Le rapport ne mentionnait nulle part les photos prises par la caméra à infrarouge, ce qui signifiait qu'on possédait quelque chose que les flics n'avaient pas : un repère dans le temps.

Après les cours, j'ai retrouvé Harold et je venais de monter dedans quand j'ai poussé un hurlement. Daisy venait soudain d'apparaître sur la banquette arrière.

– Tu m'as foutu la trouille.

– Excuse-moi, a-t-elle dit. Je me cache parce que Mychal et moi sommes dans le même cours d'histoire et je ne veux pas affronter la situation tout de suite. Et puis, j'ai tout un tas de commentaires auxquels je dois répondre. La vie est dure pour une petite auteure de fanfiction. Tu as remarqué un truc particulier dans le rapport ?

J'étais toujours en train de reprendre mon souffle.

– J'ai l'impression qu'ils en savent un tout petit peu moins que nous, ai-je fini par répondre.

– Attends une seconde, Holminette, c'est ça. C'est ça ! Ils en savent un tout petit peu moins que nous.

– Et alors ?

– La récompense est pour quelqu'un susceptible de fournir « toute information permettant de localiser Russell Davis Pickett ». On ne sait peut-être pas où il est, mais on a une information qu'ils n'ont pas et qui les aidera à le retrouver.

– Ou pas.

– On devrait appeler. Et leur dire : « Admettons qu'on sache où était Pickett la nuit où il a disparu, combien ça vaut ? » Peut-être pas les cent mille dollars mais un petit quelque chose.

– Laisse-moi en parler à Davis, ai-je dit.

Je n'avais pas envie de le trahir, même si je le connaissais à peine.

– Brise les cœurs, pas les promesses, Holminette.

– C'est juste que… est-ce qu'ils vont seulement nous donner quelque chose pour ça ? Ce n'est qu'une photo. Au fait, je t'accompagne au boulot ?

– Oui, je veux bien.

Ce soir-là, en dînant avec maman devant la télé, je n'arrêtais pas de repenser à l'affaire. Et si, effectivement, ils nous donnaient la récompense ? On détenait une précieuse information que la police n'avait pas. Davis m'en voudrait peut-être à mort s'il découvrait la vérité, mais pourquoi devrais-je me préoccuper de l'opinion d'un gamin rencontré à la colo Déprime ?

À un moment donné, j'ai prétexté des devoirs et je suis allée dans ma chambre. Je me demandais si je n'avais pas raté quelque chose dans le rapport de police, alors je l'ai repris depuis le début et j'étais toujours en train de le lire quand Daisy m'a appelée. Elle a commencé à parler avant que je finisse de dire « allô ».

– J'ai eu une conversation hautement hypothétique avec les flics. Il paraît que c'est l'entreprise qui remet la récompense et non la police. Donc, c'est eux qui décident ce qui relève de l'affaire ou non ; la récompense ne sera remise qu'une fois Pickett retrouvé. Mais il est peu probable qu'ils y arrivent uniquement grâce à la photo et on sera obligées de partager la récompense avec d'autres gens. Ou alors on se retrouvera sans un dollar s'ils ne mettent jamais la main dessus. Mais au final, c'est mieux que rien.

– Ou exactement égal à rien, si Pickett reste introuvable.

– Oui, mais c'est une preuve. On devrait au moins avoir une partie de la récompense.

– À condition que ça mène à quelque chose.

– L'escroc se fait prendre. On se fait payer. Je ne vois pas pourquoi tu tergiverses, Holminette, a rétorqué Daisy au moment où mon téléphone vibrait.

– Il faut que je te laisse, ai-je dit et j'ai raccroché.

J'avais reçu un texto de Davis :

> Avant, je pensais qu'on ne devait jamais être ami avec quelqu'un qui ne cherchait qu'à s'approcher de votre argent, de vos relations ou de je ne sais quoi d'autre.

J'ai commencé à lui répondre, mais un autre texto est arrivé :

> Ne jamais être ami, par exemple, avec quelqu'un qui ne vous aime pas tel que vous êtes.

Je me suis remise à pianoter puis j'ai vu s'afficher les trois petits points qui signifiaient qu'il était toujours en train d'écrire, alors je me suis arrêtée et j'ai attendu.

Mais qui sait si l'argent ne me constitue pas en partie. C'est peut-être ce que je suis.

Quelques instants plus tard, il a ajouté :

Quelle est la différence entre ce qu'on est et ce qu'on a ? Et si la réponse était : rien ? À ce stade, je me fiche de savoir pourquoi quelqu'un m'aime. Je me sens seul comme un rat. Je sais que c'est minable. Mais bon.

Je suis allongé sur un bunker du parcours de golf de mon père et je regarde le ciel. J'ai eu une journée de merde. Pardon pour tous ces textos.

Je me suis glissée sous la couette et je lui ai répondu.

Moi : Salut.

Lui : Je t'avais prévenue que j'étais nul en conversation. Mais tu as raison, c'est comme ça qu'on commence une conversation. Salut.

Moi : Tu n'es pas défini par ton argent.

Lui : Alors qu'est-ce que je suis ? De quoi sont faits les autres ?

Moi : C'est la chose la plus difficile à déterminer.

Lui : On est peut-être ce qu'on ne peut pas ne pas être.

Moi : Peut-être. Comment est le ciel ?

Lui : Génial. Immense. Étonnant.

Moi : J'aime être dehors la nuit. Ça me procure une drôle d'impression, comme le mal du pays mais sans être loin de chez soi. C'est plutôt agréable.

Lui : En ce moment, je suis submergé par cette impression. Tu es dehors ?

Moi : Non, je suis couchée.

Lui : C'est nul d'observer les étoiles à l'œil nu avec toute cette pollution lumineuse. Mais j'arrive quand même à distinguer les huit qui composent la Grande Ourse, si tu comptes Alcor.

Moi : Pourquoi ta journée était merdique ?

J'ai regardé les trois petits points et attendu. Il a écrit pendant un bon moment et je l'imaginais taper, puis effacer, taper puis effacer.

Lui : Parce que je suis tout seul ici.

Moi : Et Noah ?

Lui : Il est tout seul aussi. Et c'est ça le pire. Je ne sais pas comment lui parler. Ni comment faire pour l'empêcher de souffrir. Il ne fait plus ses devoirs. Je n'arrive même pas à lui faire prendre une douche régulièrement. Ce n'est plus un petit garçon, je ne peux pas l'obliger à faire des trucs.

Moi : Si je savais quelque chose… quelque chose sur ton père. Et que j'en parlais. Est-ce que ce serait pire ou mieux ?

Il a pianoté un long moment et sa réponse a finalement été :

Bien pire.

Moi : Pourquoi ?

Lui : Pour deux raisons. Si Noah pouvait attendre d'avoir 18 ou 16 ou même 14 ans avant de voir son père aller en prison, ce serait toujours mieux qu'à 13 ans. Et aussi, si papa se faisait prendre en essayant d'entrer en contact avec nous, il n'y aurait rien à dire. Mais si ça arrivait alors qu'il ne nous a même pas fait signe, Noah serait dévasté. Il reste persuadé que papa nous aime et tout ça.

L'espace d'une seconde et seulement d'une seconde, j'ai envisagé l'hypothèse selon laquelle Davis aurait pu aider son père à disparaître. Mais je ne pouvais imaginer Davis en complice de son père.

Moi : Désolée. Je ne dirai rien. Ne t'inquiète pas.

Lui : Aujourd'hui, c'est l'anniversaire de notre mère, mais Noah l'a à peine connue. C'est très différent pour lui.

Moi : Désolée.

Lui : Et le truc, c'est que, quand on perd quelqu'un, on se rend compte qu'on finira par perdre tout le monde.

Moi : Très juste. Et une fois qu'on le sait, on ne peut jamais l'oublier.

Lui : Les nuages arrivent. Je ferais mieux d'aller me coucher. Bonne nuit, Aza.

Moi : Bonne nuit.

J'ai posé mon téléphone sur ma table de nuit et tiré la couette au-dessus de ma tête. J'ai pensé au ciel immense au-dessus de Davis et au poids de la couette sur ma tête, j'ai pensé à son père et au mien. Davis avait raison : tout le monde finit par disparaître.

Huit

En arrivant avec Harold le lendemain matin au lycée, j'ai trouvé Daisy qui m'attendait à côté de ma place de parking. L'été ne dure jamais bien longtemps à Indianapolis et, même si on n'était qu'en septembre, elle n'était pas habillée pour la saison, avec son haut à manches courtes et sa petite jupe.

– J'ai un cas de conscience, a-t-elle annoncé une fois que je suis descendue de voiture. Hier soir, m'a-t-elle expliqué chemin faisant, Mychal m'a appelée pour me demander de sortir avec lui. J'aurais pu gérer s'il l'avait fait par texto mais au téléphone, je perds mes moyens. Et puis, je doute qu'il soit capable de se débrouiller avec… ça, a-t-elle dit avec un geste qui l'englobait tout entière. J'ai envie de donner sa chance au bébé géant. Donc, tout ça pour dire qu'à un moment donné, j'ai été troublée et, comme je ne voulais pas du rencard à deux, il se peut que je lui aie proposé que lui, moi, toi et Davis, on se fasse un rencard à quatre.

– Tu n'as pas fait ça.

– Et c'est là qu'il m'a dit : « Oui, mais Aza prétend qu'elle n'a pas envie de sortir avec quelqu'un », et alors, je lui ai dit : « Il se trouve qu'elle a un *crush* pour un mec qui est à Aspen Hall. » Et alors il a fait, genre : « Le fils du milliardaire ? » et j'ai fait, genre : « Ouais », et ensuite, il m'a rétorqué : « Je n'en reviens pas de m'être pris un râteau bidon pour une raison tout aussi bidon. » Tout ça pour dire que, vendredi soir, toi, moi, Davis et un bébé de taille adulte, nous allons pique-niquer ensemble.

– Un pique-nique ?

– Ça va être génial.

– Je n'aime pas manger en plein air. Pourquoi est-ce qu'on n'irait pas chez Applebee's avec deux bons au lieu d'un ?

Elle s'est arrêtée pour me regarder. On était sur les marches à l'extérieur du lycée, avec du monde partout autour de nous, et j'ai eu peur qu'on se fasse piétiner, mais Daisy avait la capacité d'ouvrir les eaux sur son passage. Les gens s'écartaient pour lui faire place.

– Laisse-moi t'énumérer mes inquiétudes, a-t-elle dit. Un : je ne veux pas me retrouver seule avec Mychal lors de notre premier et sans doute dernier rendez-vous. Deux : je lui ai déjà annoncé que tu étais dingue d'un type d'Aspen Hall. Je ne peux pas retirer ce que j'ai dit. Trois : je n'ai pas embrassé un être humain depuis *des mois*. Quatre : par conséquent, toute l'affaire me stresse et j'ai envie d'avoir ma meilleure amie à mes côtés. Tu remarqueras que, au top quatre de mes plus grandes inquiétudes, la question du pique-nique ne figure nulle part. Alors, si tu veux déplacer tout le merdier chez Applebee's, ça me va.

J'y ai réfléchi une seconde.

– J'essaierai, ai-je dit.

J'ai donc envoyé un texto à Davis en attendant la seconde sonnerie et le début de mon cours de bio.

> Je dîne vendredi soir avec un copain et une copine au Applebee's du coin de la 86e Rue et de Ditch Road. Tu es libre ?

Il m'a répondu aussitôt :

> Oui. Je passe te chercher ou on se retrouve là-bas ?
>
> Moi : Retrouve-nous sur place. 19 h, ça te va ?
>
> Lui : Super. À vendredi.

Après les cours, j'avais rendez-vous avec le docteur Singh dans son bureau sans fenêtre situé dans l'immense hôpital de Carmel, au nord d'Indianapolis. Maman m'avait proposé de m'emmener, mais je préférais rester un peu seule avec Harold.

Pendant tout le trajet, j'ai réfléchi à ce que j'allais sortir au docteur Singh. Et, comme je ne peux pas réfléchir et écouter la radio en même temps, la voiture était silencieuse – si on exclut le battement lancinant du cœur mécanique de Harold. Je m'apprêtais à dire au docteur Singh que j'allais mieux, parce que c'est comme ça que ça se passe : la maladie est un obstacle que l'on a franchi ou une bataille que l'on a gagnée. La maladie est une histoire qui se raconte au passé.

– Comment allez-vous ? m'a-t-elle demandé alors que je m'asseyais.

Les murs du bureau du docteur Singh étaient nus à l'exception de la petite photo d'un pêcheur debout sur une plage, un filet passé sur l'épaule. On aurait dit qu'elle venait d'une banque d'images, comme celle qu'on obtient gratuitement en achetant un cadre. Le docteur n'avait même pas affiché ses diplômes.

– J'ai l'impression de ne pas être derrière le volant du bus de ma conscience, ai-je répondu.

– De ne pas être aux commandes.

– J'imagine.

Elle était assise les jambes croisées et tapait du pied gauche sur le sol, comme si elle envoyait un SOS en morse. Le docteur Karen

Singh était perpétuellement en mouvement, on aurait dit un dessin animé bâclé, mais elle avait un visage impassible, le plus reposant que j'aie jamais vu de ma vie. Elle ne laissait jamais transparaître de dégoût ou de surprise. Je me rappelle que la fois où je lui avais raconté qu'il m'arrivait de m'imaginer en train d'arracher mon majeur et de le piétiner, elle avait eu ce commentaire : « C'est parce que la douleur a un point d'ancrage à cet endroit précis. – Possible, avais-je répondu et elle avait haussé les épaules en ajoutant : Ce n'est pas rare. »

– Avez-vous constaté une légère hausse de vos ruminations et de vos pensées intrusives ?

– Je ne sais pas. Elles continuent à être intrusives.

– Quand avez-vous changé votre pansement ?

– Je ne sais pas, ai-je menti.

Elle m'a regardée sans ciller.

– Après le déjeuner, ai-je avoué.

– Et où en êtes-vous de votre peur de la CD ?

– Je ne sais pas. Elle se manifeste de temps à autre.

– Pensez-vous être capable de résister à…

– Non, l'ai-je coupée. Et oui, je suis toujours aussi folle, si c'est la question. Il n'y a aucun changement sur ce plan-là.

– J'ai remarqué que vous employez souvent le mot « folle ». Et que vous avez l'air en colère quand vous le prononcez, presque comme si vous vous insultiez.

– Tout le monde est fou à l'heure actuelle, docteur Singh. La santé mentale des ados est un concept tellement XXe siècle.

– Je vous trouve cruelle à l'égard de vous-même.

– Comment peut-on être quelque chose à l'égard de soi-même ? ai-je réagi un moment plus tard. Si c'était possible, ça voudrait dire que soi-même n'est pas, genre, singulier.

– Vous détournez le sujet, a-t-elle poursuivi et je l'ai fixée sans rien dire. Mais vous avez raison, soi-même n'est pas simple, Aza. Peut-être même pas singulier. Soi-même est une pluralité, mais les pluralités peuvent s'agréger aussi, non ? Pensez à un arc-en-ciel. C'est un arc de lumière constitué de sept autres arcs de lumière colorés.

– Ben, je me sens davantage comme sept trucs qu'un seul.

– Avez-vous l'impression que vos modes de pensée sont une entrave à votre vie quotidienne ?

– Oui.

– Pouvez-vous me donner un exemple ?

– Disons que je suis à la cafétéria et que je me mets à penser à toutes ces choses qui vivent à l'intérieur de mon corps et mangent ma nourriture à ma place, et au fait que, d'une certaine façon, je *suis* ces choses – comme si je n'étais pas tant une personne que cette masse grouillante de bactéries répugnantes. Et le problème, c'est qu'il est inenvisageable de retirer cette saleté puisqu'elle est partout. Je ne peux pas atteindre l'endroit de moi qui est pur ou vierge, l'endroit où mon âme est censée résider. Ce qui signifie que je n'ai peut-être pas plus d'âme que les bactéries.

– Ce n'est pas rare, a-t-elle dit – son expression fétiche.

Puis le docteur Singh m'a demandé si j'avais envie de réessayer la technique d'exposition que j'avais expérimentée au tout début de ma thérapie avec elle. Je devais faire des trucs du genre frotter la callosité de mon doigt contre une surface sale et ne pas la nettoyer ou ne pas mettre de pansement. Cela avait plus ou moins marché pendant un certain temps mais ce qui m'en restait aujourd'hui, c'était la peur panique que j'avais ressentie, et l'idée d'en repasser par là m'était insupportable. Alors, à cette évocation, j'ai fait non de la tête.

– Vous prenez bien le Lexapro ?

– Oui, ai-je répondu.

Elle m'a regardée.

– Des fois, ça me fait flipper, alors je ne le prends pas tous les jours.

– Ça vous fait flipper ?

– Je ne sais pas.

Elle continuait à me regarder en tapant du pied. Dans son bureau, l'air était irrespirable.

– Si prendre un médicament doit me rendre différente, je veux dire, s'il change ce que je suis profondément… c'est juste complètement nase, vous ne trouvez pas ? Qui décide ce que mon moi signifie, moi-même ou les salariés de l'entreprise qui fabrique le Lexapro ? C'est comme si j'avais un démon à l'intérieur de mon corps et j'aimerais vraiment qu'il s'en aille, mais l'idée de le faire partir grâce à un médicament est… comment dire… bizarre. Cela dit, la plupart du temps, j'arrive à gérer parce que je hais ce démon de toutes mes forces.

– Aza, j'ai remarqué que vous essayez souvent de comprendre ce que vous ressentez à travers des métaphores. Vous avez l'impression d'avoir un démon à l'intérieur de vous, vous parlez de votre conscience comme d'un bus ou d'une cellule de prison ou d'une spirale ou d'un tourbillon ou d'une boucle – il me semble même qu'une fois, vous l'avez décrite comme un cercle griffonné, ce que j'ai trouvé intéressant.

– Oui.

– Un des problèmes de la douleur – qu'elle soit physique ou psychique –, c'est qu'on l'approche uniquement par métaphores. On ne parvient pas à se la représenter de la même façon qu'une table ou un corps. D'une certaine manière, la douleur est le contraire du langage.

Elle s'est tournée vers son ordinateur, a secoué la souris pour le réveiller, puis elle a cliqué sur une icône de son bureau.

– J'aimerais vous faire partager quelque chose que Virginia Woolf a écrit : « L'anglais, capable de donner voix aux pensées de Hamlet et à la tragédie du roi Lear, est pris de court par le frisson et la céphalée. [...] Lorsqu'elle tombe amoureuse, n'importe quelle écolière peut faire appel à Shakespeare ou à Keats pour s'exprimer ; mais qu'une personne souffrante tente de décrire un mal de tête à son médecin et le langage aussitôt lui fait défaut. » Nous sommes des êtres qui nous appuyons tellement sur le langage que, dans une certaine mesure, nous ne connaissons pas ce que nous ne pouvons pas nommer. Et nous en concluons que ce n'est pas réel. Nous nous réfugions dans des termes fourre-tout, comme « fou » ou « douleur chronique », des mots qui ostracisent et minimisent en même temps. « Douleur chronique » ne suffit pas à décrire la souffrance épuisante, constante, incessante, à laquelle on ne peut échapper. Et le terme « fou » nous parvient dénué de la terreur et de l'angoisse avec lesquelles vous vivez. De plus, ces deux termes n'évoquent ni l'un ni l'autre le courage que peuvent développer les personnes qui sont dans un tel état de souffrance. C'est la raison pour laquelle j'aimerais vous encourager à désigner votre condition mentale par un autre mot que « folle ».

– D'accord.

– Pouvez-vous le dire ? Que vous êtes courageuse ?

J'ai fait une grimace.

– Ne me forcez pas à faire ces trucs de thérapie.

– Ces trucs de thérapie fonctionnent.

– Je suis une valeureuse guerrière, en plein cœur de sa bataille intérieure de Valhalla, ai-je dit, impassible.

Elle a esquissé un sourire.

– Tâchons de trouver une stratégie pour que vous preniez votre traitement tous les jours, a-t-elle dit, et on a discuté du meilleur moment où prendre le médicament, entre le matin ou le soir ; de l'éventualité d'essayer une autre molécule – mais il était sans doute préférable de tenter l'expérience à un moment de l'année moins stressant, comme les vacances d'été, et *bla, bla, bla* et *bla, bla, bla*.

En attendant, pour une raison obscure, je sentais un élancement dans mon ventre. C'était sans doute une réaction nerveuse, après avoir écouté le docteur Singh parler de dosages. Mais c'était aussi un des premiers symptômes de la CD – un mal au ventre qui est lié au fait qu'une poignée de bactéries nocives se sont débrouillées pour taper l'incruste dans votre intestin grêle. Après quoi, les boyaux se déchirent et vous mourez en soixante-douze heures.

Il fallait que je relise le cas de cette femme qui n'avait aucun symptôme, à part des maux de ventre, et qui était finalement infectée par la CD. Impossible de sortir mon téléphone maintenant – le docteur Singh le prendrait très mal –, la femme avait-elle un autre symptôme, ou suis-je exactement comme elle ? Nouvelle douleur. Avait-elle de la fièvre ? Je suis incapable de me rappeler. Merde. C'est en train de m'arriver. Je transpire. Le docteur Singh s'en est rendu compte. Faut-il lui en parler ? Elle est médecin. Tu devrais peut-être lui dire.

– J'ai un peu mal au ventre.

– Vous n'avez pas de CD, a-t-elle dit.

J'ai acquiescé et dégluti, puis j'ai ajouté d'une toute petite voix :

– Vous n'en savez rien.

– Avez-vous des diarrhées ?

– Non.

– Avez-vous pris des antibiotiques récemment ?

– Non.

– Avez-vous été hospitalisée dernièrement ?

– Non.

– Vous n'avez pas de CD.

J'ai acquiescé, mais le docteur Singh n'était pas gastro-entérologue et, de toute façon, j'en savais plus qu'elle sur la CD. Pratiquement trente pour cent des gens qui en étaient morts n'avaient pas contracté l'infection à l'hôpital et plus de vingt pour cent n'avaient pas eu de diarrhées. Le docteur Singh était repartie sur le sujet du traitement, mais je n'écoutais que d'une oreille, j'ai commencé à me demander si je n'allais pas vomir. J'avais vraiment mal au ventre cette fois, comme si mes intestins s'enroulaient sur eux-mêmes, comme si les milliards de bactéries qui grouillaient dans mon corps faisaient de la place pour accueillir une toute nouvelle recrue, celle qui me déchirerait en morceaux de l'intérieur vers l'extérieur.

Je dégoulinais de sueur. Si seulement je pouvais vérifier cette étude de cas. Le docteur Karen Singh a semblé comprendre l'étendue de la situation.

– Si on essayait un exercice de respiration ?

Ce qu'on a fait, inspirer profondément et expirer de façon à ce que la flamme d'une bougie vacille mais ne s'éteigne pas.

Puis, elle m'a annoncé qu'elle voulait me revoir dans dix jours. On peut mesurer le degré de sa folie en se basant sur la fréquence des rendez-vous. L'an dernier, pendant un moment, je ne la voyais que toutes les huit semaines. Maintenant, c'était tous les dix jours.

En quittant son bureau pour retrouver Harold, je me suis replongée dans le cas de la femme. Effectivement, elle avait eu de la fièvre.

Je me suis dit : *Tu devrais être soulagée*. Et, pendant quelques instants, je l'ai été mais, le temps de rentrer à la maison, j'entendais à nouveau cette voix qui me chuchotait que quelque chose ne tournait pas rond dans mon ventre puisque j'avais toujours mal.

Je me dis : *Tu ne t'en libéreras jamais.*

Je me dis : *Tu ne choisis pas tes pensées.*

Je me dis : *Tu es en train de mourir et tu as des microbes dans le corps qui te mangeront jusqu'à la peau.*

Je me dis et je me dis et je me dis.

Neuf

D'un autre côté, j'avais une vie, une vie quasi normale qui suivait son cours. Pendant des heures, voire des jours, les pensées me laissaient tranquille et j'étais capable de me rappeler l'avertissement de maman, une fois : « Ton maintenant n'est pas ton toujours. » J'allais en cours, j'avais de bonnes notes, je rédigeais mes devoirs, je parlais à ma mère après le déjeuner, je dînais, je regardais la télé, je lisais. Je n'étais pas toujours coincée à l'intérieur de moi-même ou à l'intérieur de mes différents moi. Je n'étais pas que folle.

En rentrant du lycée, le jour du rencard, j'ai passé deux bonnes heures à essayer de trouver une tenue. C'était une belle journée de fin septembre, assez fraîche pour mettre un blouson mais suffisamment douce pour enfiler une robe à manches longues et des collants. Comme je trouvais toute cette affaire de fringues épuisante, j'ai fini par envoyer un texto à Daisy, qui ne m'a été d'aucune aide car elle a affirmé qu'elle viendrait en tenue de soirée. Et allez savoir si elle plaisantait.

Finalement, j'ai décidé de mettre mon jean préféré avec un sweat à capuche par-dessus un T-shirt lavande que Daisy m'avait offert et sur lequel on voyait Han Solo et Chewbacca en train de s'étreindre sauvagement.

J'ai passé la demi-heure suivante à me maquiller puis à me démaquiller. Je ne suis pas le genre de fille à qui ce type de soirée monte à la tête, mais je stressais, et le maquillage me faisait parfois l'effet d'une armure.

– Tu as mis de l'eye-liner ? m'a demandé maman quand je suis sortie de ma chambre.

Elle était en train de trier des factures étalées sur toute la table basse, son stylo en suspens au-dessus d'un carnet de chèques.

– Un peu. Ça fait bizarre ?

– Non, c'est différent, a répondu maman sans parvenir à masquer sa réprobation. Où tu vas comme ça ?

– Chez Applebee's avec Daisy, Davis et Mychal. Je serai rentrée à minuit.

– C'est un rendez-vous ?

– Non, un dîner.

– Tu sors avec Davis Pickett ?

– On dîne ensemble dans le même restaurant au même moment. On ne parle pas de mariage.

Elle m'a fait signe de m'asseoir à côté d'elle.

– Il faut que j'y sois à sept heures.

Elle m'a à nouveau fait signe de m'asseoir. Je me suis exécutée. Elle a passé son bras autour de mes épaules.

– Tu ne parles pas beaucoup à ta mère.

Un jour, le docteur Singh m'avait raconté que, si une guitare et un violon parfaitement accordés se trouvaient dans la même pièce et qu'on pinçait la corde en *ré* de la guitare, celle du violon vibrait aussi. Je sentais toujours les vibrations des cordes de ma mère.

– Je ne parle pas beaucoup aux autres non plus.

– J'aimerais que tu fasses attention avec ce Davis Pickett, d'accord ? La richesse rend désinvolte – alors, il faut être d'autant plus vigilant lorsqu'on la côtoie.

– Il n'est pas sa richesse. Il est une personne.

– Les gens aussi peuvent se montrer désinvoltes – elle m'a serrée tellement fort que j'ai cru qu'elle voulait retirer tout l'air que j'avais dans les poumons. Fais attention, a-t-elle répété.

J'étais la dernière arrivée, la seule place restante était à côté de Mychal et en face de Davis, qui avait mis pour l'occasion une chemise à carreaux bien repassée dont il avait retroussé les manches, dévoilant ses avant-bras. Je ne sais pas pourquoi, mais j'ai toujours aimé les avant-bras masculins.

– Sympa, ton T-shirt, a dit Davis.

– Un cadeau d'anniversaire de Daisy, ai-je expliqué.

– Figure-toi qu'il y a des gens qui pensent que l'amour entre un Wookiee et une humaine, c'est de la zoophilie, a lancé Daisy.

Mychal a soupiré.

– Ne la lance pas sur le sujet « les Wookiees sont-ils des personnes ? ».

– En fait, c'est ce que je trouve de plus fascinant dans *Star Wars*, a dit Davis.

– Oh, non, et c'est reparti, a grommelé Mychal.

Daisy s'est aussitôt lancée dans un plaidoyer en faveur des relations entre Wookiees et humains.

– Je te ferai dire que, dans *Star Wars Apocrypha*, Han a été marié à une Wookiee pendant un certain temps et ça n'a gêné personne.

Penché en avant, Davis écoutait attentivement. Il était plus petit que Mychal mais prenait plus de place – sa silhouette dégingandée occupait l'espace comme une armée tient un territoire.

Daisy et lui se renvoyaient la balle à propos de la déshumanisation des soldats clones quand Mychal en a profité pour expliquer à Davis que Daisy était, en fait, une célèbre auteure de fanfiction *Star Wars*. Davis a aussitôt regardé son nom d'utilisateur sur son téléphone et a été impressionné en voyant qu'elle avait eu deux mille vues sur sa dernière histoire, puis ils se sont tous mis à rire à une blague *Star Wars* que je n'ai pas comprise.

– De l'eau pour tout le monde, a dit Daisy lorsque Holly est arrivée à notre table pour prendre la commande des boissons.

Davis s'est tourné vers moi.

– Ils n'ont pas de Dr Pepper ?

– Les boissons sans alcool ne sont pas couvertes par les bons, a expliqué Holly d'une voix monocorde. Et la réponse est non. Mais on a du Pepsi.

– Dans ce cas, je crois qu'on va prendre une tournée de Pepsi, a-t-il dit.

Dans le silence qui a suivi, je me suis rendu compte que je n'avais pas ouvert la bouche depuis que j'avais répondu au compliment de Davis sur mon T-shirt. Davis, Daisy et Mychal ont repris leur discussion à propos de *Star Wars*, de la taille de l'univers et du fait de voyager plus vite que la lumière.

– *Star Wars* est une religion américaine, a dit Davis à un moment donné, ce à quoi Mychal a répondu :

– Je crois que la religion est une religion américaine.

Et, même si j'ai ri avec eux, j'avais l'impression de regarder la scène de l'extérieur, d'être la spectatrice d'un film sur ma vie, au lieu de la vivre.

Un peu plus tard, j'ai entendu mon nom et je me suis empressée de réintégrer mon corps, assis chez Applebee's, le dos appuyé contre le coussin en Skaï vert, cernée par l'odeur d'aliments frits et le vacarme des conversations.

– Holminette a une page Facebook, mais son dernier statut à jour date du collège, a dit Daisy en me lançant un regard que je n'ai pas su interpréter. Holminette est comme une grand-mère quand il s'agit d'Internet, a-t-elle poursuivi avant de s'interrompre à nouveau. Je me trompe ? a-t-elle demandé avec insistance et j'ai soudain compris qu'elle essayait de m'inciter à parler.

– Je me sers d'Internet. Mais je ne ressens pas le besoin d'y contribuer.

– Je trouve qu'Internet contient déjà des tonnes d'informations, a admis Davis.

– Faux, a rétorqué Daisy. Par exemple, ça manque cruellement de fictions romantiques sur Chewbacca, je suis la seule à m'y coller et je fais ce que je peux. Le monde réclame des histoires d'amour wookiees écrites par Holminette.

Il y a eu une brève interruption dans la conversation. J'ai senti mes bras picoter sous l'effet de l'anxiété, mes glandes sudoripares menacer d'ouvrir les vannes. Puis la conversation a repris, passant d'un sujet à l'autre, chacun racontant des histoires, se coupant la parole, riant. Je me suis efforcée de sourire et de secouer la tête aux moments adéquats, mais j'avais toujours un temps de retard par rapport à eux. Ils riaient à quelque chose de drôle, je riais parce qu'ils avaient ri.

Je n'avais pas faim, mais j'ai attaqué mon burger veggie au couteau et à la fourchette quand nos plats sont arrivés, pour donner l'impression que je mangeais plus que mon estomac ne pouvait actuellement ingérer. Le silence s'est fait quand tout le monde a plongé dans son assiette, jusqu'à ce que Holly apporte l'addition. Je l'ai ramassée.

Mais Davis a posé sa main sur la mienne.

– S'il te plaît, a-t-il dit. Ce n'est pas un problème.

Je l'ai laissé payer.

– On devrait faire quelque chose après, a proposé Daisy.

J'étais prête à rentrer, à manger un morceau en privé et à me coucher.

– Si on allait au cinéma, a insisté Daisy.

– On pourrait regarder un film chez moi, a dit Davis. On les a tous.

Mychal a penché la tête.

– Comment ça, vous les avez tous ?

– On a tous les films qui passent au cinéma. On a une salle de projection et on… les achète. En fait, je ne sais pas comment ça marche.

– Tu veux dire que quand un film sort en salle, il… arrive aussi chez toi ?

– Oui, a répondu Davis. Quand j'étais petit, on devait faire venir un projectionniste mais, maintenant, tout est numérique.

– À l'intérieur de ta maison ? a insisté Mychal, toujours perplexe.

– Oui, je vais te montrer, a dit Davis.

Daisy s'est tournée vers moi.

– Ça te dit, Holminette ?

Je me suis forcée à sourire et j'ai acquiescé.

J'ai conduit Harold, Daisy est montée avec Mychal dans le minivan de ses parents et Davis ouvrait la voie à bord de son Escalade. Notre petit convoi est parti vers l'ouest par la 86e Rue pour prendre Michigan Road, qu'on a suivie tout du long en passant devant Walmart, les boutiques de prêteurs sur gages et autres boîtes de crédit à court terme, jusqu'à la grille d'entrée de la propriété des Pickett juste en face du musée d'art. La propriété n'était pas située dans un quartier agréable, mais elle était tellement étendue qu'elle constituait un quartier à part entière.

La grille s'est ouverte et on a suivi Davis jusqu'au parking à côté de la vaste demeure en verre. La nuit, elle était encore plus incroyable, je pouvais voir l'intérieur de la cuisine, baignant dans une lumière dorée.

Dès que je suis descendue de voiture, Mychal s'est précipité vers moi.

– Tu sais quoi ? Oh, la vache, j'ai toujours rêvé de visiter cette maison ! C'est l'œuvre de Tu-Quyen Pham !

– Qui ?

– L'architecte, a-t-il expliqué. Tu-Quyen Pham. Elle est archiconnue. Elle n'a conçu que trois résidences privées aux États-Unis. Oh, la vache, je n'arrive pas à croire que je suis là.

Davis nous a précédés dans la maison et Mychal s'est mis à énumérer des noms d'artistes avec excitation :

– Pettibon ! Picasso ! Oh, la vache, c'est un Kerry James Marshall !

Je ne connaissais que Picasso.

– Oui, en fait, j'ai insisté pour que papa l'achète, a dit Davis. Il y a quelques années, il m'a emmené à une foire d'art contemporain et j'ai adoré le travail de KJM.

Je me suis aperçue que Noah était allongé sur le même canapé et jouait apparemment au même jeu vidéo que la dernière fois.

– Noah, je te présente mes amis. Mes amis, Noah.

– 'lut, a dit Noah.

– On peut faire un tour ? a demandé Mychal.

– Oui, bien sûr. Jette un œil aux collages de Rauschenberg à l'étage.

– Pas possible, a dit Mychal en grimpant

l'escalier quatre à quatre, Daisy dans son sillage.

J'ai été soudain attirée par le tableau que Mychal avait appelé Pettibon. Il représentait une spirale colorée, à moins que ce fût une rose bariolée ou un tourbillon. Par je ne sais quel tour que me jouaient les lignes courbes, mes yeux se perdaient dans le tableau, j'étais constamment obligée de me recentrer en fixant de toutes petites parcelles sur la toile. Je n'avais pas l'impression de regarder une peinture mais d'en faire partie. J'ai eu une envie irrépressible – que j'ai repoussée – de la décrocher du mur et de m'enfuir avec.

J'ai sursauté en sentant la main de Davis se poser au bas de mon dos.

– Raymond Pettibon. Il est surtout connu pour ses tableaux de surfeurs, mais j'aime beaucoup ses spirales. Avant de devenir peintre, il était musicien punk. Il faisait partie de Black Flag avant que ce ne soit Black Flag.

– Je ne sais pas ce que c'est, ai-je dit.

Davis a pris son téléphone et pianoté quelques secondes avant qu'une vague de sons stridents, accompagnés des hurlements d'une voix rocailleuse, sortent des enceintes fixées en hauteur.

– C'est ça, Black Flag, a-t-il annoncé, puis il a éteint la musique, toujours à l'aide de son téléphone. Tu veux voir la salle de ciné ?

J'ai hoché la tête et il m'a entraînée au sous-sol, sauf que ça n'avait rien d'un sous-sol car le plafond était haut de cinq mètres au bas mot. On a longé un couloir jusqu'à une bibliothèque où s'alignaient des livres reliés.

– C'est la collection de mon père, uniquement des premières éditions, a-t-il expliqué. On n'a pas le droit de les lire, bien sûr. La graisse qu'on a sur les mains les abîmerait. Mais tu peux regarder celui-ci, a-t-il dit en indiquant un livre dont le titre était *Tendre est la nuit*.

J'ai tendu la main pour le prendre, mais je ne l'avais pas plus tôt touché que la bibliothèque s'ouvrait par le milieu, les vantaux tournant vers l'intérieur et j'ai découvert une salle de projection équipée de six rangées de fauteuils en cuir noir énormes.

– C'est un roman de Francis Scott Fitzgerald, a-t-il précisé, dont le nom complet était Francis Scott *Key* Fitzgerald.

Je n'ai rien dit, j'étais estomaquée par la taille de l'écran.

– C'est évident que je sors le grand jeu pour essayer de t'impressionner, a-t-il avoué.

– Eh bien, ça ne marche pas. Je passe ma vie à traîner dans des manoirs avec salle de cinéma secrète.

– Tu veux regarder un film ou tu préfères qu'on fasse une balade ? J'ai envie de te montrer quelque chose dehors.

– Je ne voudrais pas abandonner Daisy et Mychal.

– Je vais les prévenir.

Il a tripoté son téléphone quelques secondes, puis a parlé dans le micro.

– On va se promener. Faites comme chez vous. Le cinéma est au sous-sol, si ça vous intéresse.

Un instant plus tard, sa voix est sortie des enceintes et a répété son message.

– J'aurais pu envoyer un texto à Daisy, ai-je fait remarquer.

– Oui, mais ça n'aurait pas été aussi cool.

J'ai remonté la fermeture Éclair de mon sweat à capuche et suivi Davis dehors. On a marché en silence sur un des chemins bitumés du golf, qui longeait la piscine éclairée de l'intérieur, passant du rouge à l'orange, puis au jaune et, enfin, au vert. La lumière projetait une lueur inquiétante sur le terrarium, qui m'a rappelé une photo d'aurore boréale.

On a continué ainsi jusqu'à un des bunkers ovales du parcours de golf. Davis s'est allongé, la tête posée sur le rebord herbeux. Je l'ai imité, nos vêtements en contact mais pas nos peaux. Il m'a montré le ciel.

– La pollution lumineuse est épouvantable, mais l'étoile la plus brillante… là, tu la vois ?

J'ai acquiescé.

– Ce n'est pas une étoile. C'est Jupiter qui, selon les orbites et d'autres trucs, peut être éloignée de la Terre de cinq cent quatre-vingt-dix millions à neuf cent soixante-cinq millions de kilomètres. À l'heure actuelle, elle est à environ huit cent millions de kilomètres, ce qui correspond grosso modo à quarante-cinq minutes-lumière. Tu sais ce qu'est le temps lumière ?

– Un peu, ai-je répondu.

– C'est simple. Si on voyageait à la vitesse de la lumière, on mettrait quarante-cinq minutes pour parcourir la distance entre la Terre et Jupiter. Par conséquent, le Jupiter que nous voyons en ce moment est, en fait, le Jupiter d'il y a quarante-cinq minutes. Tu vois ces cinq étoiles au-dessus de la cime des arbres qui forment un *W* biscornu ?

– Oui.

– C'est Cassiopée. Et le truc complètement dingue, c'est que l'étoile qui se trouve au sommet, Caph, est à cinquante-cinq années-lumière. Puis Schedar à deux cent trente années-lumière et Navi à cinq cent cinquante. Non seulement elles sont éloignées de nous, mais elles le sont les unes des autres. Pour ce que nous en savons, Navi a explosé, il y a cinq cents ans.

– La vache ! me suis-je exclamée. Ça veut dire qu'on est en train de regarder le passé.

– Exact.

J'ai senti qu'il tâtonnait pour trouver quelque chose – son téléphone, sans doute – mais en jetant un coup d'œil, je me suis aperçue qu'il essayait d'attraper ma main. J'ai pris la sienne. On est restés silencieux, l'antique lumière au-dessus de nous. J'étais en train de me dire que le ciel – du moins, ce ciel – n'était pas noir. Ce qui l'était vraiment, c'étaient les arbres dont seule la silhouette était visible. Sur le ciel nocturne bleu argenté, les arbres étaient l'ombre d'eux-mêmes.

Je l'ai entendu tourner la tête vers moi et j'ai compris qu'il me regardait. Je me suis demandé pourquoi j'avais envie qu'il m'embrasse et s'il était possible de savoir pourquoi on avait envie d'être avec quelqu'un et comment démêler les nœuds embrouillés du désir. Et je me suis aussi interrogée sur la raison pour laquelle j'avais peur de me tourner vers lui.

Davis s'est remis à parler des étoiles – la nuit se faisant plus noire, j'en voyais de plus en plus, floues et tremblotantes, vacillant à la limite de la visibilité. Davis maudissait la pollution lumineuse, il me disait que, si j'attendais assez longtemps, je verrais les étoiles bouger ; que je ne sais quel philosophe grec pensait que les étoiles étaient des trous d'épingle sur un voile cosmique. Puis, après s'être tu quelques instants, il a repris la parole :

– Tu ne parles pas beaucoup, Aza.

– Je ne sais jamais quoi dire.

Il m'a imitée le jour de nos retrouvailles au bord de la piscine.

– Dis ce que tu penses. C'est quelque chose que je ne fais absolument jamais.

Je lui ai avoué la vérité.

– Je pense seulement à des trucs concernant nos organismes.

– Quel genre de trucs ?

– Je ne suis pas capable de t'expliquer, ai-je répondu.

– Essaie pour voir.

Je me suis tournée vers lui. Les gens vantent toujours le charme des yeux verts ou bleus, mais les yeux bruns de Davis avaient une profondeur que n'ont pas les yeux clairs. Et, à la façon dont il me regardait, j'ai senti qu'il n'était pas insensible non plus au brun de mes yeux.

– Je suppose que je n'aime pas vivre à l'intérieur d'un corps. Si tant est que ça veuille dire quelque chose. Et, au fond de moi, je pense être un instrument qui n'existe que pour transformer l'oxygène en dioxyde de carbone, un simple organisme dans cette… immensité. Et ça me terrifie d'imaginer que je n'ai aucun contrôle sur *mon moi* entre guillemets. Je suis sûre que tu l'as remarqué, j'ai la main moite et pourtant il fait trop froid pour transpirer. Et puis, ce que je déteste, c'est que, dès que j'ai commencé à transpirer, je ne peux plus m'arrêter. Ni penser à autre chose. Et si on ne peut pas choisir ce que l'on fait ou ce à quoi l'on pense, alors peut-être n'est-on pas tout à fait réel. Je suis peut-être un mensonge que je me murmure à moi-même.

– À vrai dire, je ne sens pas que tu transpires. Mais je parie que ça ne t'aide pas.

– Effectivement.

J'ai retiré ma main et l'ai essuyée sur mon jean, puis je me suis épongé le visage avec la manche de mon sweat. Je me dégoûtais. J'étais répugnante, mais il m'était impossible de prendre de la distance par rapport à moi-même car j'étais coincée à l'intérieur. J'ai repensé au fait que l'odeur de transpiration ne venait pas de la transpiration en elle-même, mais des bactéries qui l'absorbaient.

J'ai commencé à raconter à Davis l'histoire de ce drôle de parasite, le *diplostomum pseudospathaceum*, qui se développe dans les yeux d'un poisson mais ne peut se reproduire ailleurs que dans le ventre d'un oiseau. Les poissons infectés par les jeunes parasites plongent en eau profonde pour être moins repérables par les oiseaux. Mais, une fois que le parasite est prêt à s'accoupler, les poissons remontent près de la surface. En gros, ils font tout pour se faire manger par un oiseau et ils finissent par y arriver. Et le parasite, qui est à l'origine de toute l'histoire, finit exactement à l'endroit où il doit être : dans le ventre d'un oiseau. C'est là qu'il se reproduit, puis les bébés parasites sont expulsés dans l'eau par les oiseaux, ils rencontrent un autre poisson et le cycle recommence.

J'ai essayé de lui expliquer pourquoi ça me faisait flipper mais n'y suis pas vraiment parvenue et je reconnais avoir fait dévier la conversation très loin du moment où on se tenait la main et où on était près de s'embrasser. Je parlais de déjections d'oiseaux infectées par un parasite, ce qui était plus ou moins le contraire du romantisme, mais je ne pouvais pas m'en empêcher parce que je voulais qu'il comprenne que je me sentais comme le poisson, j'avais l'impression que mon histoire personnelle était écrite par quelqu'un d'autre.

Je lui ai même avoué quelque chose que je n'avais jamais dit à Daisy, ni au docteur Singh, ni à personne : que j'avais commencé à enfoncer l'ongle de mon pouce dans mon doigt pour me convaincre que j'étais bien réelle. Quand j'étais petite, maman me racontait que, si on se pinçait soi-même et qu'on ne se réveillait pas, on était certain de ne pas rêver. Alors, chaque fois que je pensais ne pas être réelle, j'enfonçais mon ongle dans le bout de mon doigt et, en sentant la douleur, je me disais, l'espace d'une seconde : *Bien sûr que je suis réelle*. Mais il se trouve que le poisson ressent la douleur. Finalement, il est impossible de savoir si on est sous les ordres d'un parasite.

Après cette confession, on est restés silencieux un long moment jusqu'à ce que Davis dise :

– Après sa rupture d'anévrisme, maman est restée à l'hôpital au moins six mois. Tu étais au courant ?

J'ai secoué la tête.

– Elle devait être dans le coma, a-t-il poursuivi. Elle ne pouvait pas parler ni rien, ni se nourrir, mais parfois, si je glissais ma main dans la sienne, elle la serrait. Noah était trop petit pour venir la voir mais, moi, il fallait que j'y aille. Tous les jours après les cours, Rosa m'emmenait à l'hôpital et je m'allongeais dans le lit avec elle pour regarder les *Tortues Ninja* à la télé. Elle avait les yeux ouverts et elle respirait sans assistance. Donc, j'étais dans le lit à côté d'elle, je regardais la télé en tenant ma figurine Iron Man et je posais mon poing dans sa main. J'attendais et, parfois, elle serrait sa main autour de la mienne. Et quand ça arrivait, j'avais l'impression… comment dire… d'être aimé. Bref, je me rappelle qu'une fois papa était venu et il était resté contre le mur à l'autre bout de la chambre comme si elle était contagieuse ou je ne sais quoi. Et je lui ai dit qu'elle m'avait serré la main. Je lui ai dit qu'elle me tenait la main et il m'a répondu : « Ce n'est qu'un réflexe » et j'ai répété : « Regarde, papa, elle me tient la main. » Alors il a rétorqué : « Elle n'est pas là, Davis. Elle n'est plus là. » Mais ce n'est pas comme ça que ça marche, Aza. Elle était toujours réelle. Toujours en vie. Elle était autant une personne que n'importe qui d'autre. Tu es réelle mais ça n'a pas de lien avec ton corps ou avec tes pensées.

– Ça a un lien avec quoi, alors ? ai-je demandé.

Il a soupiré.

– Je ne sais pas.

– Merci de m'avoir raconté ça, ai-je dit.

Je me suis tournée vers lui et j'ai observé son profil. Parfois, Davis avait une tête de petit garçon – peau blanche et acné sur le menton. Mais, en cet instant, il était beau. Le silence entre nous est devenu pesant jusqu'à ce que je pose la question la plus stupide du monde, mais parce que je voulais vraiment entendre sa réponse :

– À quoi tu penses ?

– Je pense que c'est trop beau pour être vrai, a-t-il répondu.

– Quoi ?

– Toi.

– Oh.

Une seconde plus tard, j'ai ajouté :

– Personne ne dit jamais que c'est trop moche pour être vrai.

– Je sais que tu as la photo prise par la caméra infrarouge.

Je n'ai rien dit, alors il a continué :

– C'était ça que tu voulais raconter aux flics ? Ils t'ont proposé une récompense ?

– Je ne suis pas là pour…

– Mais comment savoir, Aza ? m'a-t-il coupée. Comment savoir, avec n'importe qui ? Tu la leur as donnée ?

– Non et je ne le ferai pas. Daisy en avait l'intention, mais je ne la laisserai pas faire. Je te le jure.

– Mais comment savoir ? a-t-il répété. J'essaie d'oublier, mais je n'y arrive pas.

– Je ne veux pas de la récompense, ai-je dit, mais même moi je n'étais pas certaine de le penser.

– Être vulnérable, c'est accepter de se mettre en danger.

– C'est valable pour tout le monde, ai-je fait remarquer. Ce n'est pas comme si c'était quelque chose d'important. Ce n'est qu'une photo. Elle ne révèle rien de l'endroit où il se trouve.

– Elle leur donne une heure et un lieu. Cela dit, tu as raison. Ils ne le retrouveront pas. Mais ils me demanderont pourquoi je ne leur ai pas remis la photo. Ils ne me croiront jamais car je n'ai pas de raison valable. Le truc, c'est que je ne veux pas avoir les autres à gérer au lycée pendant son procès. Je ne veux pas que Noah soit exposé à ça. Je veux… que tout redevienne comme avant. Et ce qui s'en rapproche le plus, c'est de le savoir en cavale plutôt qu'en prison. La vérité, c'est qu'il ne m'a pas averti qu'il partait. Mais s'il l'avait fait, je ne l'en aurais pas empêché.

– Même si on leur donnait la photo, ils ne t'arrêteraient pas pour autant, ai-je dit.

Davis s'est levé d'un bond et il est parti à travers le golf.

– C'est un problème qu'on peut parfaitement résoudre, l'ai-je entendu marmonner.

Je l'ai suivi sur le chemin qui menait au cottage. On est entrés. C'était un pavillon rustique, tapissé de lambris et haut de plafond, aux murs couverts d'une variété ahurissante de têtes d'animaux empaillés. Un canapé moelleux, recouvert de tissu écossais, et deux fauteuils assortis étaient disposés en demi-cercle face à une énorme cheminée.

Davis s'est dirigé droit vers le bar, il a ouvert le placard au-dessus de l'évier, a sorti une boîte de Cheerios miel noisettes et l'a vidée de son contenu. Quelques céréales sont tombées dans l'évier, suivies d'une liasse de billets maintenus par une bande de papier. Je me suis avancée et j'ai vu qu'il y avait « 10 000 $ » écrit dessus – ce qui paraissait impossible, vu la taille de la liasse (moins d'un centimètre de haut). Une autre est tombée de la boîte, puis encore une autre. Davis a pris une deuxième boîte dans le placard, cette fois remplie de céréales au blé, et il a fait la même chose.

– Qu'est-ce que tu fabriques ? ai-je demandé.

– Mon père en a planqué partout, m'a-t-il expliqué en attrapant une troisième boîte. L'autre jour, j'ai trouvé une liasse entre les coussins du canapé du salon. Il cache du fric comme les alcooliques cachent des bouteilles de vodka.

Davis a chassé la poussière de céréales qui maculait les billets, tout en les empilant à côté de l'évier, puis il les a ramassés. Les liasses tenaient dans sa main.

– Cent mille dollars, a-t-il annoncé et il m'a tendu le tout.

– Pas question, Davis. Je ne peux pas…

– Aza, m'a-t-il coupée, les flics ont trouvé deux millions de dollars au cours de la perquisition, mais je te parie que ce n'est même pas la moitié de ce qu'il a planqué. J'en trouve partout, tu vois ? Je ne veux pas paraître à côté de la plaque, mais ça, pour mon père, c'est rien du tout. Voilà, c'est ta récompense pour ne pas divulguer la photo. Je demanderai à notre avocat, Simon Morris, de t'appeler. Il est sympa mais un peu procédurier.

– Je n'essaie pas…

– Mais comment savoir ? m'a-t-il coupée. S'il te plaît, c'est juste que maintenant, si tu me rappelles ou que tu m'envoies un texto, je saurai que ce n'est pas pour la récompense. Et pour toi aussi, ce sera clair. Ce sera une bonne chose – même si tu n'appelles pas.

Il est allé jusqu'à un placard, l'a ouvert, en a sorti un cabas bleu, a fourré l'argent dedans et me l'a donné.

Il avait l'air d'un gosse, à présent – ses yeux marron humides, la peur et la fatigue qui se lisaient sur son visage, comme un petit garçon qui se réveille d'un cauchemar. J'ai pris le sac.

– Je t'appellerai, ai-je dit.

– On verra bien.

J'ai quitté le pavillon calmement, puis j'ai traversé le golf à toute vitesse, j'ai contourné la piscine et couru jusqu'à la maison. J'ai foncé au premier étage et j'ai pris un couloir jusqu'à ce que j'entende la voix de Daisy derrière une porte close. Je l'ai ouverte. Daisy et Mychal étaient en train de s'embrasser sur un immense lit à baldaquin.

– Euh, ai-je laissé échapper.

– On pourrait avoir un peu d'intimité, s'il te plaît ? a demandé Daisy.

J'ai refermé la porte en marmonnant :

– Je te ferai remarquer que tu n'es pas chez toi.

Je ne savais pas où aller ensuite. J'ai redescendu l'escalier. Noah regardait la télé, assis sur le canapé. En m'approchant, j'ai remarqué qu'il était en pyjama – un pyjama Captain America, qui plus est – alors qu'il avait quand même treize ans. Il avait un bol de céréales sans lait sur les genoux. Il en a pris une pleine poignée et l'a fourrée dans sa bouche.

– 'lut ? a-t-il dit tout en mastiquant.

Ses cheveux gras et emmêlés lui retombaient sur le front ; il était si pâle de près, qu'il en devenait presque transparent.

– Tu t'en sors, Noah ?

– Ça roule, a-t-il répondu en avalant sa bouchée, puis il a ajouté : Alors, tu as trouvé quelque chose ?

– Hein ?

– Sur papa. Davis m'a dit que tu voulais la récompense. Tu as trouvé quelque chose ?

– Pas vraiment.

– Je peux t'envoyer un truc ? J'ai récupéré toutes les notes de papa sur son téléphone depuis iCloud. Possible qu'elles puissent t'aider. Tu auras peut-être une piste. La dernière note écrite par papa, le soir de sa disparition, est : « la bouche du *runner* ». Ça te dit quelque chose ?

– Non, ai-je répondu.

Je lui ai donné mon numéro pour qu'il m'envoie les notes et j'ai promis d'y jeter un coup d'œil.

– Merci, a-t-il dit d'une toute petite voix. Davis pense qu'on s'en sort mieux avec lui en cavale, plutôt qu'en prison.

– Et toi, qu'est-ce que tu en dis ?

Il m'a regardée.

– Je veux qu'il rentre à la maison.

Je me suis assise à côté de lui sur le canapé.

– Je suis sûre qu'il va revenir.

Il s'est penché vers moi jusqu'à ce que nos épaules se touchent. Je n'étais pas dingue des contacts avec des inconnus, surtout quand ces derniers n'avaient manifestement pas pris de douche depuis un moment.

– C'est normal d'avoir peur, Noah.

Il s'est détourné et s'est mis à pleurer.

– Tout va bien, ai-je menti. Tout va bien. Il va revenir.

– Je n'arrive pas à réfléchir normalement, a-t-il soufflé entre deux sanglots. Depuis qu'il est parti, je n'ai plus les idées claires.

Je savais trop bien ce que c'était, je l'avais su toute ma vie. Moi aussi, j'étais incapable de réfléchir normalement, incapable même de finir de formuler une pensée parce qu'elles ne venaient pas les unes derrière les autres mais en boucles pleines de nœuds qui s'enroulaient sur elles-mêmes, ou bien qu'elles étaient des sables mouvants dans lesquels je m'enfonçais, des trous de ver qui avalaient la lumière.

– Tout va bien, lui ai-je menti à nouveau. Tu as sans doute besoin de te reposer.

Je ne savais pas quoi lui dire d'autre. Il était si petit, si seul.

– Tu me préviendras si tu trouves quelque chose sur papa ?

– Oui, bien sûr.

Il a fini par se redresser et s'est essuyé le visage sur la manche de son pyjama. Je lui ai conseillé d'aller dormir. Il était près de minuit.

Il a posé son bol de céréales sur la table basse, s'est levé et a monté l'escalier sans même dire au revoir.

Je ne savais pas où aller et, comme je stressais un peu d'avoir ce sac contenant autant d'argent, j'ai décidé de quitter la maison. J'ai regagné le parking où était Harold en regardant le ciel, j'ai repensé aux étoiles de Cassiopée et au fait qu'elles étaient à des années-lumière de moi, mais aussi les unes des autres.

Je balançais le sac en marchant. Il ne pesait presque rien.

Dix

Le lendemain matin, j'ai envoyé un texto à Daisy avant même de me lever.

Grande nouvelle. Tél-moi dès que tu peux.

Elle m'a appelée aussitôt.

– Salut, ai-je dit.

– Je sais, c'est un bébé géant, a-t-elle commencé, mais, après examen minutieux, je le trouve craquant. Et, d'une manière générale, assez charmant, très ouvert sexuellement, très à l'aise, même si on ne l'a pas fait.

– Je suis ravie pour toi. Donc, hier soir…

– Et il a l'air de vraiment bien m'aimer. D'habitude, j'ai l'impression de faire peur aux garçons, mais pas à lui. Il te tient dans ses bras et tu sens qu'il te tient vraiment, tu vois ce que je veux dire ? Et puis, il m'a déjà appelée ce matin, ce que je trouve mignon et pas extrêmement collant. Mais, s'il te plaît, ne va pas croire que je deviens la meilleure amie qui tombe amoureuse et plaque ses copines. Oh, mon Dieu, je viens de dire que j'étais amoureuse. Ça fait vingt-quatre heures qu'on sort ensemble et je lâche le mot. Qu'est-ce qui m'arrive ? Pourquoi ce garçon que je connais depuis la quatrième est-il soudain si incroyable ?

– Parce que tu lis trop de fanfictions romantiques ?

– Ça n'a rien à voir, a-t-elle répondu. Comment va Davis ?

– C'est ce dont je voulais te parler. On peut se retrouver quelque part ? C'est mieux si je te montre.

Je voulais voir sa tête quand elle découvrirait l'argent.

– Malheureusement, j'ai déjà un rendez-vous au petit déjeuner.

– Je croyais que tu ne plaquais pas tes copines.

– Et je confirme. Hélas, j'ai rendez-vous avec M. Charles Cheese. Ça peut attendre jusqu'à lundi ?

– Pas vraiment, ai-je répondu.

– OK. Je quitte le boulot à dix-huit heures. On se retrouve chez Applebee's. Je ferai peut-être plusieurs choses en même temps parce que j'essaie de finir une histoire – ne le prends pas mal, mais c'est lui qui appelle. Il faut que je raccroche. Merci. Je t'aime. Salut.

En reposant mon téléphone, je me suis

aperçue que maman se tenait dans l'encadrement de la porte.

– Tout va bien ? a-t-elle demandé.

– Tu ne serais pas ultra-protectrice par hasard ?

– Comment s'est passé ton rendez-vous avec ce garçon ?

– Quel garçon ? Il y en a tellement. J'ai été obligée de faire un tableau Excel pour m'y retrouver.

Ensuite ce matin-là, j'ai parcouru les notes que Noah m'avait envoyées pour passer le temps. C'était une longue liste qui semblait avoir été rédigée au hasard et comprenait aussi bien des titres de livres que des citations.

Avec le temps, les marchés chercheront toujours plus à se libérer.
Valeur expérimentale.
Cinquième étage escalier un
Disgrâce – Coetzee

Et la liste se poursuivait ainsi sur des pages et des pages, de petits pense-bêtes qu'il faisait pour lui-même, incompréhensibles pour les autres. Mais les quatre dernières notes ont attiré mon attention :

Maldives Kosovo Cambodge
Ne jamais parler de son business aux inconnus.

À moins d'y laisser une jambe
La bouche du runner

Il était impossible de déterminer à quel moment il avait écrit ces notes et s'il l'avait fait d'une traite, mais il était certain qu'elles avaient un lien entre elles. Une rapide recherche m'a appris que le Kosovo, le Cambodge et les Maldives étaient des pays qui n'avaient pas signé d'accord d'extradition avec les États-Unis, ce qui signifiait que Pickett pouvait être autorisé à y résider sans craindre de poursuites judiciaires. « Ne jamais parler de son business à des inconnus » était le titre des mémoires d'une femme dont le père fuyait la justice. Le résultat le plus pertinent pour « À moins d'y laisser une jambe » était un article intitulé « Comment les criminels en col blanc parviennent-ils à survivre en cavale ». La citation en question faisait référence aux difficultés que l'on peut rencontrer si l'on veut simuler sa propre mort.

Seule « la bouche du *runner* » n'avait aucun sens pour moi et mes recherches n'ont abouti à rien, si ce n'est à des gens qui faisaient du *running* la bouche ouverte. Bien sûr, les gens écrivent toujours des choses ridicules, qui n'ont de sens que pour eux-mêmes, dans leurs notes. C'est à ça qu'elles servent. Peut-être avait-il simplement croisé un *runner* avec une bouche intéressante. J'avais de la peine pour Noah, mais j'ai fini par mettre la liste de côté.

Cet après-midi-là, Harold et moi sommes arrivés à Applebee's une demi-heure en avance. Mais, pour une raison obscure, j'avais peur de sortir de voiture. En rabattant le siège arrière du milieu, je pouvais atteindre directement l'intérieur du coffre. Je me suis tortillée pour arriver jusque-là, j'ai tâtonné jusqu'à ce que je trouve le cabas qui contenait l'argent ainsi que le téléphone de papa et son chargeur de voiture.

J'ai fourré le cabas sous le siège passager, j'ai branché le téléphone de papa et j'ai attendu qu'il soit assez chargé pour l'allumer.

Des années auparavant, maman avait sauvegardé toutes les photos et tous les e-mails de papa sur un ordinateur et sur une multitude de disques durs, mais j'aimais faire défiler les photos sur son téléphone – en partie parce que je les avais toujours regardées de cette façon, mais surtout parce qu'il y avait quelque chose de magique dans le fait que ce soit son téléphone et qu'il marche encore huit ans après que son corps avait cessé de fonctionner.

L'écran s'est allumé et une photo de maman et moi au Juan Solomon Park est apparue, j'avais sept ans et j'étais assise sur une balançoire, me penchant si loin en arrière que mon visage à l'envers était tourné vers l'appareil.

Maman prétendait que je ne me rappelais que les photos, pas ce qui se passait au moment où elles avaient été prises. Mais quand même, j'avais l'impression de pouvoir convoquer le souvenir – lui qui me poussait, sa main aussi large que mon dos, la certitude que s'éloigner de lui sur la balançoire signifiait aussi revenir vers lui.

J'ai cliqué sur son dossier photos. Comme c'est lui qui avait pris la plupart, il était rarement dessus – à la place, on voyait ce qu'il voyait, ce qui lui semblait intéressant, c'est-à-dire maman, moi et le ciel fragmenté par des branches d'arbres.

Je les ai fait défiler à droite, nous regardant tous rajeunir. Maman sur un microscopique tricycle, portant une microscopique Aza sur ses épaules, moi en train de prendre mon petit déjeuner, du sucre à la cannelle sur tout le visage. Les seules photos sur lesquelles il figurait étaient des selfies, sauf que, à cette époque, les téléphones n'étaient pas équipés d'un appareil frontal, si bien qu'il devait cadrer au hasard. Les photos étaient inévitablement penchées, on sortait en partie du cadre, mais j'étais toujours visible, blottie contre maman – j'étais une fifille à sa maman.

Elle avait l'air tellement jeune sur ces photos – la peau lisse, le visage fin. Il prenait souvent cinq ou six photos d'affilée dans l'espoir d'en obtenir une bonne et si on les faisait défiler comme un *flip book*, le sourire de maman s'agrandissait ou rétrécissait, moi à six ans, ne tenant pas en place, allant d'un côté ou de l'autre, mais le visage de papa ne changeait jamais.

Quand il est tombé, la musique a continué de jouer dans ses écouteurs. Je me rappelle très bien. Il écoutait un vieux morceau de soul qui sortait très fort de ses écouteurs, son corps allongé sur le côté. Il était étendu dans l'herbe, la tondeuse s'est arrêtée pas très loin de l'arbre devant la maison. Maman m'a demandé d'appeler les secours, ce que j'ai fait. J'ai dit à l'opératrice que mon père était tombé. Elle m'a demandé s'il respirait et j'ai transmis la question à ma mère, qui m'a répondu non et, pendant tout ce temps, ce morceau de soul totalement incongru a continué de grésiller faiblement dans les écouteurs.

Maman n'a cessé de lui faire des massages cardiaques jusqu'à l'arrivée de l'ambulance. Il était déjà mort, mais on ne le savait pas. On n'en a eu la certitude qu'au moment où un médecin a ouvert la porte de la salle d'accueil des familles où on attendait et qu'il a demandé : « Votre mari était cardiaque ? » À l'imparfait.

Mes photos préférées de mon père sont celles où il n'est pas net – parce que c'est ce que les gens sont, en fait. Je me suis arrêtée sur l'une d'elles, un autoportrait où on le voit avec un ami à un match des Pacers, le terrain de basket derrière eux, leurs traits flous.

Et puis, je lui ai tout raconté. Je lui ai dit que j'avais obtenu de l'argent sur un coup de chance, que j'essaierais d'en faire bon usage et qu'il me manquait.

Quand Daisy s'est pointée, j'avais déjà rangé le téléphone et le chargeur. Elle marchait vers l'Applebee's et je l'ai appelée par la vitre ouverte de Harold. Elle m'a rejointe, s'est assise à côté de moi.

– Tu pourras me raccompagner à la maison après ça ? Mon père emmène Elena à je ne sais quel truc de maths.

– Bien sûr. Écoute, il y a un sac sous ton siège. Ne flippe pas.

Daisy s'est penchée, a retiré le sac et l'a ouvert.

– Oh, merde, a-t-elle chuchoté. Oh, la vache, Holminette, c'est quoi ? C'est réel ?

Elle avait les yeux débordants de larmes. Je ne l'avais jamais vue pleurer.

– Davis a dit qu'il préférait. Que ce soit lui qui nous donne la récompense plutôt qu'on continue à fouiner.

– C'est vraiment réel ?

– Je crois bien. Son avocat va m'appeler.

– Holminette, c'est, c'est… cent mille dollars ?

– Oui, cinquante mille chacune. Tu crois qu'on peut garder cet argent ?

– Un peu qu'on va le garder.

Je lui ai raconté que ce n'était pas grand-chose pour le père de Davis, mais je continuais d'avoir peur que ce soit de l'argent sale ou d'avoir exploité Davis ou… mais Daisy m'a fait taire.

– Holminette, j'en ai ma claque de l'idée qu'il y a quelque chose de noble à refuser de l'argent.

– Mais on a eu cet argent uniquement parce qu'on connaît quelqu'un.

– Oui et Davis Pickett a eu cet argent uniquement parce qu'il connaissait quelqu'un, en l'occurrence son père. Ce n'est ni illégal ni contraire à la morale. C'est génial.

Son regard s'est perdu de l'autre côté du pare-brise. Il commençait à bruiner – un de ces jours dans l'Indiana où le ciel semble près de toucher la terre.

Sur Ditch Road, le feu est passé à l'orange puis au rouge.

– Je vais aller en fac, a-t-elle dit. Et pas en cours du soir.

– Ça ne suffira pas à payer toute la fac.

Elle a souri.

– Je sais que ça ne suffira pas à tout payer, professeur Rabat-joie. Mais ces cinquante mille dollars faciliteront grandement les choses.

Elle s'est tournée vers moi et m'a secouée par les épaules.

– SOIS HEUREUSE, HOLMINETTE, ON EST RICHES! s'est-elle exclamée puis elle a retiré un billet de cent dollars d'une des liasses et l'a glissé dans sa poche. Voyons quel est le meilleur plat qu'Applebee's a à nous proposer.

Assises à notre table habituelle, Daisy et moi avons surpris Holly en commandant deux sodas. Quand elle est revenue avec nos boissons, elle a demandé à Daisy:

– Un Texan Burger épicé?

– Holly, quel est votre meilleur steak?

Holly, que rien ne déridait, a répondu:

– Il n'y en a aucun de bon.

– Dans ce cas, je prendrai mon Texan Burger épicé mais avec des *onion rings*. Eh oui, je sais, c'est en supplément.

Holly a hoché la tête, puis elle a tourné les yeux vers moi.

– Un burger veggie, ai-je dit. Sans fromage ni mayonnaise, ni…

– Je sais, m'a-t-elle coupée. Vous avez des bons?

– Non, pas aujourd'hui, Holly, a répondu Daisy. Pas aujourd'hui.

On a passé presque tout le repas à s'imaginer en détail comment Daisy allait démissionner de chez Chuck E. Cheese.

– Demain, j'arrive comme si c'était un jour

normal et, au moment où je tire la courte paille qui va m'obliger à enfiler le costume de Chuckie, je m'enfuis avec. Je passe la porte, je monte dans ma voiture flambant neuve, je rentre à la maison avec Chuckie, je le fais empailler et je l'accroche au mur comme un trophée de chasse.

– C'est trop bizarre de mettre la tête d'un truc qu'on a tué au mur, ai-je dit. Il y en avait plein dans la maison des invités, chez Davis.

– M'en parle pas, a dit Daisy. Figure-toi que Mychal et moi nous embrassions pile sous une tête d'élan empaillée. BTW, merci de nous avoir interrompus hier soir, petite vicieuse.

– Désolée, je voulais juste te dire que tu avais touché le pactole – Daisy a éclaté de rire et secoué la tête, encore incrédule. Au fait, je suis tombée sur Noah, le petit frère. Il m'a demandé si j'avais des infos sur son père et il m'a montré ses notes. Regarde, ai-je dit en lui montrant la liste sur mon téléphone. La dernière est « la bouche du *runner* ». Ça te dit quelque chose ? (Daisy a fait non de la tête.) J'ai de la peine pour lui, ai-je ajouté. Il était en larmes.

– Ce n'est pas ton problème, a tranché Daisy. On n'est pas dans le business de l'aide aux orphelins milliardaires ; on est dans le business de l'enrichissement, et il est au top.

– Cinquante mille dollars, ça ne fait pas de nous des gens riches. C'est moins de la moitié de ce que doit coûter l'Indiana University – qui était la fac de l'État située à Bloomington, soit à à peine deux heures de route au sud de chez nous.

Daisy est restée silencieuse un long moment, le regard impassible sous l'effet de la concentration.

– Bon, a-t-elle dit enfin. Juste un petit calcul mental. Cinquante mille dollars équivalent à, genre, mille neuf cents heures de boulot. Ce qui correspond à sept cents services de huit heures, à condition d'obtenir un temps plein (ce qui est quasi impossible). On arrive donc à deux ans de boulot sept jours par semaine, huit heures par jour. Ça ne veut peut-être pas dire être riche pour toi, Holminette, mais pour moi, si.

– Oui, bien sûr.

– Et cet argent dormait dans une boîte de Cheerios ?

– En fait, la moitié était dans une boîte de céréales au blé.

– Tu sais ce qui fait de toi la plus fiable des BFF, Holminette ? C'est que tu m'as quand même parlé de l'argent. Je veux dire, j'espère être le genre de personne qui partagerait ses gains si elle gagnait au Super Loto ; mais pour être tout à fait honnête, je ne me fais pas complètement confiance.

Elle a mordu dans son burger et a pris le

temps d'avaler quasiment toute sa bouchée avant de continuer :

– Dis, cet avocat, il ne va pas essayer de nous reprendre l'argent ?

– Je ne crois pas, ai-je répondu.

– On devrait aller le déposer tout de suite à la banque.

– Davis m'a dit d'attendre son appel.

– Tu lui fais confiance ?

– Oui, absolument.

– Oh, Holminette, on est toutes les deux tombées amoureuses. Moi d'un artiste et toi d'un milliardaire. Finalement, on est en train de vivre la vie de débutante dont on a toujours rêvé.

Au total, notre repas nous a coûté moins de trente dollars, mais on a laissé un pourboire de vingt dollars à Holly pour nous avoir supportées.

Onze

Le lendemain matin, je regardais des vidéos sur mon téléphone quand j'ai reçu un appel.

– Allô !

– Aza Holmes ?

– C'est moi.

– Simon Morris à l'appareil. Vous connaissez Davis Pickett, n'est-ce pas ?

– Ne quittez pas, ai-je dit en enfilant des chaussures avant de sortir sans éveiller l'attention de ma mère, qui regardait la télé dans le salon tout en corrigeant des copies.

J'ai marché jusqu'à la limite du jardin et me suis assise face à la maison.

– Voilà. Bonjour, ai-je dit.

– J'ai cru comprendre que vous aviez reçu un cadeau de la part de Davis.

– Oui, et je l'ai partagé avec mon amie. J'espère que ça ne pose pas de problème ?

– La façon dont vous gérez vos affaires financières ne me regarde pas, mademoiselle Holmes. Mais vous comprendrez qu'une adolescente qui se présente dans une banque avec des liasses de billets de cent dollars peut éveiller les soupçons. Par conséquent, je me suis entretenu avec un de nos banquiers chez Second Indianapolis, et il a accepté de prendre votre dépôt. Vous avez rendez-vous lundi à 15h15 à l'agence qui se trouve au coin de la 86e Rue et College Avenue. Comme vous finissez les cours à 14h55, ça vous laisse le temps de vous y rendre.

– Comment savez-vous que…

– Je suis consciencieux, m'a-t-il coupée.

– Je peux vous poser une question ?

– Vous venez de le faire, a-t-il fait remarquer sèchement.

– C'est vous qui vous occupez des affaires de M. Pickett en son absence ?

– C'est exact.

– Et si M. Pickett réapparaissait…

– Alors, les joies et les peines de sa vie seraient à nouveau siennes. En attendant, certaines m'incombent. Puis-je vous suggérer d'en venir au fait ?

– Je m'inquiète pour Noah.

– Vous vous inquiétez ?

– Il a l'air tellement triste et il n'y a personne pour s'occuper de lui. Ils n'ont pas de famille ?

– Aucune avec laquelle les Pickett s'entendent. Davis a été déclaré mineur émancipé par l'État d'Indiana et il est le tuteur légal de son frère.

– Je ne parle pas de tuteur légal, mais de quelqu'un qui veille sur lui. Davis n'est ni son père ni sa mère. Ils ne vont quand même pas rester tout seuls pour toujours, non ? Et si leur père était mort ?

– Mademoiselle Holmes, la mort légale est différente de la mort biologique. J'ai tout lieu de croire que Russell est vivant à la fois légalement et biologiquement. Mais tout ce que je sais aujourd'hui avec certitude, c'est qu'il est vivant aux yeux de la loi car l'Indiana considère qu'un individu est toujours de ce monde tant qu'aucune preuve biologique de sa mort n'a été apportée, ou alors au bout de sept ans depuis la dernière preuve de vie. Par conséquent, la question légale veut que…

– Je ne parle pas d'un point de vue légal. Je veux juste savoir qui va s'occuper de lui.

– Mais je ne peux répondre à cette question que d'un point de vue légal. Et la réponse légale est la suivante : j'administre les affaires financières, le régisseur s'occupe de l'intendance de la maison et Davis est le tuteur. Votre inquiétude est remarquable, mademoiselle Holmes, mais je peux vous assurer que, d'un point de vue légal, tout est pris en charge. Donc, 15 h 15, demain. Votre banquière s'appelle Josephine

Jackson. Avez-vous d'autres questions pertinentes liées à votre situation ?

– Je ne crois pas.

– Bien, vous avez mon numéro. Portez-vous bien, mademoiselle Holmes.

Pendant la journée du lendemain au lycée, tout s'est bien passé ; jusqu'à ce que Daisy et moi soyons en route pour la banque. Je conduisais et elle me racontait que son dernier texte avait fait le buzz dans le monde des fanfictions *Star Wars* et qu'elle avait reçu toutes sortes de louanges, elle me parlait de l'exposé sur *La Lettre écarlate* qu'elle avait passé la nuit à rédiger et du fait qu'elle allait enfin pouvoir dormir maintenant qu'elle prenait sa « retraite » de chez Chuck E. Cheese. Je me sentais bien. Je me sentais comme une personne normale qui ne cohabitait pas avec un démon l'obligeant à avoir des pensées qu'elle détestait et je me disais : *J'ai été mieux cette semaine. Peut-être que le traitement fait effet*, quand, soudain, une pensée a surgi de nulle part : *Le médicament t'a rendue trop complaisante et tu as oublié de changer ton pansement ce matin.*

J'étais quasi certaine d'en avoir mis un nouveau juste après m'être réveillée et avant de me brosser les dents, mais la pensée était insistante. *Je ne crois pas que tu l'aies changé. Je pense que c'est celui d'hier soir.* Ce n'était pas celui d'hier soir parce que j'étais certaine de l'avoir changé au déjeuner. *Vraiment ?* Je pense. *Tu PENSES ?* J'en mettrais ma main au feu. *Et la plaie est ouverte*. Ce qui était vrai. Elle n'avait pas encore fait de croûte. *Tu as gardé le même pansement pendant quoi, sans doute trente-sept heures maintenant, tu as laissé la plaie suppurer sous ce vieux pansement chaud et humide*. J'y ai jeté un coup d'œil. Il avait l'air neuf. *Tu ne l'as pas fait*. Je pense que si. *En es-tu sûre* ? Non, mais ne pas vérifier toutes les cinq minutes prouve que je progresse. *Oui, tu progresses vers une infection*. Je le ferai à la banque. *Ce sera sans doute trop tard*. C'est ridicule. *Une fois que l'infection gagne ton système sanguin…* Arrête, ça ne tient pas debout, mon doigt n'est même pas rouge ni gonflé. *Je te ferai remarquer que ce n'est pas une condition* sine qua non… S'il te plaît, arrête, je le changerai à la banque… *TU SAIS QUE J'AI RAISON*.

– Est-ce que je suis allée aux toilettes avant le déjeuner ? ai-je murmuré à Daisy.

– J'en sais rien. Je crois que tu t'es assise après nous, alors je suppose que oui.

– Mais je n'ai rien dit à ce sujet ?

– Non, pas de déclaration du style : « Mes salutations, compagnons de tablée. Je reviens des toilettes à l'instant. »

Je pouvais sentir la tension monter, partagée entre le désir irrépressible de m'arrêter pour changer le pansement et la certitude que Daisy me prendrait pour une folle. Je me suis dit que j'allais bien, que c'était un dysfonctionnement de mon cerveau, que ces pensées n'étaient que des pensées, mais quand j'ai à nouveau regardé le pansement, j'ai vu qu'il était taché. J'ai vu la tache. Du sang. Ou du pus. Quelque chose.

Je me suis garée sur le parking d'un ophtalmo, j'ai retiré le pansement et examiné la plaie. Elle était rouge sur les bords. Il y avait du sang séché sur le pansement. Comme si celui-ci n'avait pas été changé depuis un certain temps.

– Holminette, je suis sûre que tu es allée aux toilettes. Tu y passes *toujours*.

– Ça n'a plus d'importance maintenant. C'est infecté, ai-je dit.

– Mais non.

– Tu vois cette marque rouge ? ai-je demandé en lui montrant l'inflammation de la peau sur les deux bords de la plaie. Ça, c'est l'infection. C'est un gros problème.

Il était rare que je laisse quiconque voir mon doigt sans pansement, mais je voulais que Daisy comprenne. Ce n'était pas pareil que d'ordinaire. Je n'étais pas la proie d'une inquiétude irrationnelle, ce sang séché était inhabituel, même les fois où la callosité avait été ouverte. Cela signifiait que le pansement était resté beaucoup trop longtemps. Ce n'était pas normal. D'un autre côté, n'était-ce pas différent chaque fois ? Non, cette fois, c'était encore plus différent que d'ordinaire. J'avais la preuve tangible d'une infection.

– Ton doigt a exactement le même aspect que toutes les fois où tu t'inquiètes pour lui.

J'ai appliqué du gel antibactérien sur la plaie, ressenti une brûlure profonde et cuisante, sorti un nouveau pansement que j'ai enroulé autour de mon doigt. Je suis restée immobile un moment, morte de honte, j'avais envie d'être seule, mais j'étais aussi terrifiée. Je ne pouvais me sortir de la tête l'image de la rougeur et du gonflement, qui révélaient que ma peau réagissait à l'invasion de bactéries parasitaires. Je me détestais. Je détestais ça.

– Hé, m'a dit Daisy en posant sa main sur mon genou. Ne laisse pas Aza être cruelle avec Holminette, d'accord ?

Cette fois, c'était autre chose. Le feu de la brûlure s'était dissipé, ce qui voulait dire que les bactéries s'étaient remises à se reproduire, qu'elles se répandaient dans le système sanguin par le doigt. Pourquoi est-ce que je m'étais mise à ouvrir cette callosité ? Pourquoi je ne pouvais pas la laisser tranquille ? Pourquoi fallait-il que je m'inflige une plaie ouverte en permanence, justement sur le doigt ? Les mains sont les parties du corps les plus sales. Pourquoi est-ce que je ne me pinçais pas le lobe de l'oreille, le ventre ou la cheville ? J'allais me faire mourir d'une infection à cause d'un rituel enfantin et stupide et qui ne prouvait rien, parce que ce que j'essayais de comprendre était incompréhensible, parce qu'il n'existait aucun moyen d'être sûr de quoi que ce soit

Tu te sentirais mieux si tu remettais du gel antibactérien. Juste quelques gouttes. Il était 15 h 12. Il fallait aller à la banque. J'ai retiré le pansement, fait couler du gel antibactérien, remis un pansement. Il était 15 h 13.

– Tu veux que je conduise ? a demandé Daisy.

J'ai secoué la tête. Démarré Harold. Passé la marche arrière. Et à nouveau le point mort.

J'ai retiré le pansement, refait couler du gel antibactérien. Cette fois, j'ai eu moins mal. Ce qui signifiait peut-être que la plupart des bactéries étaient mortes. Ou alors qu'elles s'étaient déjà propagées, qu'elles étaient passées dans mon système sanguin par la peau. *Vérifie une dernière fois.* Est-ce que c'était moins gonflé ? Il était trop tôt pour le dire, cela ne faisait que huit minutes. Il était 15 h 15.

– Holminette, il faut qu'on y aille. Je peux conduire, a répété Daisy.

J'ai secoué la tête, passé la marche arrière et, cette fois, j'ai réussi à continuer à rouler.

– J'aimerais tellement comprendre, m'a-t-elle dit. Est-ce que ça t'aide d'être rassurée ou bien est-ce que tu préfères quand on s'inquiète ? Est-ce qu'il y a quelque chose qui peut te soulager ?

– C'est infecté, ai-je murmuré. Et c'est moi qui me le suis infligé. Comme je fais toujours. J'ai ouvert la callosité et maintenant, c'est infecté.

J'étais le poisson contaminé par le parasite, qui se rapprochait de la surface pour se faire manger.

Quand on est enfin arrivées à la banque, je suis restée en retrait pendant que Daisy se présentait au guichet. Puis on s'est fait escorter jusqu'à un bureau vitré au fond de l'agence où une femme mince en tailleur noir a introduit notre argent dans une machine qui faisait défiler les billets pour les compter. On a ensuite rempli un certain nombre de formulaires et nous étions désormais titulaires d'un compte en banque tout neuf, avec une carte qui serait disponible d'ici sept à dix jours. La femme nous a remis cinq chèques provisoires à utiliser en attendant que notre véritable chéquier nous parvienne et nous a encouragées à ne pas faire de gros achats pendant au moins six mois, « le temps que vous appreniez à vivre avec cette rentrée d'argent imprévue » ; puis elle nous a parlé des placements qu'on pourrait faire – compte épargne étudiant, fonds commun de placement, obligations, valeurs boursières… Je m'efforçais de prêter attention à ce qu'elle disait, mais le problème, c'est que je n'étais pas réellement dans la banque. J'étais à l'intérieur de ma tête et le torrent de mes pensées me hurlait que j'avais scellé mon destin en ne changeant pas mon pansement pendant plus d'une journée, que maintenant il était trop tard et que j'avais chaud et mal au bout du doigt et, en fait, tout ça n'est réel qu'au moment où on le ressent physiquement, car les sens ne peuvent pas nous mentir. En sont-ils capables ? Je me suis dit : *C'est en train d'arriver*, le « ce » trop effrayant, trop vaste, pour être désigné par autre chose qu'un pronom.

En raccompagnant Daisy chez elle, je n'arrêtais pas d'oublier pourquoi j'étais arrêtée à un feu, je levais le pied de la pédale de frein de Harold et, d'un regard, je me rendais compte que, oh, exact, le feu est rouge.

On parle beaucoup des avantages de la folie ou je ne sais quoi – un jour, le docteur Karen Singh m'avait rapporté cette citation d'Edgar Allan Poe : « La question n'est pas encore tranchée : savoir si la folie est ou n'est pas la plus haute forme d'intelligence. » Elle s'efforçait sans doute de me rassurer, mais je trouve que les troubles psychiatriques sont souvent surévalués. Selon mon expérience, que je reconnais être limitée, la folie ne vient pas accompagnée de super-pouvoirs ; être mal psychiquement ne vous rend pas plus intelligent que ne vous rendrait la grippe. Sinon, j'aurais été une enquêtrice de génie alors que, en réalité, j'étais la personne la moins observatrice du monde. En raccompagnant Daisy chez elle puis en rentrant chez moi, je n'étais consciente de rien en dehors de moi-même.

Une fois à la maison, je me suis précipitée dans la salle de bains pour examiner la plaie. Mon doigt avait dégonflé. Il en avait l'air. Peut-être que la lumière n'était pas assez forte pour que je voie correctement. J'ai nettoyé la plaie à l'eau et au savon, je l'ai séchée, j'ai fait couler du gel antibactérien dessus et mis un nouveau pansement. J'ai pris mon médicament et, quelques minutes après, un cachet blanc ovale qui m'avait été prescrit en cas de crise de panique.

Je l'ai laissé fondre sous ma langue, sa saveur sucrée se répandant dans ma bouche, puis j'ai attendu qu'il fasse effet. J'avais la certitude que quelque chose allait me tuer et, évidemment, j'avais raison : quelque chose allait tous nous tuer un jour ou l'autre, sans qu'on sache si c'était aujourd'hui.

Au bout d'un moment, j'ai senti ma tête devenir lourde et je me suis assise sur le canapé devant la télé. N'ayant pas l'énergie de l'allumer, je suis restée à fixer l'écran noir.

Le comprimé ovale me faisait me sentir tout engourdie, mais seulement du haut du visage. Mon corps était égal à lui-même, brisé et en sous-régime comme à son habitude, mais j'avais le cerveau ramollo, épuisé, comme les jambes d'un coureur à l'issue d'un marathon. Maman est rentrée et s'est laissée tomber à côté de moi.

– Longue journée, a-t-elle dit. Je m'accommode des élèves, Aza. Ce sont les parents qui rendent mon boulot difficile.

– Désolée, ai-je dit.

– Comment était ta journée ?

– Bien. Dis, tu crois que j'ai de la fièvre ?

Elle a appuyé le dos de sa main sur mon front.

– Je ne pense pas. Tu ne te sens pas bien ?

– Juste fatiguée.

Maman a allumé la télé. Je lui ai dit que j'allais m'allonger et faire mes devoirs.

J'ai lu mon manuel d'histoire pendant un moment, mais ma conscience me faisait penser à un appareil photo à l'objectif sale. J'ai décidé d'envoyer un texto à Davis.

Moi : Salut.

Lui : Salut.

Moi : Comment ça va ?

Lui : Plutôt bien, et toi ?

Moi : Plutôt bien.

Lui : Poursuivons ce silence étrange
en personne.

Moi : Quand ?

Lui : Il est prévu une pluie d'étoiles filantes
jeudi soir. S'il n'y a pas de nuages,
elle devrait être super.

Moi : Ça me paraît bien. À jeudi alors.
Il faut que je te laisse, ma mère est là.

Elle avait effectivement passé la tête par l'entrebâillement de la porte.

– Qu'est-ce qu'il y a ?

– Tu veux qu'on prépare le dîner ensemble ?

– Il faut que je lise.

Elle est venue s'asseoir au bord de mon lit.

– Tu as peur ?

– Un peu.

– De quoi ?

– Ça ne marche pas comme ça. La phrase n'a pas, comment expliquer, pas forcément d'objet. J'ai peur, c'est tout.

– Je ne sais pas quoi dire, Aza. Je vois la souffrance sur ton visage et j'aimerais pouvoir t'en libérer.

Je détestais lui faire du mal. Je détestais la

faire se sentir impuissante. Je détestais ça. Elle était en train de me passer la main dans les cheveux.

– Tout va bien, a-t-elle dit. Tout va bien. Je suis là. Je ne m'en vais nulle part.

Je me suis raidie tandis qu'elle continuait à jouer avec mes cheveux.

– Tu as peut-être besoin d'une bonne nuit de sommeil, a-t-elle enfin fait remarquer – le même mensonge que j'avais servi à Noah.

Douze

Le matin de la pluie d'étoiles filantes, je suis arrivée au lycée avec Harold et j'ai trouvé une Coccinelle Volkswagen orange vif garée à mon emplacement habituel. Je me suis rangée le long de la voiture et j'ai découvert Daisy assise derrière le volant. J'ai baissé ma vitre.

– Je croyais que Josephine la banquière nous avait recommandé de ne pas faire de gros achats pendant six mois.

– Je sais, je sais, a-t-elle dit. Mais j'ai réussi à faire descendre le prix de dix mille dollars à huit mille quatre, par conséquent, j'ai fait des économies. Tu sais comment s'appelle la couleur ? a-t-elle demandé. Orange vif ! Parce qu'elle est *vive*.

– Ne balance pas l'argent par les fenêtres, d'accord ?

– T'inquiète, Holminette. Cette voiture ne fera que prendre de la valeur. Liam est un futur objet de collection. Au fait, je l'ai appelée Liam.

J'ai souri – c'était une blague entre nous que personne ne pouvait comprendre.

On était en train de traverser le parking quand Daisy m'a tendu un énorme volume, le « Guide Fiske des universités ».

– J'ai acheté ça aussi, mais je n'en aurai pas besoin parce que j'irai de toute façon à Indiana University. J'ai toujours su que la fac était chère mais certaines coûtent presque cent mille dollars par an. Qu'est-ce qu'on y fait de plus ? Les cours sont donnés sur des yachts ? On est hébergés dans un château et servis par des elfes de maison ? Même en étant riche, je ne peux pas m'offrir une fac chic.

« En tout cas pas si tu achètes des voitures », ai-je eu envie de lui dire mais j'ai préféré l'interroger sur la disparition de Pickett.

– Tu as fini par trouver la signification de la « bouche du *runner* » ?

– Holminette, a-t-elle répondu, on a la récompense. C'est fini.

– C'est vrai, ai-je reconnu et avant que je puisse ajouter autre chose, elle a repéré Mychal de l'autre côté du parking et s'est précipitée dans ses bras.

Je suis restée plongée toute la matinée dans le guide des universités. Toutes les heures, la cloche sonnait et je me levais pour aller dans une autre salle de classe, m'asseoir à un autre bureau, puis je revenais au guide que je lisais en cachette, posé sur mes genoux. Je n'avais jamais envisagé d'aller dans une autre université qu'Indiana University ou Purdue – ma mère avait fait Indiana et mon père Purdue –, et toutes deux étaient accessibles finalement, comparées aux établissements situés hors de l'État.

Mais, en lisant la description des centaines d'universités répertoriées dans le guide et notées en fonction d'une pléiade de critères (allant de la qualité des cours à celle de la cafétéria), je ne pouvais m'empêcher de m'imaginer dans les bâtiments vieux de deux cents ans d'une petite fac isolée quelque part au sommet d'une colline. J'ai même lu que dans la bibliothèque de l'une d'elles, on pouvait utiliser le même pupitre que l'écrivain Alice Walker. Cinquante mille dollars ne couvraient pratiquement rien des frais de scolarité, mais j'obtiendrais peut-être une bourse. J'avais de bonnes notes et j'étais imbattable aux tests d'évaluation.

Je me suis imaginée suivre des cours de géographie politique et de littérature anglaise sur des auteurs féminins du XIXe siècle, dans de petites salles où les étudiants étaient assis en arc de cercle. J'ai imaginé le gravier crisser sous mes pas tandis que je me rendais d'une salle de classe à la bibliothèque où j'étudierais avec mes amis ; et, avant d'aller dîner à la cafétéria (un endroit où on servait de tout, des céréales aux sushis), on s'arrêterait au café de l'université pour discuter philosophie ou systèmes de pouvoir, ou tout autre sujet habituel entre étudiants.

J'ai adoré imaginer les différents choix qui s'offraient à moi – côte Ouest ou côte Est ? Ville ou campagne ? J'aurais pu aller n'importe où, et rêver à tous ces avenirs potentiels, à toutes les Aza que je pouvais devenir, me permettait de faire une pause merveilleuse avec celle que j'étais actuellement et c'était très appréciable.

Je n'ai abandonné le guide que le temps du déjeuner. De l'autre côté de la table, Mychal travaillait à un nouveau projet artistique – il retranscrivait méticuleusement les ondes de je ne sais quelle chanson sur une feuille de papier fin et transparent – pendant que Daisy régalait la tablée avec le récit de l'achat de sa voiture, sans jamais révéler comment elle s'était procuré les fonds. Après avoir mangé quelques bouchées de mon sandwich, j'ai sorti mon téléphone et textoté Davis.

Quelle heure ce soir ?

Lui : Il paraît que ce sera couvert,
pas de pluie d'étoiles filantes.

Moi : Mon intérêt principal n'est pas la pluie
d'étoiles filantes.

Lui : Oh. Alors, après le lycée ?

Moi : On doit bosser avec Daisy. 19 h ?

Lui : Ça marche.

Après les cours, Daisy et moi nous sommes enfermées dans ma chambre pour travailler quelques heures.

– Ça ne fait que trois jours que j'ai quitté Chuck E. Cheese, mais je trouve déjà l'école cent fois plus facile, a-t-elle dit en ouvrant son sac à dos.

Puis elle a sorti un ordinateur portable flambant neuf qu'elle a posé sur mon bureau.

– Bon sang, Daisy, ne dépense pas tout d'un coup, ai-je chuchoté parce que je ne voulais pas que maman entende.

Daisy m'a décoché un regard.

– Quoi ?

– Toi, tu as *déjà* une voiture et un ordinateur, a-t-elle répliqué.

– Je dis seulement que tu ne devrais pas tout dépenser d'un coup.

Elle a levé les yeux au ciel et j'ai répété « quoi ? », mais elle a disparu dans le cyberespace. Du lit, je voyais son écran – elle consultait les commentaires sur ses histoires pendant que je parcourais un essai d'Alexander Hamilton sur le fédéralisme pour le cours d'histoire.

Comme je lisais et relisais les mêmes mots sans les comprendre, je revenais constamment en arrière et je reprenais le même paragraphe.

Daisy est restée silencieuse un moment, puis elle a fini par se lancer :

– Je m'efforce de ne pas te juger, Holminette, alors je trouve assez exaspérant que tu le fasses.

– Je ne te juge pas…

– Tu penses que tu es pauvre ou je ne sais quoi, mais tu n'as pas la moindre idée de ce que c'est réellement.

– D'accord, je ne dirai plus rien.

– Tu es coincée dans ta tête, a-t-elle poursuivi. C'est comme si tu ne pouvais pas penser à quelqu'un d'autre que toi.

Je me suis sentie rapetisser.

– Désolée, Holminette, je ne devrais pas dire ça. C'est juste que, parfois, c'est horripilant.

Voyant que je ne réagissais pas, elle a développé :

– Je ne dis pas que tu es une mauvaise copine. Mais tu es un peu torturée et ça peut être pénible pour les gens qui t'entourent.

– Message reçu, ai-je dit.

– Je ne veux pas passer pour une salope.

– C'est pas le cas.

– Mais tu comprends ce que je veux dire, quand même ? a-t-elle demandé.

– Oui, ai-je répondu.

On a travaillé en silence encore une heure

avant qu'il soit temps pour elle de rentrer dîner avec ses parents. Au moment où elle s'est levée pour partir, on a dit « pardon » toutes les deux en même temps et on a éclaté de rire. Lorsque Davis m'a envoyé un texto à 18 h 52, j'avais pratiquement oublié l'incident.

Lui : Je suis garé devant chez toi, est-ce que je sonne ?

Moi : Non, non, non, non. J'arrive tout de suite.

Maman était en train de vider le lave-vaisselle.

– Je dîne dehors, l'ai-je informée, puis j'ai pris mon blouson et je suis sortie de la maison avant qu'elle ne me pose des questions.

– Salut, a-t-il lancé quand je suis montée en voiture.

– Salut à toi, ai-je répondu.

– Tu as mangé ? a-t-il demandé.

– Je n'ai pas très faim, mais on peut s'arrêter quelque part si tu veux quelque chose.

– Non, ça va, a-t-il dit en reculant. Je déteste manger. J'ai toujours eu un estomac capricieux.

– Moi aussi, ai-je renchéri quand mon téléphone a sonné. C'est ma mère. Pas un mot.

J'ai répondu.

– Oui ?

– Dis au conducteur de ce 4 × 4 noir de faire

demi-tour immédiatement et de revenir à la maison.

– Maman…

– Ça n'ira pas plus loin si je ne fais pas sa connaissance.

– Tu as déjà fait sa connaissance. Quand on avait onze ans.

– Je suis ta mère, et il est ton… Peu importe ce qu'il est. Je veux lui parler.

– OK, ai-je dit et j'ai raccroché. Il faut qu'on euh... revienne à la maison, si ça ne t'embête pas. Ma mère veut te rencontrer.

– Pas de problème.

Quelque chose dans le ton de sa voix m'a rappelé qu'il avait perdu sa mère et j'ai repensé à la gêne que les gens éprouvaient à parler de leur père devant moi. Ils avaient toujours peur que ça me remette en mémoire le fait que j'étais orpheline de père, comme si j'avais pu l'oublier.

Je ne m'étais jamais rendu compte à quel point notre maison était minable jusqu'à ce que je la voie à travers les yeux de Davis – le lino de la cuisine qui rebiquait dans les coins, les petites fissures sur les murs, le mobilier plus vieux que moi, les bibliothèques dépareillées.

Davis paraissait immense chez nous, pas à sa place. Je ne parvenais pas à me rappeler la dernière fois qu'un garçon était entré dans cette cuisine. Il mesurait à peine un mètre quatre-vingts, mais sa présence donnait l'impression que les plafonds étaient bas. J'ai eu honte de nos vieux livres poussiéreux et des photos de famille accrochées aux murs en lieu et place de tableaux. Je n'aurais pas dû être gênée – mais je l'étais.

– Ravi de vous revoir, madame Holmes, a dit Davis en lui tendant la main.

Mais maman l'a serré dans ses bras. On s'est tous assis autour de la table de la cuisine, qui n'accueillait habituellement jamais plus de deux personnes – maman et moi. La pièce paraissait bondée.

– Comment vas-tu, Davis ? a-t-elle demandé.

– Ça va. Comme vous le savez peut-être, je suis en quelque sorte orphelin, mais je vais bien. Et vous ?

– Qui s'occupe de vous en ce moment ? a-t-elle demandé.

– Eh bien, à la fois tout le monde et personne. On a un régisseur pour la maison et un avocat qui gère l'argent.

– Tu es en première à Aspen Hall, n'est-ce pas ?

J'ai fermé les yeux et essayé de supplier ma mère par télépathie de ne pas l'attaquer.

– Oui.

– Aza n'est pas juste « une fille de l'autre côté de la rivière ».

– Maman !

– Je sais que tu peux avoir ce que tu veux, quand tu le veux, et que ça peut t'inciter à penser que le monde t'appartient, que les gens t'appartiennent. Mais j'espère que tu comprendras que tu n'as pas le droit de…

– Maman ! l'ai-je coupée.

J'ai lancé un regard désolé à Davis, mais il ne l'a pas vu parce qu'il fixait ma mère. Il a commencé à dire quelque chose, puis il s'est arrêté, les yeux pleins de larmes.

– Davis, ça va ? a demandé maman.

Il a fait une autre tentative mais ses paroles se sont transformées en sanglots étouffés.

– Excuse-moi, Davis, je ne me suis pas rendu compte.

– Je suis désolé, a-t-il dit en rougissant.

Ma mère a avancé la main vers lui, puis elle s'est ravisée.

– Je veux simplement que tu te conduises bien avec ma fille. Je n'en ai qu'une.

– Il faut qu'on y aille, ai-je annoncé.

Ma mère et Davis ont continué de jouer à celui qui baisserait les yeux en premier, puis ma mère a cédé.

– Retour à vingt-trois heures, a-t-elle dit et j'ai entraîné Davis par le bras jusqu'à la porte d'entrée, en jetant un regard noir à maman.

– Ça va ? ai-je demandé dès qu'on a été à l'abri dans sa voiture.

– Oui, a-t-il murmuré.
– Elle est juste ultra-protectrice.
– J'ai compris.
– Ne te sens pas gêné.
– Je ne suis pas gêné.
– Alors quoi ?
– C'est compliqué.
– J'ai le temps, ai-je dit.
– Elle a tort quand elle prétend que je peux avoir tout ce que je veux.
– Qu'est-ce que tu voudrais que tu n'as pas ?
– Une mère, pour commencer.
Il a passé la marche arrière et reculé dans l'allée. Je ne savais pas quoi dire.
– Pardon, ai-je fini par lâcher.
– Tu connais le passage de Yeats, dans *La Seconde Venue*, où il dit : « Les meilleurs ne croient plus à rien, les pires se gonflent de l'ardeur des passions mauvaises » ?
– Oui, on l'a lu en anglais.
– En fait, pour moi, le pire est de ne plus croire en rien. Parce qu'on se laisse porter. On n'est plus qu'une bulle sur la marée de l'empire.
– Excellente phrase.
– Je l'ai volée à Robert Penn Warren, a-t-il expliqué. Toutes mes bonnes maximes sont volées. Je ne crois plus à rien.
On a traversé la rivière et j'ai aperçu l'île aux Pirates en contrebas.
– Ta mère fait gaffe, tu sais ? La plupart

des adultes sont vides à l'intérieur. Tu les regardes s'efforcer de se remplir avec de l'alcool, de l'argent, Dieu, la célébrité ou tout autre objet d'adoration, et ça les pourrit de l'intérieur jusqu'à ce qu'il ne reste plus rien à part l'argent, l'alcool ou Dieu pour les sauver. Mon père ressemble à ça – en fait, il a disparu depuis bien longtemps, ce qui explique sans doute pourquoi je ne me prends pas trop la tête. J'aimerais qu'il soit là, bien sûr, mais c'est une envie que je ressens depuis longtemps. Les adultes sont persuadés qu'ils tiennent les gens par le pouvoir alors qu'en fait, c'est le pouvoir qui les tient.

– Le parasite est convaincu d'être le porteur, ai-je dit.

– Oui. C'est ça.

En marchant vers sa maison, j'ai vu par la baie vitrée que le couvert était mis pour deux personnes à un bout de l'immense table de salle à manger. Des bougies avaient été allumées et le premier étage était baigné d'une lumière dorée. J'avais l'estomac retourné et aucune envie de manger, mais j'ai suivi Davis à l'intérieur.

– Rosa nous a sûrement préparé à dîner, m'a-t-il avertie. Il faudra grignoter un peu par politesse. Salut, Rosa, a-t-il lancé. Merci d'être restée si tard.

Elle l'a serré très fort dans ses bras.

– J'ai fait des spaghettis végétariens.

– Ce n'était pas la peine, a-t-il dit.

– Mes enfants sont grands, Noah et toi êtes les seuls petits garçons qui me restent. Et quand tu me dis que tu as un rendez-vous avec ta nouvelle petite copine…

– Pas petite copine, l'a coupée Davis. Vieille copine.

– Les vieilles copines font les meilleures petites copines. Mangez. À demain.

Elle l'a de nouveau serré dans ses bras et l'a embrassé sur la joue.

– Monte quelque chose à Noah pour qu'il ne meure pas de faim, a ajouté Rosa, et ramasse ta vaisselle. Ce n'est quand même pas compliqué de rincer son assiette et de la mettre dans le lave-vaisselle, Davis.

– Pigé.

– Ta vie est trop bizarre, ai-je dit une fois qu'on a été à table, une cannette de Dr Pepper devant mon assiette et une de Mountain Dew devant la sienne.

– C'est possible, a-t-il dit en levant sa cannette. Trinquons au bizarre !

– Au bizarre !

On a choqué nos cannettes et bu une gorgée.

– Elle se comporte comme si elle était l'un de vos parents.

– Il faut dire qu'elle me connaît depuis que je suis bébé. Et elle s'occupe de nous. D'un autre côté, elle est payée pour ça. Sinon… elle devrait trouver un autre boulot.

– C'est sûr, ai-je dit.

Je pensais au fait qu'une des particularités des parents était qu'ils n'étaient pas payés pour nous aimer.

Davis m'a demandé comment s'était passée ma journée et je lui ai raconté que je m'étais disputée avec Daisy. Quand je lui ai posé la même question, il a répondu :

– Pas mal. Il y a cette rumeur au lycée, comme quoi j'aurais non seulement tué mon père, mais aussi ma mère… Donc, comment dire… Je ne devrais pas me laisser atteindre.

– C'est dur de ne pas l'être.

– Moi, je peux encaisser. Mais je m'inquiète pour Noah.

– Comment il va ?

– Hier soir, il est venu dans mon lit et il s'est mis à pleurer. J'étais tellement mal pour lui que je lui ai prêté mon Iron Man.

– Je suis désolée.

– Il est… Il me semble que, à un certain moment, on se rend compte que la personne qui s'occupe de nous n'est qu'une personne normale, qu'elle n'a pas de super-pouvoirs et ne peut pas empêcher qu'on nous fasse du mal. Ce qui est déjà beaucoup. Mais Noah est en train de comprendre que cette personne, qu'il prenait pour un super-héros, est peut-être le méchant de l'histoire. Et ça craint vraiment. Il continue de penser que papa va revenir à la maison et prouver son innocence. Et je ne sais pas comment lui faire comprendre qu'il n'est pas innocent.

– Est-ce que l'expression « la bouche du *runner* » te dit quelque chose ?

– Non, mais les flics m'ont posé la même question. C'était dans ses notes sur son téléphone.

– Oui, je sais.

– Mon père est beaucoup de choses, mais sûrement pas un *runner*. Il est convaincu que le sport ne sert à rien parce que Tua va lui révéler le secret de la vie éternelle.

– Sans blague ?

– Il est persuadé que Malik va réussir à isoler je ne sais quel facteur dans le sang des tuatara qui leur permet de vieillir lentement et qu'il pourra ainsi « guérir la mort », a expliqué Davis en dessinant des guillemets en l'air. C'est pour ça qu'il a tout légué à Tua – il pense qu'on se souviendra de lui comme de l'homme qui a vaincu la mort.

Je lui ai demandé si Tua hériterait vraiment de toute la fortune de son père et il a eu un petit rire.

– Tout. L'entreprise, la maison, ses biens. Je te rassure, Noah et moi avons largement ce qu'il faut pour nos études et le reste – mais on ne sera pas riches.

– Si tu as largement ce qu'il faut pour tes études et le reste, tu es riche.

– C'est vrai. Et papa ne nous doit rien. Je regrette juste qu'il n'ait pas fait son boulot de père. Emmener mon frère au collège le matin, s'assurer qu'il faisait bien ses devoirs, ne pas disparaître en pleine nuit pour échapper aux poursuites, etc.

– Je suis désolée.

– Tu le dis souvent.

– Je le pense souvent.

Il m'a regardée.

– Tu es déjà tombée amoureuse, Aza ?

– Non. Et toi ?

– Non, a-t-il répondu, puis il a jeté un coup d'œil à mon assiette et ajouté : OK, si aucun de nous deux ne mange, autant aller dehors. Il y aura peut-être une percée dans les nuages.

On a remis nos blousons et on est sortis. Comme il y avait du vent, j'ai rentré la tête dans les épaules pour marcher. J'ai lancé un regard à Davis mais il avait les yeux tournés vers le ciel.

Au loin, j'ai vu que deux des chaises longues de la piscine avaient été déplacées sur le terrain de golf, à côté d'un drapeau marquant l'emplacement d'un trou. Le drapeau claquait au vent et, hormis le bruit étouffé de la circulation, tout était silencieux, le froid avait fait taire les cigales et les criquets. On s'est allongés sur les chaises longues, côte à côte, mais sans se toucher, et on a observé le ciel un moment.

– Quelle déception, a-t-il dit.

– Mais le phénomène a quand même lieu, non ? Il y a bien une pluie d'étoiles filantes sauf qu'on ne peut pas la voir.

– Exact.

– Alors, à quoi ça ressemblerait ? ai-je demandé.

– Hein ?

– Si le ciel était dégagé, qu'est-ce qu'on verrait ?

Il a sorti son téléphone et cliqué sur une appli pour observer les étoiles.

– Donc par ici, dans l'hémisphère Nord, a-t-il expliqué, se trouve la constellation du Dragon – qui, soit dit en passant, ressemble plutôt à un cerf-volant qu'à un dragon, mais bref, c'est dans cette zone qu'on peut voir les étoiles filantes. Comme la lune n'est pas haute ce soir, on en apercevrait entre cinq et dix par heure. En gros, on est en train de traverser le voile de poussière que la comète Giacobini-Zinner laisse derrière elle, et ce serait super-beau, super-romantique, si seulement on habitait ailleurs qu'en Indiana où il fait toujours mauvais.

– C'est super-beau et super-romantique, sauf qu'on ne peut pas le voir, ai-je répété.

J'ai repensé à sa question, quand il m'a demandé si j'étais déjà tombée amoureuse. Quelle drôle d'expression : tomber amoureuse, comme si « amoureuse » était une mer dans laquelle on se noyait ou une ville qui vous absorbait. On ne « tombe » dans aucun autre sentiment — on ne tombe pas ami ou colérique ou d'espoir. La seule chose possible est : tomber amoureux. Et j'avais envie de lui dire que, même si cela ne m'était jamais arrivé, je savais quel effet cela faisait, de ne pas simplement baigner dans un sentiment mais d'en être imprégnée (à la façon dont ma grand-mère parlait de Dieu, qui était partout, par exemple). Quand mes pensées s'enroulaient en spirale, j'étais à l'intérieur de la spirale et j'en faisais aussi partie. Et puis, j'aurais aimé lui dire que l'idée de tomber « dans » un sentiment donnait forme à quelque chose que j'avais été incapable de décrire jusque-là ; sauf que je ne voyais pas comment formuler ces réflexions à haute voix.

– Je me demande si ce silence est normal ou bizarre, s'est interrogé Davis.

– Ce qui me frappe dans *La Seconde Venue*, c'est la façon dont Yeats parle de la spirale qui tourne en devenant de plus en plus large, tu vois ?

– La gyre toujours plus large, m'a-t-il

corrigée. « Tournant, tournant, dans la gyre toujours plus large. »

– OK. D'accord, va pour la gyre toujours plus large. Mais le truc vraiment flippant n'est pas de tourner, tourner dans une gyre toujours plus large, mais dans une gyre toujours plus étroite. C'est de se retrouver bloqué au cœur d'un tourbillon qui rétrécit inexorablement notre monde au point de nous faire tourner sans bouger, coincé à l'intérieur d'une cellule de prison pile à notre taille, jusqu'à ce qu'on finisse par se rendre compte qu'on n'est pas dans la cellule. Mais qu'on est cette cellule.

– Tu devrais lui écrire une réponse, a suggéré Davis. À Yeats.

– Je ne suis pas poète.

– Tu parles comme si tu en étais un, a-t-il dit. Si tu retranscrivais la moitié des trucs que tu dis, ça ferait de bien meilleurs poèmes que tout ce que j'écris.

– Tu écris de la poésie ?

– Pas vraiment. Rien de très bon.

– Donne-moi un exemple ? ai-je demandé.

C'était tellement plus facile de lui parler dans l'obscurité, tout en observant le même ciel, plutôt que de se regarder l'un l'autre. J'avais l'impression que nous n'avions plus de corps, que nous n'étions que des voix.

– Si j'arrive à écrire quelque chose dont je suis fier, je te le ferai lire.

– J'adore la mauvaise poésie, ai-je dit.

– Je t'en supplie, ne m'oblige pas à partager mes mauvais poèmes avec toi. Lire la poésie de quelqu'un, c'est comme le voir nu.

– Alors, disons que j'ai envie de te voir nu.

– Ce n'est vraiment pas grand-chose.

– J'aimerais en entendre un.

– OK. Alors l'an dernier, j'ai écrit un poème qui s'intitule : *Les Derniers Canards de l'automne*.

– Et il commence par…

– Les feuilles s'en sont allées / tu le devrais aussi / Si j'étais toi, je serais parti / mais me revoilà / marchant abandonné / dans l'aube glacée.

– Ça me plaît bien.

– J'aime les poèmes courts avec des schémas de rimes étranges parce que la vie est ainsi faite.

– Comment ça ? ai-je demandé en m'efforçant de comprendre.

– La vie rime, mais pas toujours comme on s'y attendrait.

Je me suis tournée vers Davis. J'ai eu soudain une envie folle de lui, du moins assez folle pour ne plus me soucier de savoir pour quelle raison je le désirais, pour ne plus me demander si la partie de moi qui le voulait avait une importance majeure ou mineure. Je lui ai touché la joue, elle était froide, comme ma main, et j'ai commencé à l'embrasser.

Quand on s'est séparés pour reprendre notre souffle, j'ai senti ses mains sur ma taille.

– Je… euh, waouh ! s'est-il exclamé.

Je lui ai souri. J'aimais sentir son corps contre le mien, sa main qui descendait le long de mon dos.

– Tu as d'autres poèmes ?

– Je me suis lancé dans les distiques, dernièrement. Des trucs sur la nature. Style : « Les jonquilles en savent plus sur le printemps / que les roses sur les serments. »

– Ça marche aussi, ai-je dit et je l'ai embrassé à nouveau.

Je sentais ma poitrine se contracter, je sentais le froid de ses lèvres et la chaleur de sa bouche, je sentais ses mains m'attirer vers lui malgré nos blousons.

J'aimais l'embrasser protégée par toutes ces couches de vêtements. Ses lunettes étaient embuées à cause de nos souffles mêlés, mais, quand il a voulu les retirer, je l'en ai empêché et on a ri ; puis il s'est mis à m'embrasser dans le cou et une pensée m'est soudain venue à l'esprit : il avait introduit sa langue dans ma bouche.

Je me suis intimé l'ordre de vivre le moment, de sentir la chaleur de Davis sur ma peau, mais voilà que sa langue parcourait mon cou, humide, vivante et pleine de microbes, que sa main se faufilait sous mon blouson, ses doigts froids sur ma peau nue. Tout va bien, tu peux l'embrasser sans problème *tu dois vérifier quelque chose* tout va bien essaie d'être normale pour une fois *il faut que tu saches si ses microbes sont restés en toi* des milliards de gens s'embrassent et ne meurent pas pour autant *assure-toi que ses microbes ne vont pas te coloniser de façon permanente* allez arrête ça *il pourrait avoir la* campylobacter *il pourrait être un porteur sain de l'E. coli attrape ça et tu seras obligée de prendre des antibiotiques et alors tu seras contaminée par la CD et boum tu seras morte en quatre jours* stop putain embrasse-le *VÉRIFIE RAPIDEMENT POUR ÊTRE TRANQUILLE.*

Je me suis écartée.

– Ça va ? a-t-il demandé.

J'ai hoché la tête.

– J'ai juste… besoin d'un peu d'air.

Je me suis redressée et, le dos tourné, j'ai sorti mon téléphone pour procéder à la recherche « est-ce que les bactéries des gens qu'on embrasse restent dans notre corps », et j'ai parcouru en vitesse deux ou trois résultats pseudo-scientifiques avant de tomber sur la seule véritable étude menée sur le sujet. Environ quatre-vingts millions de microbes en moyenne étaient échangés au cours d'un baiser et « après six mois de suivi, les microbiomes du système digestif semblent s'être modestement mais systématiquement modifiés ».

Je garderai ses bactéries pour toujours dans mon corps, quatre-vingts millions qui se reproduiront, se développeront et se mêleront aux miennes pour produire Dieu sait quoi.

J'ai senti sa main sur mon épaule. Je me suis retournée et me suis dégagée. J'avais le souffle court. Des points devant les yeux. Tout va bien, ce n'est pas le premier garçon que tu embrasses *quatre-vingts millions d'organismes pour toujours dans ton corps* calme-toi *modifiant de façon permanente ton microbiome* ce n'est pas rationnel *il faut que tu fasses quelque chose* s'il te plaît *tu es dans un sacré pétrin* s'il te plaît *va aux toilettes*.

– Qu'est-ce qui ne va pas ?

– Euh. Rien. Il faut que j'aille aux toilettes, c'est tout.

J'ai ressorti mon téléphone pour relire l'étude mais j'ai résisté, je l'ai verrouillé et remis dans ma poche. Pourtant non, il fallait que je vérifie s'il était écrit « modestement » ou « modérément » modifié. Je l'ai sorti à nouveau et j'ai refait la recherche. Modestement. OK. Modestement est mieux que modérément. Mais « systématiquement ». Merde.

J'avais la nausée et je me trouvais dégoûtante, pitoyable aussi ; je savais quelle image je lui renvoyais. Je savais que ma folie ne faisait plus figure d'excentricité, ne se résumait plus à une cicatrice au bout d'un doigt. Elle était devenue horripilante, comme elle l'était pour Daisy et tous ceux qui me côtoyaient.

J'avais froid et pourtant, j'ai commencé à transpirer. J'ai remonté ma fermeture Éclair jusqu'au menton et j'ai marché en direction de la maison. Je ne voulais pas courir, mais chaque seconde comptait. Il fallait absolument que j'aille aux toilettes. Davis a ouvert la porte de service et m'a indiqué un couloir au bout duquel se trouvaient les toilettes réservées aux invités. J'ai refermé la porte derrière moi et j'ai poussé le verrou ; appuyée contre le lavabo, j'ai descendu la fermeture Éclair de mon blouson et je me suis regardée dans le miroir. J'ai retiré le pansement, ouvert la plaie avec l'ongle de mon pouce, me suis lavé les mains et j'ai mis un pansement neuf. J'ai fouillé dans les tiroirs à la recherche d'un antiseptique buccal, mais n'en ayant pas trouvé, je me suis rincé la bouche à l'eau froide et j'ai recraché.

Voilà, c'est bon ? me suis-je demandé et j'ai répondu : *Encore une fois pour être sûre*. Je me suis donc de nouveau rincé la bouche, me suis gargarisée et j'ai recraché. J'ai essuyé mon visage moite avec du papier toilette et je suis retournée à la lumière dorée qui inondait la maison de Davis.

Il m'a fait signe de m'asseoir et m'a entouré les épaules de son bras. Je redoutais la promiscuité avec son microbiote, mais je l'ai laissé faire car je craignais de passer pour une dingue.

– Ça va ?

– Oui. Juste un peu paniquée.

– C'est quelque chose que j'ai fait ? Est-ce qu'il faudrait que je…

– Non, ça n'a rien à voir avec toi, l'ai-je coupé.

– Tu peux me le dire.

– Ce n'est pas vraiment… Je… c'est juste que… embrasser un garçon me fait un peu flipper.

– D'accord, on ne s'embrasse plus pour le moment. Ce n'est pas un problème.

– Ça le sera un jour, ai-je dit. Je suis prisonnière de spirales de pensées dont je ne peux pas m'évader.

– Tournant, tournant, dans la gyre toujours plus étroite.

– Je suis… ça ne s'arrange pas. Il faut que tu le saches.

– Je ne suis pas pressé.

Je me suis penchée en avant, les yeux fixés sur le plancher.

– Ce que je veux dire, c'est que ça ne va pas disparaître. J'ai ça depuis toujours et ça ne s'arrange pas vraiment, et je ne peux pas avoir une vie normale si je suis incapable d'embrasser un garçon sans paniquer.

– C'est bon, Aza. Je t'assure.

– Tu le penses peut-être maintenant, mais ce ne sera pas toujours le cas.

– Il ne s'agit pas de toujours, mais de maintenant. Tu veux quelque chose ? Un verre d'eau ?

– Est-ce qu'on pourrait regarder un film ?

– Oui, a-t-il répondu. Bien sûr.

Il m'a tendu la main mais je me suis levée toute seule. En marchant vers l'escalier du sous-sol, il m'a dit :

– Ici, chez les Pickett, on a deux sortes de films : les *Star Wars* et les *Star Trek*. Qu'est-ce que tu préfères ?

– Je ne suis pas dingue de *space operas*.

– Super, alors on va regarder *Star Trek IV : Retour sur terre* dont quarante pour cent de l'action se déroule ici même, sur Terre.

Je lui ai souri et, pourtant, je ne parvenais pas à dompter les pensées qui galopaient dans ma tête.

Au sous-sol, j'ai appuyé sur la tranche du roman de F. Scott Fitzgerald et la bibliothèque s'est ouverte. Je me suis installée dans un des fauteuils en cuir rebondis, en me réjouissant de la présence d'accoudoirs entre chaque siège. Davis est revenu quelques minutes plus tard avec une cannette de Dr Pepper qu'il a posée sur le porte-gobelet de mon siège, avant de s'asseoir à côté de moi.

– Comment tu peux être amie avec Daisy sans aimer les *space operas* ?

– On en regarde ensemble. C'est juste que je n'en raffole pas, ai-je répondu.

Il s'efforce d'agir avec toi comme si tu étais normale et, de ton côté, tu joues le même jeu, même si vous avez l'un et l'autre conscience que ce n'est pas le cas. Les gens normaux peuvent embrasser quand ils le veulent. Ils ne transpirent pas comme toi. Ils choisissent leurs pensées comme ils choisissent un programme à la télé. Toutes les personnes impliquées dans cette conversation savent que tu es dingue.

– Tu as déjà lu ce qu'elle écrit ?

– J'en ai lu deux ou trois quand elle a commencé, au collège. Mais ce n'est pas mon truc.

Je pouvais sentir les glandes sudoripares s'ouvrir au-dessus de ma lèvre supérieure.

– Elle écrit très bien. Tu devrais les lire. Pour tout dire, tu es même dans certaines d'entre elles.

– Ah, d'accord, ai-je murmuré et il a enfin sorti son téléphone pour démarrer le film avec une appli.

J'ai fait celle qui était captivée alors qu'en fait je m'enfonçais dans la spirale. Je n'arrivais pas à m'ôter de la tête le tableau de Pettibon, avec son tourbillon multicolore, qui attirait l'œil en son centre. Je me suis efforcée de respirer selon la méthode préconisée par le docteur Singh – mais en tentant de rester discrète –, sauf que, au bout de quelques minutes, je me suis mise à transpirer abondamment, ce qu'il a forcément remarqué puisqu'il avait vu le film une centaine de fois et qu'il ne faisait que me regarder en train de le regarder – je sentais ses yeux sur moi. Et, même si j'avais remonté la fermeture Éclair de mon sweat, il devait au moins voir la moustache humide qui se dessinait au-dessus de ma lèvre supérieure.

J'ai senti la tension dans l'air, je devinais qu'il essayait de trouver un moyen de me rendre le sourire. Son cerveau moulinait en même temps que le mien. Je n'étais pas capable de me rendre heureuse mais, en revanche, je savais très bien rendre mon entourage malheureux.

À la fin du film, j'ai prétendu être fatiguée car c'était l'adjectif le plus à même de m'expédier à l'endroit où je rêvais d'être – dans mon lit, seule. Davis m'a raccompagnée en voiture à la maison et même à pied jusqu'à la porte. Il m'a embrassée chastement sur mes lèvres toujours en sueur et j'ai agité la main. Puis, dès qu'il a fait marche arrière, je suis entrée dans le garage, j'ai ouvert le coffre de Harold et pris le téléphone de mon père car j'étais d'humeur à regarder ses photos.

Sans qu'elle me voie, je suis passée derrière maman endormie sur le canapé. J'ai retrouvé un vieux chargeur dans mon bureau, branché le téléphone de papa et, pendant un long moment, je me suis plongée dans ses photos, faisant défiler toutes celles qui représentaient le ciel fragmenté par des branches d'arbre.

– On les a sur l'ordinateur, a dit gentiment maman derrière moi – je ne l'avais pas entendue se lever.

– Je sais, ai-je dit.

J'ai débranché le téléphone et l'ai éteint.

– Tu lui parlais ?

– En quelque sorte.

– Qu'est-ce que tu lui racontais ?

J'ai souri.

– Des secrets.

– Moi aussi, je lui confie des secrets. Il les garde drôlement bien.

– C'est le meilleur pour ça, ai-je dit.

– Aza, je suis vraiment désolée si j'ai blessé Davis. Je lui ai d'ailleurs écrit un mot pour m'excuser. Je suis allée trop loin. Mais il faut que tu comprennes…

Je lui ai fait signe de ne pas continuer.

– Tout va bien. Écoute, il faut que je me change.

J'ai pris des affaires et suis allée à la salle de bains. Je me suis déshabillée, j'ai essuyé la transpiration sur mon corps avec une serviette et attendu qu'il se rafraîchisse au contact de l'air, mes pieds nus sur le sol glacé. J'ai détaché mes cheveux et me suis regardée dans la glace. Je détestais mon corps. Il me dégoûtait – ses poils, sa sueur, sa maigreur. J'avais la peau sur les os, un cadavre ambulant. Je voulais m'échapper – m'échapper de mon corps, de mes pensées, m'échapper –, mais j'étais coincée à l'intérieur de cette chose, comme les bactéries qui me colonisaient.

J'ai entendu un coup frappé à la porte.

– Je me change, ai-je dit.

J'ai retiré le pansement, vérifié qu'aucune trace de sang ou de pus n'était visible, je l'ai jeté dans la poubelle puis j'ai appliqué du gel antibactérien sur la plaie et senti la brûlure s'infiltrer à l'intérieur.

J'ai enfilé un pantalon de survêt et un vieux T-shirt de ma mère et je suis sortie de la salle de bains. Maman m'attendait dehors.

– Tu es angoissée ? m'a-t-elle demandé de façon appuyée.

– Tout va bien, ai-je répondu et je suis allée dans ma chambre.

J'ai éteint la lumière et me suis couchée. Je n'étais pas vraiment fatiguée mais n'avais pas non plus une folle envie de rester éveillée. Quand maman est entrée quelques minutes plus tard, j'ai fait semblant de dormir pour ne pas avoir à lui parler. Elle est restée debout à côté du lit et a entonné la vieille chanson qu'elle me fredonnait depuis toujours chaque fois que je n'arrivais pas à dormir.

C'était une ballade que les soldats anglais chantaient autrefois sur l'air de la chanson de Jour de l'an « Ce n'est qu'un au revoir », et elle commençait par : « Nous sommes là parce que nous sommes là parce que nous sommes là parce que nous sommes là… » Sur la première moitié de la phrase, la voix de ma mère montait comme si elle prenait une profonde inspiration et, sur la seconde, elle redescendait.

– « Nous sommes là parce que nous sommes là parce que nous sommes là parce que nous sommes là. »

Même si, en théorie, j'étais presque adulte et que ma mère me tapait sur les nerfs, moi qui ne pouvais arrêter mes pensées, j'ai fini par m'endormir au son de sa berceuse.

Treize

Bien qu'il ait assisté au spectacle de mes troubles psychiques, Davis m'a envoyé un texto le lendemain matin avant même que je me lève.

Lui : Ça te dirait de regarder un film ce soir ? Pas obligé qu'il se passe dans l'espace.

Moi : Je ne peux pas. Une autre fois, peut-être. Désolée pour la crise de panique, la transpi et tout le reste.

Lui : Tu n'as pas transpiré tant que ça.

Moi : Si, mais je ne veux pas en parler.

Lui : Tu n'aimes vraiment pas ton corps.

Moi : Exact.

Lui : Il me plaît. C'est un bon corps.

J'étais plus à l'aise en sa compagnie dans cet

espace non physique, tout en ressentant quand même le besoin de me barricader.

Moi : De manière générale, j'ai l'impression d'être instable et je ne peux pas sortir avec toi.
Ni avec personne d'autre d'ailleurs. Je suis désolée, mais c'est impossible. Tu me plais, mais je ne peux vraiment pas.

Lui : On est d'accord. Trop de boulot.
Les gens en couple sont toujours en train de décortiquer leur relation. C'est comme une grande roue.

Moi : Hein ?

Lui : Quand on est sur la grande roue, on ne fait que parler du fait d'être sur la grande roue et de la vue qu'on a depuis la grande roue et de la peur qu'on ressent sur la grande roue et du nombre de tours que fera la grande roue. Sortir avec quelqu'un, c'est pareil. Tous ceux qui sont concernés ne parlent que de ça. Sortir avec quelqu'un ne m'intéresse pas.

Moi : Mais alors, qu'est-ce qui t'intéresse ?

Lui : Toi.

Moi : Je ne sais pas quoi répondre.

Lui : Tu n'es pas obligée de répondre quelque chose. Bonne journée, Aza.

Moi : À toi aussi, Davis.

Le lendemain après les cours, j'avais rendez-vous avec le docteur Karen Singh. Je me suis assise sur le petit canapé en face d'elle et j'ai levé les yeux vers la photo du pêcheur avec son filet. Je préférais regarder cette image plutôt que de supporter l'attention implacable du docteur Singh pendant notre échange.

– Comment vous sentez-vous ?

– Pas très bien.

– Que se passe-t-il ? a-t-elle demandé.

À la périphérie de mon champ de vision, je voyais ses jambes croisées, ses chaussures noires à petits talons, son pied qui battait la mesure.

– Il y a ce garçon.

– Et ?

– Je ne sais pas. Il est mignon et intelligent, il me plaît, mais je ne vais pas mieux et je me dis que si être avec lui ne me rend pas plus heureuse, alors qu'est-ce qui le pourrait ?

– Je ne sais pas. Qu'est-ce qui le pourrait, selon vous ?

– Ça, c'est vraiment un truc de psy, ai-je marmonné.

– Vous avez raison. Un changement dans votre situation personnelle, même s'il est positif, peut engendrer de l'anxiété. Il n'est donc pas rare de ressentir une certaine angoisse au moment d'entamer une nouvelle relation. Où en êtes-vous de vos pensées intrusives ?

– Eh bien, hier, par exemple, on était en train de s'embrasser et j'ai été obligée de tout arrêter parce que je me répétais en boucle que c'était dégoûtant. Alors, non, la situation n'est pas terrible.

– Qu'est-ce qui était dégoûtant ?

– Le fait que sa langue dispose de son propre microbiome et que, après qu'il l'a mise dans ma bouche, ses bactéries se sont littéralement mêlées aux miennes, pour le reste de ma vie. C'est comme si sa langue allait demeurer dans ma bouche jusqu'à ce que je meure et qu'ensuite, les microbes dont elle est porteuse allaient ronger mon cadavre.

– Et vous n'avez plus voulu l'embrasser.

– Ben, oui.

– Ce n'est pas rare. Si je résume, une partie de vous avait envie d'embrasser ce garçon quand l'autre redoutait de partager son intimité.

– Exact, sauf que ce n'est pas de l'intimité que j'avais peur mais de l'échange de microbes.

– Oui, car votre angoisse s'exprime en se fixant sur l'échange de microbes.

J'ai grogné en écoutant ces conneries de thérapeute. Ensuite, elle m'a demandé si j'avais pris de l'Ativan et je lui ai répondu que je n'en avais pas apporté chez Davis. Après quoi, elle a voulu savoir si je prenais le Lexapro et je lui ai dit que non, pas *tous* les jours. La conversation a dévié, elle qui me serinait que je devais suivre le traitement pour qu'il soit efficace et qu'il fallait que j'aie conscience de mon problème de santé, que je le traite avec assiduité ; moi qui m'efforçais de lui faire comprendre que je trouvais profondément étrange et perturbant de devoir, pour devenir moi-même, prendre un médicament qui transformait mon moi.

J'ai profité d'une interruption dans la conversation pour lui poser une question :

– Pourquoi avez-vous accroché au mur cette photo de pêcheur avec son filet ?

– Qu'est-ce que vous ne me dites pas ? Que redoutez-vous de me dire, Aza ?

J'ai réfléchi à la vraie question, celle qui rôdait en permanence dans le fond de ma conscience, pareille à un sifflement dans les oreilles. Elle me mettait mal à l'aise et puis j'avais peur que ce soit dangereux de l'exprimer à haute voix. Comme pour Celui-dont-on-ne-doit-pas-prononcer-le-nom dans *Harry Potter.*

– J'ai l'impression d'être un personnage de fiction, ai-je déclaré.

– Comment ça ?

– Vous m'avez dit que vivre un changement de situation était angoissant, d'accord ?

Elle a hoché la tête.

– Mais ma question est : existe-t-il un moi indépendant de la situation ? Existe-t-il un moi enfoui très profondément, une véritable personne à qui il serait égal d'avoir de l'argent, un copain, d'aller dans tel ou tel lycée ? Ou bien est-ce que je ne suis qu'une série de situations ?

– Je ne comprends pas en quoi cela fait de vous un personnage de fiction.

– Ce que je veux dire, c'est que, comme je ne contrôle pas mes pensées, elles ne m'appartiennent pas vraiment. Et comme ce n'est pas moi qui décide si je transpire, si j'ai un cancer, la CD ou je ne sais quoi d'autre, mon corps ne m'appartient pas vraiment. Je ne décide rien de tout ça – ce sont des forces extérieures qui s'en chargent. Je suis une histoire qu'elles racontent. Je suis des situations.

Elle a hoché la tête.

– Pouvez-vous percevoir ces forces extérieures ?

– Non, je n'ai pas d'hallucinations. C'est juste que… je ne suis pas certaine d'être réelle, au sens strict du terme.

Le docteur Singh a posé les deux pieds par terre et s'est penchée en avant, les mains posées sur les genoux.

– C'est très intéressant, a-t-elle dit. Très intéressant.

J'ai ressenti une bouffée de fierté à l'idée

de ne pas être, pour un instant en tout cas, pas rare.

– Ce doit être effrayant d'avoir l'impression que son moi pourrait ne pas être le sien. On doit ressentir une forme… d'emprisonnement ?

J'ai acquiescé.

– Il y a un passage vers la fin d'*Ulysse*, quand le personnage de Molly Bloom s'adresse directement à l'auteur. Elle lui dit : « Oh, Jamesy, sortez-moi d'ici. » Vous êtes prisonnière d'un moi que vous ne ressentez pas comme étant totalement vôtre, à l'image de Molly Bloom. Par ailleurs, vous avez le sentiment que ce moi est profondément contaminé.

J'ai hoché la tête.

– En revanche, vous accordez trop de pouvoir à vos pensées, Aza. Les pensées ne sont que des pensées. Elles ne sont pas vous. Vous appartenez vraiment à vous-même, même quand elles vous échappent.

– Mais les pensées sont ce que nous sommes. Je pense donc je suis, non ?

– Pas tout à fait. Si on développait le raisonnement de Descartes, on pourrait dire : « *Dubito, ergo cogito, ergo sum.* » Je doute, donc je pense, donc je suis. L'ambition de Descartes était de comprendre si on pouvait vraiment avoir la certitude de la réalité des choses, mais il pensait que sa capacité à douter de la réalité prouvait que, en admettant qu'une chose ne soit pas réelle, lui l'était. Vous êtes aussi réelle que n'importe qui d'autre et vos doutes vous rendent plus réelle, pas moins.

Je n'étais pas plus tôt arrivée à la maison que j'ai senti la fébrilité de maman à propos de ma visite chez le docteur Singh, et pourtant elle ne ménageait pas ses efforts pour paraître détendue et normale.

– Comment ça s'est passé ? a-t-elle demandé sans se retourner, tandis qu'elle corrigeait des copies sur le canapé.

– Bien, il me semble, ai-je répondu.

– J'aimerais m'excuser une nouvelle fois pour la façon dont j'ai parlé à Davis hier. Tu as toutes les raisons de m'en vouloir.

– Je ne t'en veux pas.

– Mais j'aimerais que tu fasses attention, Aza. Je vois bien que tu es beaucoup plus angoissée – ça saute aux yeux.

J'ai serré les poings.

– Ce n'est pas à cause de lui.

– De quoi, alors ?

– Il n'y a pas de raison, ai-je répondu et j'ai allumé la télé, mais elle s'est emparée de la télécommande et a éteint le son.

– J'ai l'impression que tu es cadenassée à l'intérieur de ta tête et que je n'ai aucun moyen de savoir ce qui se passe dedans, et ça me fait peur.

J'ai enfoncé l'ongle de mon pouce dans le

bout de mon doigt à travers le pansement tout en songeant qu'elle serait bien plus terrifiée si elle pouvait effectivement voir ce qui se passait à l'intérieur.

– Je vais bien. Je t'assure.

– Je vois bien que non.

– Maman, dis-moi ce que je dois dire. Je ne plaisante pas. Dis-moi quels mots employer pour que tu sois moins stressée.

– Je ne veux pas être moins stressée. Je veux que tu cesses de souffrir.

– Ce n'est pas comme ça que ça marche, OK? Bon, il faut que j'aille lire un truc pour le cours d'histoire.

Je me suis levée et j'arrivais à ma chambre quand elle a lancé :

– À ce propos, M. Myers m'a dit aujourd'hui que ton essai sur le grand échange interaméricain était le meilleur qu'il ait jamais lu de toute sa carrière.

– Il enseigne depuis quoi, deux ans ?

– Quatre, mais n'empêche, a insisté maman. Tu vas aller loin, Aza Holmes. Très loin.

– Tu as entendu parler d'Amherst ? ai-je demandé.

– Où ça ?

– Amherst College. C'est une université dans le Massachusetts. Elle a un excellent niveau. Elle est même très cotée. J'aimerais bien y aller – si je suis admise.

Maman s'apprêtait à répondre quelque chose mais elle s'est ravisée et a soupiré.

– Il faut juste qu'on se renseigne sur les bourses.

– Ou Sarah Lawrence College, ai-je poursuivi. Ça a l'air bien aussi.

– Écoute, Aza, n'oublie pas que beaucoup de ces universités font payer des frais, ne serait-ce que pour postuler ; il faut qu'on soit sélectives. Tout le processus de recrutement est faussé, du début jusqu'à la fin. On te fait débourser de l'argent pour que tu t'aperçoives au final que tu n'as pas les moyens d'y aller. Il faut être réaliste et, si on s'en tient à ce point de vue, le mieux est que tu sois près de la maison, non ? Et pas seulement à cause de l'argent. Je doute que tu aies réellement envie de te retrouver à l'autre bout du pays, loin de tout ce que tu connais.

– Oui.

– Bon, j'ai compris. Tu n'es pas d'humeur à parler avec ta mère. Je t'aime quand même.

Elle m'a soufflé un baiser et j'ai enfin pu me réfugier dans ma chambre.

J'avais effectivement quelque chose à lire pour le cours d'histoire, mais je n'étais pas fatiguée après avoir terminé, et je ne parvenais pas à penser à autre chose qu'à écrire un texto à Davis.

Je savais exactement ce que je voulais lui

dire, du moins ce que j'envisageais de lui écrire. J'étais obsédée par ce texto – le rédiger, appuyer sur « envoyer » avec la certitude de ne plus pouvoir le retenir, attendre la réponse, le cœur battant.

J'ai éteint la lumière, je me suis tournée sur le côté et j'ai fermé les yeux, mais c'était comme si j'étais incapable de me débarrasser de cette pensée ; alors, j'ai pris mon téléphone sur la table de nuit, j'ai touché l'écran pour le réveiller et j'ai écrit à Davis.

L'autre fois, quand tu as dit que tu aimais bien mon corps, ça voulait dire quoi ?

J'ai regardé l'écran dans l'attente des trois petits points qui précéderaient sa réponse, mais rien n'est venu, alors j'ai reposé mon téléphone sur la table de nuit. J'avais l'esprit tranquille, j'avais fait ce qui me tenait à cœur et j'allais sombrer quand j'ai entendu une vibration.

Lui : Ça voulait dire qu'il me plaît.

Moi : Qu'est-ce que tu lui trouves ?

Lui : J'aime la façon dont tes épaules descendent doucement vers tes clavicules.

Lui : Et j'aime tes jambes. J'aime la courbe de ton mollet.

Lui : J'aime tes mains. J'aime tes doigts longs et l'intérieur de tes poignets, la couleur de la peau à cet endroit, les veines qui courent dessous.

Moi : J'aime tes bras.

Lui : Ils sont tout maigres.

Moi : Ils donnent l'impression d'être puissants. J'abuse ?

Lui : Non, pas du tout.

Moi : Alors comme ça, tu aimes la courbe de mon mollet ? Je n'y avais jamais fait attention.

Lui : Elle est jolie.

Moi : C'est tout ?

Lui : J'aime ton cul. Je l'aime beaucoup. J'abuse ?

Moi : Non.

Lui : J'ai envie de lancer un blog de fan de ton cul.

Moi : OK, ça, c'est un peu bizarre.

Lui : J'écrirai une fanfiction qui racontera la rencontre amoureuse entre ton derrière de folie et tes yeux magnifiques.

Moi: lol. Tu gâches tout. Qu'est-ce que tu disais avant ?

Lui: Que j'aimais ton corps. J'aime ton ventre, tes jambes, tes cheveux et j'aime. Ton. Corps.

Moi: Vraiment ?

Lui: Vraiment.

Moi: Qu'est-ce qui cloche chez moi pour adorer t'envoyer des textos et flipper quand je t'embrasse ?

Lui: Rien ne cloche chez toi. Tu veux venir après les cours lundi ? Regarder un film ou autre chose ?

Je n'ai pas répondu tout de suite mais quand je me suis enfin décidée, j'ai écrit :

Bien sûr.

Quatorze

Le lundi, sur le parking avant le début des cours, j'ai raconté à Daisy l'affaire des textos, du baiser et des quatre-vingts millions de microbes.

– Vu sous cet angle, c'est vrai que s'embrasser est franchement dégoûtant, a-t-elle dit. D'un autre côté, va savoir si les microbes de Davis ne sont pas plus sains que les tiens. S'ils n'améliorent pas ta santé.

– Peut-être.

– Va savoir si ses microbes ne vont pas te conférer des super-pouvoirs. Cette fille était normale jusqu'à ce qu'elle embrasse un milliardaire et devienne… MICROBIANCA, la reine des microbes.

Je l'ai regardée sans rien dire.

– Désolée, ça ne t'aide pas ?

– Ça deviendra peut-être de moins en moins bizarre, ai-je dit. Si, chaque fois qu'on s'embrasse, il n'arrive rien de grave, je finirai par avoir moins peur. Ce n'est pas comme s'il allait me filer la *campylobacter* pour de bon – et après une seconde, j'ai ajouté : Enfin, *a priori*.

Daisy allait me répondre quand elle a aperçu Mychal qui venait à sa rencontre, de l'autre côté du parking.

– Ça va aller, Holminette. On se voit au déj. J't'aime ! a-t-elle dit et elle est partie retrouver Mychal.

Je l'ai vue se jeter à son cou et l'embrasser sur la bouche de façon théâtrale, la jambe levée à hauteur du genou, comme si elle jouait dans un film ou je ne sais quoi.

Après les cours, je suis allée directement chez Davis. La grille d'entrée en fer forgé étant fermée, je suis descendue de voiture et j'ai sonné à l'interphone.

– Résidence Pickett, a dit une voix que j'ai reconnue comme étant celle de Lyle.

– Bonjour, c'est Aza Holmes, l'amie de Davis.

Lyle n'a pas répondu mais la grille s'est ouverte. Je suis remontée dans Harold et j'ai pris l'allée qui conduisait à la maison où m'attendait Lyle dans sa voiturette de golf.

– Bonjour, ai-je répété.

– Davis et Noah sont à la piscine, a-t-il dit. Je vous emmène ?

– Je peux marcher.

– Montez, a-t-il ordonné en m'indiquant la banquette vide à côté de lui.

Je me suis assise et il a roulé très doucement en direction de la piscine.

– Comment va Davis ? m'a-t-il demandé.

– Bien, il me semble.

– Fragile – voilà ce qu'il est. Ils le sont tous les deux.

– Oui.

– Vous avez intérêt à vous en souvenir. Est-ce que vous avez déjà perdu quelqu'un ?

– Oui.

– Alors, vous savez ce que c'est, a-t-il dit au moment où on arrivait près de la piscine.

Davis et Noah étaient assis l'un à côté de l'autre sur la même chaise longue, tous les deux penchés en avant, les yeux rivés au sol. J'ai repensé à ce que Lyle venait de me dire : «Alors, vous savez ce que c'est.» En fait, non. Chaque perte est différente des autres. Il est impossible de ressentir la douleur éprouvée par quelqu'un d'autre, pas tout à fait – toucher le corps d'une personne n'équivaut pas non plus à être dans son corps.

En entendant la voiturette arriver, Davis s'est retourné, il m'a fait un signe de tête et s'est levé.

– Salut, ai-je dit.

– Salut. J'ai besoin de quelques minutes. Désolé, mais il s'est passé quelque chose avec Noah. Lyle, si vous faisiez faire le tour du propriétaire à Aza ? Pourquoi pas l'emmener au laboratoire ? Je te retrouve là-bas, d'accord ?

J'ai acquiescé et suis remontée dans la voiturette. Lyle a sorti son téléphone.

– Malik, vous avez quelques minutes à consacrer à une amie de Davis ? On arrive.

Lyle m'a fait passer devant le golf et, tout en roulant, il me posait des questions sur le lycée, mes notes, le métier de mes parents. À la dernière, j'ai répondu que ma mère était prof.

– Papa n'est plus dans le coin ?

– Il est mort.

– Oh, pardon.

Nous avons pris un chemin de terre et, après avoir traversé un bosquet, nous sommes arrivés devant un bâtiment rectangulaire en verre avec un toit plat. Un panneau à l'extérieur indiquait : « Laboratoire ».

Lyle m'a accompagnée jusqu'à la porte, il l'a ouverte et a pris congé. La porte s'est refermée derrière moi et j'ai vu Malik le zoologiste penché au-dessus d'un microscope. Il ne m'avait apparemment pas entendue entrer. La pièce était gigantesque avec une longue paillasse noire au centre, comme celles des cours de chimie, en dessous de laquelle s'alignaient des placards. Sur le dessus, était disposé un matériel varié ; certains objets m'étaient familiers – éprouvettes, flacons de liquides –, mais il y en avait beaucoup d'autres que je n'avais jamais vus. Je me suis avancée jusqu'à la paillasse pour regarder une machine circulaire à l'intérieur de laquelle se trouvaient des éprouvettes.

– Excusez-moi, a fini par dire Malik, mais ces cellules vivent très peu de temps hors du corps, et comme Tua ne pèse que cinq cents grammes, j'essaie de ne pas lui prendre plus de sang que nécessaire. Cette machine est une centrifugeuse.

Il s'est approché et a pris l'un des tubes contenant du sang, puis il l'a glissé avec précaution dans un porte-éprouvettes.

– Vous vous intéressez à la biologie ?

– Un peu, ai-je répondu.

Il a examiné les quelques gouttes au fond de l'éprouvette et m'a dit :

– Savez-vous que les tuatara sont porteurs de parasites – Tua est porteuse de la salmonelle, par exemple – mais qu'ils ne contractent jamais la maladie ?

– Je ne connais pas grand-chose aux tuatara.

– Peu de gens s'y intéressent et c'est vraiment dommage, car ce sont de loin les reptiles les plus intéressants. Un aperçu de notre lointain passé.

Je ne pouvais détacher mes yeux du sang.

– Pour nous, il est difficile de comprendre à quel point les tuatara sont une réussite – ils sont sur terre depuis mille fois plus longtemps que les humains. Imaginez un peu. Si l'homme voulait rivaliser avec les tuatara, il n'en serait qu'au premier dixième de un pour cent de son histoire.

– Ça paraît invraisemblable.

– Effectivement. C'est ce que M. Pickett adore chez Tua – qu'elle soit une réussite. Il adore le fait que, à quarante ans, elle ne soit sans doute que dans le premier quart de sa vie.

– C'est vrai qu'il lui lègue tous ses biens ?

– Il y a pire comme moyen d'utiliser une fortune.

Je n'étais pas sûre d'être d'accord.

– Mais ce qui me fascine le plus, a-t-il poursuivi, et c'est l'objet de mes recherches, c'est leur taux d'évolution moléculaire. Désolé si tout ça est ennuyeux.

En fait, j'aimais bien l'écouter. Il était tellement enthousiaste, ses yeux écarquillés, à croire qu'il était sincèrement épris de son travail. On rencontre peu d'adultes dans ce cas.

– Non, c'est intéressant.

– Vous avez choisi biologie ?

– Je commence maintenant, ai-je répondu.

– Vous savez donc ce qu'est l'ADN.

J'ai hoché la tête.

– Vous savez également qu'il subit des mutations ? Ce qui explique la diversité de la vie.

– Oui.

– Alors, venez voir.

Il s'est dirigé vers un microscope connecté à

un ordinateur et a fait apparaître l'image d'une forme vaguement circulaire à l'écran.

– Il s'agit d'une cellule de tuatara. D'après nos connaissances actuelles, les tuatara n'ont guère changé depuis deux cents millions d'années. Ils ont le même aspect que leurs fossiles. Et ils font tout lentement. Ils arrivent à l'âge adulte lentement – ils ne cessent de grandir jusqu'à trente ans. Ils se reproduisent lentement – ils ne pondent que tous les quatre ans. Ils ont un métabolisme très lent. Mais, bien qu'ils fassent tout lentement et qu'ils n'aient pas beaucoup changé en deux cents millions d'années, les tuatara ont un taux de mutation moléculaire plus rapide que n'importe quel autre animal connu.

– Ça veut dire qu'ils évoluent plus rapidement ?

– À un niveau moléculaire, oui. Ils changent plus rapidement que l'homme, le lion ou la mouche. Ce qui soulève toutes sortes de questions : Tous les animaux ont-ils à un moment donné muté selon ce taux ? Que s'est-il passé pour que la mutation moléculaire ralentisse ? Comment se fait-il que l'animal en lui-même change si peu quand son ADN évolue si vite ?

– Et vous avez les réponses ?

Il a ri.

– Oh, non, loin de là ! Ce que j'aime profondément dans la science, c'est que même quand on apprend, on n'obtient pas forcément de réponses. Seulement de meilleures questions.

J'ai entendu la porte s'ouvrir derrière moi. Davis.

– On regarde un film ? a-t-il demandé.

J'ai remercié Malik pour la visite.

– Vous êtes la bienvenue, a-t-il dit. Peut-être que la prochaine fois vous serez prête à la caresser.

J'ai souri.

– J'en doute.

Davis et moi ne nous sommes pas serrés dans les bras, ni embrassés ni rien, on s'est contentés de marcher sur le chemin de terre sans rien dire jusqu'à ce qu'il brise le silence :

– Noah a eu des ennuis au collège aujourd'hui.

– Qu'est-ce qui s'est passé ?

– Il s'est fait prendre avec de l'herbe.

– Mince. Je suis désolée. Il s'est fait arrêter ?

– Oh, non, ils n'appellent pas la police pour ce genre de trucs.

J'avais envie de lui dire que, à White River High School, la police était systématiquement appelée pour ce genre de trucs, mais je me suis abstenue.

– N'empêche, il a été exclu, a-t-il ajouté.

Il faisait juste assez froid pour que je voie de la buée sortir de ma bouche.

– Ça lui fera peut-être du bien.

– Il a déjà été exclu deux fois et, pour l'instant,

ça ne l'a pas aidé. Mais enfin quel gamin de treize ans apporte de l'herbe au collège ? On croirait qu'il cherche les ennuis.

– Je suis désolée, ai-je dit.

– Il a besoin d'un père. Même d'un père merdique. Et je ne peux pas – je veux dire, je ne sais pas quoi foutre de lui. Lyle a essayé de lui parler aujourd'hui, mais Noah s'exprime par monosyllabes – cool, ouais, 'lut, sûr. Papa lui manque, c'est certain, mais je n'y peux rien. Lyle n'est pas son père. Moi non plus. Bref, j'avais vraiment besoin d'évacuer et tu es la seule personne à qui je peux parler en ce moment.

Le mot « seule » a déferlé sur moi. J'ai senti les paumes de mes mains devenir moites.

– Et si on regardait ce film ? ai-je dit enfin.

Une fois dans la salle de cinéma, il m'a annoncé :

– J'ai cherché des *space operas* susceptibles de te plaire. Et celui-ci est à la fois ridicule et génial. Si tu ne l'aimes pas, tu auras le droit de choisir les dix prochains. Marché conclu ?

– OK, ai-je répondu.

Le film s'appelait *Jupiter : Le Destin de l'univers* et il était à la fois ridicule et génial. Quelques minutes après le début j'ai pris la main de Davis et ça allait. C'était même bien. J'aimais ses mains et la façon dont nos doigts s'entrelaçaient, son pouce dessinant de petits cercles à l'endroit où la peau est toute douce, entre le pouce et l'index.

À un des innombrables moments forts du film, j'ai ri à quelque chose de grotesque et il m'a demandé :

– Ça te plaît ?

Et j'ai répondu :

– Oui, c'est à la fois stupide et super.

Sentant son regard toujours posé sur moi, je me suis tournée vers lui.

– Je ne sais pas si j'interprète mal la situation, a-t-il dit, et à la façon dont il m'a souri, j'ai eu une envie folle de l'embrasser.

Lui tenir la main ne posait pas de problème, alors que ça avait rarement été le cas, peut-être que l'embrasser serait différent aussi

Je me suis penchée par-dessus l'accoudoir géant et je l'ai embrassé rapidement sur les lèvres. J'ai aimé la chaleur de sa bouche, j'en voulais davantage, alors j'ai posé la main sur sa joue et je l'ai embrassé fougueusement. J'ai senti sa bouche s'entrouvrir et j'aurais voulu me comporter avec lui comme le ferait n'importe quelle personne normale. Retrouver cette forme d'intimité pleine d'effervescence que j'avais touchée du doigt en lui envoyant un texto. Et j'aimais l'embrasser. Il embrassait bien.

C'est alors que les pensées ont surgi et j'ai senti sa salive vivante dans ma bouche. Je me suis dégagée avec le plus de délicatesse possible.

– Ça va ? a-t-il demandé.
– Oui, ai-je répondu. Oui, vraiment. Je veux juste…

J'ai essayé de réfléchir à ce qu'une personne normale dirait – si je disais ou faisais ce que toute personne normale dirait ou ferait, il penserait alors que je l'étais ; ou peut-être même que je le deviendrais.

– Y aller doucement ? a-t-il proposé.
– Oui, c'est exactement ça.
– Cool, a-t-il dit.

Puis en indiquant l'écran d'un signe de tête, il a ajouté :

– C'est la scène que j'attendais. Tu vas adorer. C'est barré.

Je repensais à un poème d'Edna St. Vincent Millay qui ne cessait de me hanter depuis que je l'avais lu. Ce passage, en particulier : « Soufflés depuis la sombre colline jusqu'à ma porte / Trois flocons, puis quatre / arrivent, puis bien plus. » On peut compter les trois premiers flocons et même le quatrième. Mais il n'existe pas de mots pour dire la suite, et il vous faut rentrer pour essayer de survivre au blizzard.

Il en était de même avec la spirale de mes pensées qui allait toujours rétrécissant : j'ai pensé aux bactéries de Davis qui étaient en moi. J'ai pensé à la probabilité qu'un certain pourcentage desdites bactéries soient agressives. J'ai pensé que l'E. coli, la *campylobacter* et la *clostridium difficile* faisaient sûrement partie du microbiote actuel de Davis.

Une quatrième pensée a surgi. Puis bien plus.

– Il faut que j'aille aux toilettes, ai-je dit. Je reviens tout de suite.

Je suis remontée du sous-sol au moment où la lumière de la fin de journée, entrant à flots par les baies vitrées, colorait les murs de rose.

Noah jouait à un jeu vidéo sur le canapé.

– Aza ? a-t-il appelé.

J'ai fait demi-tour et je suis entrée dans les toilettes. Je me suis rincé le visage, le regard fixé sur mon reflet dans le miroir. Je me regardais respirer en essayant de trouver un moyen de faire taire mes pensées, de localiser le bouton « off » de mon monologue intérieur – je dis bien en *essayant*.

Puis j'ai sorti le gel antibactérien de la poche de mon sweat, j'en ai fait couler un peu dans ma bouche, ce qui m'a donné un haut-le-cœur. J'ai fait tourner le liquide visqueux et agressif à l'intérieur de ma bouche et je l'ai avalé.

– Vous regardez *Jupiter : Le Destin de l'univers* ? m'a demandé Noah quand je suis sortie des toilettes.

– Oui.

– C'est nul.

J'allais repartir quand il m'a appelée :

– Aza ?

Je suis allée m'asseoir à côté de lui sur le canapé.

– Personne n'a envie de le retrouver.

– Tu parles de ton père ?

– J'ai l'impression que je ne peux pas penser à autre chose. C'est… c'est… Tu crois qu'il disparaîtrait vraiment sans même nous envoyer un texto ? Si ça se trouve, il essaie de nous joindre et on ne le sait pas.

Il me faisait vraiment de la peine.

– C'est possible, ai-je dit. À moins qu'il attende que tout danger soit écarté.

– Exact. Ça se tient. Merci.

J'allais me lever quand il a ajouté :

– Mais il aurait pu envoyer un e-mail ? Ils ne peuvent pas te retrouver si tu utilises un wifi public. Ou il pourrait nous envoyer un texto avec un téléphone trouvé quelque part ?

– Il a peut-être peur, ai-je dit.

Je m'efforçais de l'aider mais c'était sans doute vain.

– Tu vas continuer à chercher, alors ?

– Oui, ai-je répondu. Oui, bien sûr, Noah.

Il a repris sa manette de jeu, le signe pour moi qu'il était temps de redescendre au sous-sol.

Davis avait arrêté le film au beau milieu d'une bataille de vaisseaux spatiaux et la lumière aveuglante de l'explosion figée s'est reflétée dans ses lunettes quand il a tourné la tête vers moi. J'ai repris ma place à côté de lui.

– Ça va ?

– Je suis vraiment désolée.

– Y a-t-il quelque chose que je dois faire diffé…

– Ça n'a rien à voir avec toi, l'ai-je coupé. C'est juste que… Je ne peux pas en parler pour l'instant.

J'avais la tête qui tournait et je m'efforçais de ne pas lui faire face, afin qu'il ne sente pas l'odeur de gel antibactérien dans mon haleine.

– Pas de problème, a-t-il dit. J'aime ce qu'on est tous les deux. Qu'on ait notre propre façon de faire les choses.

– Tu ne le penses pas vraiment.

– Si.

Je fixais l'image figée sur l'écran, attendant que Davis appuie sur « play ».

– Je t'ai entendue parler à Noah, a-t-il ajouté.

Je sentais toujours sa salive dans ma bouche et le répit que m'avait procuré le gel antibactérien était en train de se dissiper. Si je continuais de sentir sa salive, c'est qu'elle était toujours là. *Tu devrais en reprendre encore un peu.* C'est ridicule. Des milliards de gens s'embrassent sans qu'il leur arrive rien. *Tu sais que tu iras bien mieux si tu en reprends encore un peu.*

– Il faudrait qu'il voie quelqu'un, un psychologue ou quelque chose comme ça, ai-je dit.

– C'est un père dont il a besoin.

Qu'est-ce qui t'a pris de vouloir l'embrasser? Tu aurais dû te douter. Au lieu de passer une bonne soirée, tu as provoqué cette situation. Dans l'immédiat, c'est de Noah qu'il s'agit, pas de moi. *Ses bactéries se baladent dans tout ton corps. Elles sont sur ta langue en ce moment. Même l'alcool pur ne parvient pas à les tuer.*

– Tu veux regarder le film?

J'ai hoché la tête. On est restés assis côte à côte sans se toucher pendant l'heure qui a suivi, tandis que la spirale se resserrait.

Quinze

En rentrant à la maison ce soir-là, je me suis couchée mais je n'ai pas réussi à dormir. Je n'ai cessé d'ébaucher des textos à Davis pour finir par ne pas les envoyer et puis, en définitive, j'ai reposé mon téléphone et pris mon ordinateur portable. Je me demandais ce qu'il était advenu de sa vie virtuelle – où donc Davis avait-il pu atterrir après avoir fermé ses profils sur les réseaux sociaux ?

Sur Google, la majorité des résultats le concernant étaient en fait liés à son père – « Le P-DG de Pickett Engineering révèle dans une interview qu'il ne laissera pas un dollar à ses deux fils adolescents », par exemple. Davis n'avait pas actualisé ses comptes Instagram, Facebook, Twitter ni son blog depuis la disparition, et une recherche avec ses noms d'utilisateur dallgoodman et davisnotdave02 m'a menée à des liens vers d'autres personnes.

Alors, j'ai poursuivi mon enquête avec des noms d'utilisateur proches des siens :

dallgoodman02, davisnotdave, davisnotdavis et je vérifiais s'ils correspondaient à un compte Facebook ou à un URL de blog. Plus d'une heure plus tard, peu après minuit, j'ai soudain eu l'idée de faire une recherche à partir de la phrase: « Les feuilles s'en sont allées / tu le devrais aussi. »

Un seul lien est apparu, il menait à un blog administré par un certain isnotid02. Le site avait été créé deux mois auparavant et, comme dans le précédent journal intime de Davis, la plupart des posts commençaient par une citation et se terminaient par quelques lignes énigmatiques. Mais il y avait aussi un onglet intitulé « Poèmes ». J'ai cliqué sur le journal et fait défiler la page jusqu'au premier post:

> « En trois mots, je peux résumer ce que j'ai appris sur la vie: elle se poursuit. » — Robert Frost

> Quatorze jours depuis que ce bazar a commencé. Ma vie n'a pas empiré, pas vraiment – elle a seulement rétréci. Si on garde les yeux tournés vers le ciel assez longtemps, on commence à mesurer sa propre infinitésimalité. La différence entre vivant et non-vivant est énorme. Mais du haut du ciel, où les étoiles nous regardent, il n'y a pratiquement pas de différence entre toutes les catégories de vivants, entre moi et l'herbe fraîchement coupée sur laquelle je suis allongé en ce moment même.

Nous sommes, l'herbe et moi, des merveilles – ce qui se rapproche le plus du miracle, dans notre univers.

« Et puis une Planche de ma Raison, cassa, /Et je tombai, tombai encore – » — EMILY DICKINSON

La Voie lactée compte environ cent milliards d'étoiles – en gros, une pour chaque personne ayant vécu sur cette terre. C'était la réflexion que je me faisais en observant la voûte céleste par cette soirée curieusement douce, le plus beau ciel étoilé dont on puisse rêver dans la région. Chaque fois que je lève les yeux vers le ciel, j'ai l'impression de tomber. Un peu plus tôt, j'ai entendu mon frère pleurer dans sa chambre. Je suis resté derrière sa porte un long moment. Il savait que j'étais là car il a essayé de réprimer ses sanglots quand il a entendu le plancher grincer sous mes pas. Je suis resté un temps infini à fixer sa porte, incapable de l'ouvrir.

« Même le silence / a une histoire à vous raconter. »
— JACQUELINE WOODSON

Le pire, dans le fait d'être totalement seul, c'est de se remémorer toutes les fois où on aurait tellement voulu qu'on nous laisse tranquille. Et puis, ça arrive, on vous laisse tranquille et on se révèle être une très mauvaise compagnie.

« Le monde est un globe – plus vous allez loin, plus vous vous rapprochez de chez vous. »

— Terry Pratchett

Il m'arrive d'ouvrir Google Maps et de zoomer au hasard sur des endroits où il pourrait se trouver. S. est venu hier soir pour nous expliquer comment les choses se passaient à présent – si on le retrouve ou pas – et, à un moment donné, il a dit : « Vous comprenez que je me réfère désormais non pas à la personne physique, mais à l'entité légale. » L'entité légale plane au-dessus de nous, hante notre maison. La personne physique est quelque part sur cette carte.

« Je suis amoureux du monde. »

— Maurice Sendak

On utilise toujours l'expression « être sous les étoiles ». Alors que ce n'est pas vraiment le cas – il n'y a ni haut ni bas et les étoiles sont tout autour de nous. Mais on persiste à dire ça, c'est joli. La langue glorifie souvent l'homme au détriment de l'animal mais, au moins, elle nous place sous les étoiles.

Elle a fini par venir.

« Ce qui s'est passé n'est que le prologue. »

— William Shakespeare

Revoir son passé – ou une personne appartenant à son passé – peut se révéler physiquement douloureux, du moins pour moi. Je suis envahi d'une souffrance mélancolique – et je veux revivre le passé, peu importe le coût. Qu'il ne revienne pas réellement ou qu'il n'ait jamais existé tel que je m'en souviens n'a aucune importance – je veux juste pouvoir le revivre. Je veux que les choses redeviennent telles qu'elles étaient ou telles que je me les rappelle : dans leur intégralité. Mais, pour une raison obscure, elle n'évoque pas le passé. Elle évoque le présent.

Le post suivant avait été mis en ligne le soir où il m'avait remis l'argent et confirmait plus ou moins que « elle », c'était moi.

« Réveille-toi, cher cœur, réveille-toi ! Tu as bien dormi. » — William Shakespeare

Je me demande si j'ai tout gâché. Mais si je ne l'avais pas fait, je me poserais une autre question. La vie n'est qu'une succession de choix entre plusieurs questions.

« L'île est pleine de bruits. » — William Shakespeare

« M'aimerait-elle si je n'étais pas moi ? » est une question impossible. Elle se replie sur elle-même. Ce que je veux dire, c'est : m'aimerait-elle si le même corps et le même esprit étaient transportés dans une autre vie, moins fastueuse ? Mais alors, ce ne serait pas moi, bien sûr. Je serais quelqu'un d'autre. Le passé est un piège qui s'est déjà refermé sur nous. Un cauchemar, disait Dedalus, dont j'essaie de me réveiller.

Et la dernière entrée en date était celle-ci :

« Cette chose des ténèbres, / je la reconnais mienne. »
— William Shakespeare

Elle m'a fait remarquer plus d'une fois que la pluie d'étoiles filantes se produisait derrière les nuages, même si on ne pouvait pas la voir. Elle ne peut pas embrasser, et alors ? Elle sait voir à travers les nuages.

Il a fallu que je lise son journal en entier pour m'apercevoir que les posts dans lesquels je figurais avaient été introduits par une citation extraite de *La Tempête*. J'avais l'impression de forcer son intimité, mais c'était un blog public et passer du temps à le lire, c'était un peu comme être avec lui, mais en moins effrayant. Alors, j'ai cliqué sur l'onglet « Poèmes ».

Le premier commençait ainsi :

Les pas de ma mère
Étaient si légers
Que je ne l'ai pas entendue partir.

Un autre :

Ne jamais laisser la vérité entraver la beauté,
Telle était, du moins, la conviction d'e. e. cummings.
« C'est la merveille qui maintient les étoiles éparses. »
Il a écrit sur l'amour et le désir.
Ce qui lui a valu de faire souvent l'amour, j'en suis
sûr.
C'était bel et bien l'idée du poème.
Mais la gravitation diffère de l'affection :
Une seule est constante.

Puis j'ai lu le premier poème écrit le même jour que le début de son journal, deux semaines après la disparition de son père.

Il m'a trimballé toute ma vie...
M'a pris là pour m'emmener ici ou ailleurs. Il disait
Viens avec moi. Je t'emmène. On va s'amuser.
Ce n'était jamais le cas.
On ne connaît le poids de son père
Que lorsqu'il vous est retiré.

Je relisais le poème quand mon téléphone a vibré. Davis.

Salut.

Moi : Salut.

Lui : Tu es sur mon blog ?

Moi : Peut-être. Ça t'embête ?

Lui : Je suis soulagé que ce soit toi. Le Web analytique m'indiquait qu'un habitant d'Indianapolis était sur le site depuis 30 min. J'étais inquiet.

Moi : Pourquoi ?

Lui : Je n'ai aucune envie que mes horribles poèmes soient publiés dans la presse.

Moi : Personne ne ferait une chose pareille. Et arrête de dire que tes poèmes sont horribles.

Lui : Comment tu es tombée dessus ?

Moi : J'ai tapé : « Les feuilles s'en sont allées / tu le devrais aussi. » Personne n'aurait l'idée de chercher ça.

Lui : Désolé si je suis parano. J'aime bien poster des trucs sur ce blog et je n'aimerais pas devoir les effacer.

Lui : J'étais content de te voir ce soir.

Moi : Moi aussi.

J'ai vu les trois petits points qui indiquaient qu'il était en train d'écrire, mais aucune phrase n'est apparue, alors, je me suis lancée.

Moi : Tu veux qu'on se fasse un Facetime ?

Lui : Carrément.

Je tremblais un peu en appuyant sur l'icône de la vidéo. Son visage est apparu, gris à la lumière fantomatique de son téléphone. J'ai posé un doigt sur ma bouche et j'ai chuchoté : « Chut ! » On s'est regardés en silence, nos visages et nos corps à peine perceptibles à la faible lueur de nos écrans, dans une intimité que je serais incapable de partager dans la vraie vie.

En le regardant me regarder, je me suis rendu compte que ce qui le rendait visible à mes yeux était le fruit d'un cycle : nos écrans nous éclairaient l'un l'autre grâce à la lumière provenant de nos chambres respectives. Je ne le voyais que parce qu'il me voyait. La peur et le plaisir mêlés que je ressentais à ce que nous soyons l'un en face de l'autre baignant dans un halo argenté grumeleux me donnaient l'impression que je n'étais pas vraiment dans mon lit et lui dans le sien. Nous étions dans un espace où les sens n'avaient pas lieu d'être, comme si chacun pénétrait la conscience de l'autre, une proximité que la vraie vie, avec ses vrais corps, ne pourrait jamais égaler.

Après qu'on a raccroché, il m'a envoyé un texto.

J'aime ce que nous sommes. Vraiment.

Et, d'une certaine manière, je l'ai cru.

Seize

Pendant un moment, on a trouvé un moyen d'être nous – on ne se voyait dans la vraie vie que de temps à autre, mais on s'envoyait des textos ou on se parlait par Facetime pratiquement tous les soirs. On avait trouvé une façon d'être sur la grande roue sans parler du fait qu'on était sur la grande roue. Certains jours, je m'enfonçais plus profondément dans les spirales, mais changer le pansement marchait plus ou moins bien, les exercices de respiration et les comprimés aussi.

Et ma vie se poursuivait – je lisais des livres, je faisais mes devoirs, je rendais mes contrôles, je regardais la télé avec maman, je voyais Daisy quand elle n'était pas accaparée par Mychal, je restais des heures le nez plongé dans le guide des universités en imaginant la multitude d'avenirs qui s'offraient à moi.

Et puis, un soir où je m'ennuyais, regrettant le temps où Daisy et moi passions la moitié de notre vie chez Applebee's, je me suis absorbée dans ses fanfictions *Star Wars*.

La plus récente, intitulée *Une Rey à tomber*, avait été publiée la semaine précédente. À mon grand étonnement, elle avait été lue des milliers de fois. Daisy était une célébrité dans son genre.

L'histoire, racontée par Rey, avait pour décor Tatooine où les deux tourtereaux, Rey et Chewbacca, avaient fait escale pour récupérer une cargaison auprès de Kalkino, un type qui mesurait pas loin de deux mètres cinquante. Ils étaient accompagnés d'une fille aux cheveux bleus qui s'appelait Ayala et que Rey décrivait comme étant « sa meilleure amie et son pire fardeau ».

Ils avaient retrouvé Kalkino lors d'une course de modules et ce dernier leur avait proposé deux millions de crédits pour transporter quatre caisses de marchandises sur Utapau.

« – Je ne le sens pas, a dit Ayala.

J'ai levé les yeux au ciel. Ayala était incapable de prendre les choses du bon côté. Plus elle se rongeait les sangs et plus elle aggravait la situation. Elle avait l'intégrité morale d'une fille qui n'a jamais manqué de rien, toujours à critiquer la façon dont Chewie et moi gagnions notre vie, en oubliant que c'était grâce à notre boulot qu'elle mangeait à sa faim et avait un toit. Chewie avait une dette envers elle car, des années auparavant, le père d'Ayala était mort en le sauvant. Or Chewie était un Wookiee plein de principes, même si ce n'était pas toujours très pratique. En revanche, la morale d'Ayala, elle, était bien pratique pour la bonne raison qu'elle avait toujours eu la vie facile.

– Quelque chose cloche, a marmonné Ayala en arrachant une mèche de cheveux bleus à sa tignasse avant de l'enrouler autour de son doigt. Un de ses tics nerveux, mais il faut dire que toutes ses habitudes étaient nerveuses. »

J'ai continué à lire, le ventre noué. Ayala était horrible. Elle avait interrompu Chewie et Rey pendant leurs ébats à bord du *Faucon Millenium* avec une question horripilante concernant l'hyper-propulsion, à laquelle « un enfant de cinq ans avec des connaissances basiques aurait pu répondre ». Elle avait mis en péril la cargaison en ouvrant une des caisses qui contenaient des cellules d'énergie dégageant une telle puissance qu'elles avaient failli faire sauter le vaisseau. À un moment donné, Daisy avait même écrit : « Ayala n'était pas mauvaise, elle était juste inutile. »

L'histoire se terminait par le succès de la livraison des cellules d'énergie. Sauf que l'une d'entre elles avait perdu de l'énergie lorsqu'Ayala avait ouvert la caisse ; les destinataires en avaient alors conclu que nos intrépides héros connaissaient le contenu de la cargaison. Alors leurs têtes – ou fallait-il dire nos têtes ? – avaient été mises à prix, ce qui signifiait qu'il y aurait encore plus d'enjeux dans l'histoire suivante.

Il y avait des dizaines de commentaires. Le plus récent disait : « J'ADORE DÉTESTER AYALA. MERCI DE L'AVOIR FAIT REVENIR. » Commentaire auquel Daisy avait répondu : « Merci, merci de me lire. »

J'ai parcouru les autres histoires en remontant jusqu'aux plus anciennes, ce qui m'a permis de découvrir qu'Ayala avait gâché la vie de Chewie et Rey en de multiples occasions. La seule fois où je m'étais montrée à la hauteur, c'était quand, au comble de l'angoisse, j'avais gerbé sur un Hutt nommé Yantuh, créant une diversion qui avait permis à Chewie de s'emparer d'un blaster et de nous sauver d'une mort certaine.

Je suis restée éveillée beaucoup trop tard pour lire et encore plus tard pour réfléchir à ce que j'allais dire à Daisy la prochaine fois que je la verrais, mes pensées oscillant entre fureur et frayeur, tournant tels des vautours autour de ma chambre. Je me suis réveillée le lendemain matin dans un état pitoyable – pas seulement fatiguée, mais terrifiée. Je me voyais désormais à travers les yeux de Daisy – nulle, incapable, inutile.

Sur le chemin du lycée, les tempes battantes à cause du manque de sommeil, je me rappelais à quel point j'avais peur des monstres quand j'étais petite. Je savais bien qu'ils n'existaient pas mais j'avais compris que certaines choses qui n'étaient pas réelles pouvaient vous faire du mal, et que celles qu'on inventait étaient importantes et avaient même le pouvoir de vous tuer. Après avoir lu les histoires de Daisy, cette peur est réapparue, comme si une force invisible était à mes trousses.

Je pensais que je serais agacée en revoyant Daisy, pourtant, quand je l'ai aperçue, assise sur les marches du lycée, toute recroquevillée pour lutter contre le froid, agitant sa main gantée pour me dire bonjour, je me suis dit que je méritais tout ça, vraiment. Ayala était le défouloir qui permettait à Daisy de vivre avec moi.

En me voyant approcher, elle s'est levée.

– Ça va, Holminette ?

J'ai hoché la tête. J'étais incapable de prononcer un mot. J'avais la gorge serrée, comme sur le point de pleurer.

– Qu'est-ce qui se passe ? a-t-elle demandé.

– Je suis juste fatiguée.

– Holminette, ne le prends pas mal, mais on dirait que tu sors d'un boulot pour lequel tu joues un vampire dans une maison hantée et que tu essaies de choper des méthamphétamines sur le parking.

– Je ferai en sorte de ne pas le prendre mal.
Elle a passé son bras autour de mes épaules.
– Tu es toujours une bombe, bien sûr. Tu ne peux pas te débomber, Holminette, malgré tous tes efforts. Je dis juste que tu as besoin de dormir. De prendre soin de toi, tu vois ?
J'ai acquiescé et je me suis libérée de son bras.
– Ça fait des siècles qu'on n'a pas passé du temps ensemble toutes les deux. Et si je venais chez toi tout à l'heure ? a-t-elle proposé.
J'avais envie de lui répondre non, mais comme Ayala refusait toutes les propositions, je n'ai pas voulu ressembler à mon double de fiction.
– D'accord.
– On bosse avec Mychal cette nuit, mais j'aurai environ cent quarante-deux minutes de libres après les cours si on va directement chez toi, ce qui est pile la durée de *L'Attaque des clones*.
– Vous bossez cette nuit ? ai-je demandé.
Mychal est apparu derrière moi.
– On se lit mutuellement *Le Songe d'une nuit d'été* pour le cours d'anglais.
– … C'est une blague ?
– Quoi ? a dit Daisy. Ce n'est pas ma faute si on est un couple trop craquant. Mais avant, bataille de sabres laser de Yoda chez toi après les cours. D'accord ?

– D'accord.
– C'est noté.

Six heures plus tard, allongées par terre côte à côte sur les coussins du canapé, on regardait Anakin Skywalker et Padmé tomber amoureux l'un de l'autre au ralenti. De l'avis de Daisy, *L'Attaque des clones* était le film de la saga *Star Wars* le plus sous-estimé. De mon côté, je le trouvais plutôt nul mais c'était drôle de regarder Daisy le regarder. Elle connaissait tous les dialogues par cœur.

Pour ma part, j'étais plongée dans mon téléphone, je consultais les articles sur la disparition de Pickett, en quête du moindre indice qui me conduirait à un *runner* ou à « la bouche du *runner* ». J'étais sincère quand j'avais promis à Noah de continuer de chercher – mais les pistes qu'on avait n'en étaient pas vraiment.

– J'ai envie d'aimer Jar Jar Binks parce que c'est trop commun de le détester mais c'est le pire, a dit Daisy. Il se trouve que je l'ai tué il y a plusieurs années dans une de mes fictions. Un grand moment.

J'ai senti mon ventre se contracter mais je suis restée concentrée sur mon téléphone.

– Qu'est-ce que tu cherches ? a-t-elle demandé.

– Je me renseigne sur l'enquête concernant Pickett, je regarde s'il y a du nouveau. Noah est complètement retourné par cette histoire et je… je ne sais pas. Je voudrais l'aider.

– Holminette, on a eu la récompense. C'est terminé. Ton problème, c'est que tu ne sais pas reconnaître quand tu as gagné.

– Possible.

– Je veux dire, Davis nous a donné la récompense pour qu'on laisse tomber. Alors, laisse tomber.

– D'accord, ai-je dit.

Elle avait raison mais elle n'était pas obligée d'être aussi garce.

Je croyais la conversation terminée quand, quelques secondes après, elle a mis le film sur pause et l'a reprise :

– C'est juste qu'on ne va pas tomber dans je ne sais quelle histoire de pauvre fille sans le sou qui, une fois devenue riche, se rend compte que, finalement, la vérité est plus importante que l'argent et devient héroïque en retrouvant son statut de pauvre fille sans le sou, OK ? Depuis la disparition de Pickett, la vie s'est améliorée pour tout le monde. Alors, laisse tomber.

– Personne ne parle de te prendre ton argent, ai-je murmuré.

– Je t'aime, Holminette, mais fais preuve d'un peu de jugeote.

– Compris.

– Promis ?

– Oui, promis.

– Et on brise les cœurs, pas les promesses, a-t-elle dit.

– C'est censé être ta devise mais tu passes quatre-vingt-dix pour cent de ton temps avec Mychal.

– Sauf qu'en ce moment je suis avec toi et Jar Jar Binks.

On a fini de regarder le film, après quoi, elle m'a dit : « Je t'aime » en me serrant le bras et elle est partie en vitesse chez Mychal.

Dix-sept

Plus tard ce soir-là, j'ai reçu un texto de Davis.

Lui : Tu es là ?

Moi : Oui. Tu veux qu'on se fasse un Facetime ?

Lui : On ne pourrait pas se voir irl ?

Moi : Pourquoi pas, mais je suis moins marrante irl.

Lui : Moi, tu me plais irl. Maintenant, ça te va ?

Moi : Parfait.

Lui : Habille-toi chaudement. Il fait froid dehors et le ciel est dégagé.

Harold et moi nous sommes rendus chez les Pickett. Il ne raffolait pas du froid et il m'a même semblé entendre quelque chose se contracter dans son moteur, mais cet amour de voiture a tenu le coup, pour moi.

Malgré mon gros manteau d'hiver et mes moufles, j'étais frigorifiée en marchant vers la maison. On ne se préoccupe jamais vraiment du temps quand il est beau mais on ne peut plus l'ignorer dès qu'il fait assez froid pour que de la buée nous sorte de la bouche. C'est le temps qui décide quand on pense à lui, pas l'inverse.

À mon arrivée, la porte s'est ouverte. J'ai trouvé Davis et Noah sur le canapé en train de jouer à leur jeu vidéo habituel.

– Salut, ai-je dit.

– Salut, a répondu Davis.

– 'lut, a ajouté Noah.

– Écoute, mon pote, a commencé Davis en se levant, je vais faire une balade avec Aza avant qu'elle n'enlève son manteau. Je reviens vite, d'accord ? a-t-il demandé en ébouriffant les cheveux de son frère.

– OK.

– J'ai lu les histoires de Daisy, lui ai-je raconté tout en marchant.

L'herbe du golf était tondue à la perfection, même si le seul golfeur de la famille avait disparu depuis des mois.

– Elles sont vachement bien, non ?

– Peut-être. Mais j'ai été un peu distraite par l'effroyable Ayala.

– Elle n'est pas si terrible que ça. Juste angoissée.

– Elle est à l'origine de cent pour cent des problèmes dans ces histoires.

Il a frotté gentiment son épaule contre la mienne.

– Moi, je l'aime bien, mais je ne suis peut-être pas très objectif.

On a fait le tour complet de la propriété, puis on s'est arrêtés près de la piscine. Davis a tapoté sur une des icônes de son téléphone et le volet qui protégeait le bassin s'est enroulé sur lui-même, avant de regagner son logement. On s'est assis côte à côte sur des chaises longues, et j'ai regardé la vapeur d'eau s'élever vers le ciel tandis que Davis s'allongeait pour observer les étoiles.

– Je ne comprends pas comment il peut préférer rester coincé à l'intérieur de lui-même quand il pourrait plonger dans cette infinité.

– Qui ça ? ai-je demandé.

– Noah.

J'ai remarqué qu'il avait sorti quelque chose de sa poche et qu'il le faisait maintenant tourner dans sa main. Au début, j'ai cru qu'il s'agissait d'un stylo mais, en suivant le rythme digne d'un magicien maniant ses cartes, j'ai compris que c'était son Iron Man.

– Pas de jugement, a-t-il dit. La semaine a été dure.

– C'est juste que je ne considère pas Iron Man comme un super-hé…

– Tu me brises le cœur, Aza, m'a-t-il coupée. Alors, tu vois Saturne là-haut ?

Pointant son Iron Man vers le ciel, il m'a indiqué les différences entre une planète et une étoile et comment localiser les constellations. Il a ajouté que notre galaxie formait une grande spirale (ce qui était d'ailleurs le cas de beaucoup d'autres).

– Chaque étoile visible en ce moment est dans cette immense spirale.

– Est-ce qu'elle a un centre ?

– Oui. La galaxie tout entière pivote autour d'un gigantesque trou noir. Mais vraiment très lentement. Par exemple, il faut deux cent vingt-cinq millions d'années terrestres à notre système solaire pour décrire une orbite autour de la galaxie.

Je lui ai demandé si les spirales des galaxies étaient infinies et il m'a répondu que non. Puis il a voulu que je lui explique mes spirales.

Je lui ai raconté l'histoire de ce mathématicien, Kurt Gödel, qui avait une peur panique d'être empoisonné, au point qu'il ne mangeait que des plats préparés par sa femme. Mais un jour, elle était tombée malade et avait dû être hospitalisée ; Gödel avait alors cessé de se nourrir. J'ai expliqué à Davis que même s'il savait que le risque de mourir de faim était supérieur à celui de mourir empoisonné, il avait été incapable de s'alimenter et en était mort. Il avait soixante et onze ans – cet homme avait survécu durant soixante et onze ans à une cohabitation avec ce démon pour que, au final, ce dernier lui fasse la peau.

À la fin de l'histoire, Davis m'a demandé :

– Tu as peur que ça t'arrive ?

– Le truc vraiment bizarre, c'est de savoir qu'on est fou et de ne rien pouvoir y faire. Ce n'est pas comme si on se croyait normal, tu vois ? On est conscient qu'il y a un problème, mais on ne sait pas comment le régler. Parce qu'il y a toujours un doute. Si tu étais Gödel, toi aussi, tu continuerais de te demander si ta nourriture n'est pas empoisonnée.

– Et tu as peur que ça t'arrive ? a-t-il répété.

– J'ai peur de beaucoup de choses.

On a parlé si longtemps que les étoiles au-dessus de nos têtes s'étaient déplacées.

– Ça te dirait de piquer une tête ? a-t-il demandé soudain.

– Il fait trop froid.

– La piscine est chauffée, m'a-t-il rappelé, puis il s'est levé et a commencé à retirer ses vêtements en finissant par son pantalon, tandis que je l'observais. J'aimais le regarder retirer son pantalon. Il était maigre mais son corps me plaisait – les petits muscles noueux dans son dos, ses jambes hérissées de chair de poule. Tremblant de tous ses membres, il a sauté dans l'eau.

– Sublime ! s'est-il écrié.

– Je n'ai pas mon maillot.

– Tu as un soutif et une culotte ? Dis-toi que c'est comme si tu avais un deux-pièces.

J'ai ri et retiré mon manteau. Puis je me suis levée.

– Retourne-toi, s'il te plaît, ai-je lancé.

Il a pivoté vers le terrarium faiblement éclairé, là où une future milliardaire se cachait dans sa forêt artificielle.

J'ai enlevé mon jean et mon T-shirt. Je me sentais nue même si, en théorie, je ne l'étais pas ; j'ai laissé retomber mes bras le long du corps et je lui ai dit :

– Tu peux regarder, maintenant.

Je me suis laissée glisser dans l'eau chaude à côté de lui. Il a posé ses mains sur ma taille mais n'a fait aucune tentative pour m'embrasser.

Davis tournait le dos au terrarium et, maintenant que mes yeux s'étaient habitués à l'obscurité, je pouvais voir le tuatara perché sur sa branche, qui nous regardait d'un de ses yeux noirs aux reflets rouges.

– Tua est en train de nous mater, ai-je dit.

– Tua est une grosse vicieuse, a répondu Davis et il s'est tourné pour observer l'animal.

Une sorte de mousse jaune poussait sur sa peau verte et, comme elle respirait la bouche entrouverte, j'ai aperçu ses dents. Soudain, elle a battu de sa queue de crocodile miniature et Davis a sursauté, il s'est blotti contre moi, puis il a ri.

– Je déteste ce truc, a-t-il décrété.

L'air était glacé quand on est sortis de l'eau. On n'avait pas pris de serviettes, alors on a ramassé nos affaires et on a couru vers la maison. Noah était toujours en train de jouer au même jeu sur le canapé. Je suis passée en trombe devant lui et j'ai grimpé l'escalier de marbre quatre à quatre.

Une fois rhabillés, on est allés dans la chambre de Davis. Il a posé son Iron Man sur la table de chevet, puis s'est agenouillé pour me montrer comment fonctionnait son télescope. Il a tapé je ne sais quelles coordonnées sur une télécommande et le télescope a amorcé un mouvement. Quand il s'est arrêté, Davis s'est penché pour regarder par l'oculaire, puis il s'est écarté pour me laisser la place.

– Ce que tu vois là, c'est Tau Ceti, m'a-t-il annoncé.

Les réglages entrés dans le télescope avaient isolé un unique disque de lumière blanche vacillante, perdu sur le fond noir.

– Elle se trouve à douze années-lumière de la Terre et ressemble à notre soleil mais en plus petit. Deux de ses planètes pourraient être habitables – même si rien n'est certain. C'est mon étoile préférée.

J'ignorais ce que j'étais censée voir – pour moi, c'était un cercle lumineux comme un autre. Mais il m'a expliqué :

– J'aime observer Tau Ceti en imaginant la façon dont un hypothétique habitant de son système solaire perçoit la lumière du soleil. Celle qui l'éclaire aujourd'hui est celle qui nous éclairait il y a vingt ans – à cette lumière-là, ma mère a encore trois ans à vivre. On vient juste de faire construire cette maison et papa et maman se disputent sans arrêt à propos de la disposition de la cuisine. À cette lumière-là, nous sommes juste des enfants ; le meilleur et le pire nous attendent.

– C'est toujours le cas.

– J'espère de tout mon cœur que non, que le pire est derrière moi.

Je me suis écartée de Tau Ceti et de sa lumière vieille de vingt ans, et j'ai regardé Davis. J'ai pris sa main et j'aurais voulu lui dire que je l'aimais, mais je n'étais pas certaine que ce soit vrai. Nous avions le cœur brisé au même endroit. Ça ressemble à de l'amour, mais peut-être que ce n'est pas tout à fait ça.

Ça craint de perdre une personne de sa

famille et je comprenais parfaitement qu'il cherche du réconfort auprès d'une lumière vieille de plusieurs années. Dans trois ans, il se mettrait en quête d'une autre étoile préférée qui diffuserait une lumière encore plus ancienne. Et quand le temps aurait rattrapé cette dernière, il en aimerait une autre plus éloignée, et encore une autre, car il n'était pas question de laisser la lumière rattraper le présent. Sinon, on risquait d'oublier.

C'est pour cette raison que j'aimais regarder les photos de mon père. C'était exactement pareil. Les photos sont juste de la lumière et du temps.

– Je crois que je vais y aller, ai-je dit doucement.

– On peut se voir ce week-end ?

– Oui, ai-je répondu.

– Chez toi, cette fois ?

– Pourquoi pas. Si ça ne t'ennuie pas de te faire persécuter par ma mère.

Il m'a affirmé que cela ne le gênait pas du tout et on s'est serrés dans les bras pour se dire au revoir. En quittant la pièce, j'ai vu qu'il s'agenouillait de nouveau devant son télescope.

Lorsque je suis rentrée à la maison ce soir-là, j'ai annoncé à maman que Davis voulait venir le week-end suivant.

– Tu sors avec lui ?

– Ça se peut.
– Il te traite en égale ?
– Oui.
– Il t'écoute autant que tu l'écoutes ?
– Je ne parle pas beaucoup. Mais oui, il m'écoute. Il est vraiment adorable et puis, tu pourrais me faire un peu confiance, non ?
Elle a soupiré.
– Te protéger est ce qui compte le plus au monde pour moi ; te protéger du mal qu'on pourrait te faire, de l'angoisse, de tout.
Je l'ai serrée dans mes bras.
– Tu sais que je t'aime, a-t-elle ajouté.
J'ai souri.
– Oui, maman, je le sais. Tu n'as pas à t'inquiéter de ce côté-là.

Après m'être couchée, je me suis connectée au blog de Davis.

> « Doute que l'étoile est de feu, /Doute que le soleil se meut. » — William Shakespeare

Il ne tourne pas, bien sûr – enfin si, mais pas autour de la Terre. Même Shakespeare supposait que les vérités fondamentales qui sont la base de nos fondations étaient fausses. Qui sait les mensonges auxquels je crois, ou auxquels vous croyez ? Qui sait ce que nous devrions ne pas mettre en doute ? Ce soir, sous le ciel, elle m'a demandé : « Pourquoi tous les posts qui parlent de moi commencent par une citation de *La Tempête* ? Est-ce parce que nous sommes des naufragés ? »

Oui. Oui, c'est bien ça.

J'ai cliqué sur « rafraîchir la page » au cas où il aurait posté un autre texte dans les minutes précédentes.

« Il y a une expression en musique classique qui dit : "On est allés au pré." Elle décrit les concerts d'exception pour lesquels on n'a pas de mots. Quand tout est aboli : les murs, les pupitres, les instruments, le plafond, le sol. On est tous allés au pré. Elle exprime un ressenti. »

— Tom Waits

Je sais qu'elle est en train de lire ces lignes en ce moment même. (*Hello !*) Ce soir, j'ai eu le sentiment qu'on était allés au pré, sauf qu'on ne jouait pas de musique. Quand la conversation est formidable, on ne se rappelle pas le sujet, mais ce qu'on a ressenti. J'avais l'impression que nous n'étions pas là, allongés tous les deux à côté de la piscine. Que nous étions dans un endroit que le corps ne peut visiter, un endroit sans plafond ni murs, ni sol, ni instruments.

Et j'aurais dû m'en tenir à ça pour la soirée. Mais au lieu d'aller dormir, j'ai décidé de me torturer en lisant d'autres histoires avec Ayala.

Je ne voyais pas ce que Davis lui trouvait. Elle était horrible – complètement égocentrique et toujours plus horripilante. À une fête, Rey avait fait cette remarque : « Évidemment, quand Ayala est là, ce n'est jamais vraiment la fête parce que, pour ça, il faudrait s'amuser. »

J'ai fini par quitter le site, mais je ne pouvais me résoudre à éteindre l'ordinateur et à dormir. Alors, je suis allée sur Wikipedia et j'ai lu des trucs sur les fanfictions et *Star Wars*. Puis je me suis surprise en train de parcourir les mêmes vieux articles sur le microbiote humain et d'autres études sur la façon dont la masse microbienne s'était formée chez certaines personnes et, dans certains cas, les avait tuées.

À un moment, je suis tombée sur cette phrase : « Le cerveau des mammifères reçoit un flot incessant de données intéroceptives en provenance du tube digestif, qui se combinent à d'autres données intéroceptives émises par le reste du corps ainsi qu'à des informations contextuelles fournies par l'environnement, avant d'adresser une réponse complète pour mieux cibler certaines cellules du tube digestif par le biais de ce qu'on appelle communément "l'axe intestin-cerveau" mais auquel correspond davantage le terme "cycle intestin-cerveau". »

Je me doute que ce n'est pas le genre de phrase qui affolerait la plupart des gens mais, en ce qui me concerne, elle m'a glacé le sang. Elle expliquait clairement que mes bactéries affectaient mon mode de pensée – peut-être pas de manière directe, mais via les informations qu'elles demandaient à mes intestins d'envoyer à mon cerveau. *Si ça se trouve, tu n'es même pas en train de te faire cette réflexion. Si ça se trouve, tes pensées sont infectées.* Je n'aurais jamais dû lire ces articles. J'aurais dû dormir. *C'est trop tard maintenant.*

J'ai vérifié que la lumière était éteinte sous la porte de maman pour être sûre qu'elle dormait et je suis allée discrètement à la salle de bains. J'ai changé mon pansement après examen attentif de l'ancien. Il y avait du sang dessus. Pas beaucoup, mais quand même. Du sang rose pâle. Le doigt n'était pas infecté. Il saignait parce qu'il n'avait pas encore formé de croûte. *N'empêche, il pourrait l'être.* Il ne l'est pas. *Tu en es sûre ? Tu l'as nettoyé ce matin ?* Probablement. Je le nettoie toujours. *Tu en es sûre ?* Putain, mais lâche-moi !

Je me suis lavé les mains, j'ai mis un pansement neuf, mais j'étais comme aspirée vers le fond. J'ai ouvert l'armoire à pharmacie sans faire de bruit. J'ai pris le gel antibactérien parfumé à l'aloe vera. J'en ai avalé une gorgée, puis deux. J'avais la tête qui tournait. Tu ne peux pas faire ça. Cette merde, c'est de l'alcool pur. Tu vas te rendre malade. *Tu ferais mieux de recommencer.* J'en ai versé sur ma langue. Ça suffit. Cette fois, tu es propre. *Juste une dernière petite gorgée*. Je l'ai prise. J'ai entendu mon ventre gargouiller. Mon estomac me faisait mal.

Parfois, tu fais partir les bactéries saines et c'est le moment où la CD rapplique. Tu devrais y faire attention. Super, tu me dis d'en boire et ensuite de ne pas le faire.

De retour dans ma chambre, je me suis couchée en sueur sur la couette, le corps lourd comme un cadavre. Je n'ai pas les idées claires. Boire du gel antibactérien ne va pas contribuer à améliorer ton état de santé, espèce de dingue. *Mais les bactéries parlent à ton cerveau ! ELLES peuvent lui dire ce qu'il doit penser, contrairement à toi. Donc, qui mène la barque à ton avis ?* Arrête, je t'en supplie.

J'ai essayé de repousser la pensée, mais j'étais comme un chien en laisse, je ne pouvais m'en éloigner sans sentir aussitôt le collier se resserrer autour de mon cou. Mon ventre gargouillait.

Rien ne marchait. Même le fait d'avoir cédé à la pensée ne m'avait procuré qu'un bref soulagement. Je me suis rappelé la question que le docteur Singh m'avait posée des années auparavant, la première fois que j'avais été aussi mal : « Pensez-vous être une menace pour vous-même ? » Mais qui est la menace et qui est moi-même ? Certes, j'étais une menace, mais pour qui ou pour quoi, impossible de le dire, les pronoms et les objets de la phrase brouillés par l'abstraction, les mots totalement aspirés par ce qui dépassait le langage. *Tu es un nous. Tu es un tu. Tu es un elle, un ce, un ils.* Mon royaume pour un je.

Je me suis sentie glisser, mais même ça, c'est une métaphore. Sombrer, mais c'en est une autre. Je ne peux pas décrire exactement ce que je ressens, si ce n'est que je ne suis pas moi. Façonnée dans la forge d'un autre esprit que le mien. S'il vous plaît, sortez-moi d'ici. Que celui ou celle qui écrit mon histoire me sorte d'ici. N'importe quoi pour ne plus y être.

Mais je ne pouvais m'échapper.

Trois flocons, puis quatre arrivent.

Puis bien plus.

Dix-huit

Maman m'a réveillée à 6 h 50.

– Tu n'as pas entendu ton réveil ?

J'ai plissé les yeux. Ma chambre était encore plongée dans l'obscurité.

– Ça va, ai-je dit.

– Tu es sûre ?

– Oui, ai-je répondu et je suis sortie de mon lit.

Je suis arrivée au lycée à peine trente-deux minutes plus tard. Je n'étais pas au mieux de ma forme, mais cela faisait des lustres que j'avais renoncé à l'idée d'épater les élèves de White River High School.

Daisy était assise, seule, sur les marches.

– Tu as l'air endormie, m'a-t-elle dit tandis qu'on entrait dans l'établissement.

Le ciel était tellement couvert qu'on aurait pu douter de l'existence du soleil.

– La nuit a été longue. Et toi, ça va ?

– Super, sauf que je n'ai pas assez vu ma meilleure amie ces derniers temps. Tu veux qu'on se retrouve chez Applebee's tout à l'heure ?

– D'accord.
– Ma mère m'a emprunté ma voiture. Tu crois qu'on pourrait y aller ensemble ?

J'ai réussi à passer le cap du déjeuner, celui de la conversation obligatoire avec ma mère qui trouvait que j'avais les « yeux fatigués », celui du cours d'histoire et celui de statistiques. Dans toutes les salles, une lumière artificielle déprimante revêtait toute chose d'un film blafard. La journée a traîné en longueur jusqu'à ce que la dernière sonnerie me libère enfin. J'ai regagné le parking et Harold, je me suis assise derrière le volant et j'ai attendu Daisy.

Je n'avais pas beaucoup dormi. Pas réussi à aligner deux pensées cohérentes. Ce gel antibactérien n'est que de l'alcool ; tu ne peux pas continuer à en boire. Tu ferais mieux d'appeler le docteur Singh, mais tu vas être obligée de parler à sa secrétaire, dire à une personne inconnue que tu es folle. Je ne supporte pas l'idée du docteur Singh qui me rappelle, sa voix empreinte de compassion, me demandant si je prends bien mon traitement tous les jours. De toute façon, il ne fait aucun effet. Rien ne fait d'effet, d'ailleurs. Trois traitements différents et cinq ans de thérapie comportementale et cognitive plus tard, voilà où on en est.

Je me suis réveillée en sursaut en entendant Daisy ouvrir sa portière.

– Ça va ? a-t-elle demandé.

– Oui, ai-je répondu.

J'ai mis le contact. J'ai senti ma colonne vertébrale se redresser. Je suis sortie en marche arrière et j'ai rejoint la file de voitures qui attendait pour sortir du lycée.

– Tu as à peine changé mon nom, ai-je dit d'une voix aiguë, du moins à mon oreille.

– Hein ?

– Ayala, Aza. Le début de l'alphabet dans un sens comme dans l'autre. Tu lui as attribué mes obsessions, ma personnalité. Tous ceux qui lisent tes histoires savent ce que tu penses vraiment de moi. Mychal. Davis. Et, sans doute, tout le lycée.

– Aza, a dit Daisy – mon vrai nom a sonné faux dans sa bouche –, tu n'es…

– Ne te fous pas de ma gueule, l'ai-je coupée.

– J'écris des histoires depuis que j'ai onze ans et tu n'en as *jamais lu une seule*.

– Tu ne me l'as jamais demandé.

– Primo, c'est faux. Je te l'ai demandé des millions de fois. Et puis, j'en ai eu marre que tu me dises que tu les lirais sans jamais le faire. Et deuzio, je n'aurais même pas dû avoir à te le demander. Tu aurais pu arrêter pendant trois secondes de regarder ton putain de nombril pour t'intéresser aux passions des autres. J'ai inventé Ayala en cinquième et je reconnais que c'était une vacherie, mais aujourd'hui, c'est un personnage à part entière. Ce n'est pas toi, OK?

On avançait toujours au pas pour sortir du parking des élèves.

– Écoute, je t'aime et ce n'est pas ta faute, a-t-elle poursuivi, mais ton angoisse est un aimant à catastrophes.

On est enfin sorties du lycée et j'ai remonté Meridian Street vers le nord, en direction de l'autoroute. Pendant ce temps, Daisy continuait de parler, bien sûr. On ne pouvait plus l'arrêter.

– Je suis désolée, d'accord? J'aurais dû faire mourir Ayala il y a des années. Mais, oui, tu n'as pas tort, c'est une façon de supporter… Je veux dire, Holminette, tu es *épuisante*.

– Tu as raison, tout ce que notre amitié t'a apporté ces derniers mois, c'est cinquante mille dollars et un mec. Tu as raison. Je suis épouvantable. Comment tu dis dans ton histoire? Inutile. Que je suis inutile.

– Aza, elle n'est *pas toi*. Mais c'est vrai que tu es… extrêmement égocentrique. Je sais que tu as ces problèmes psychologiques, tout ça, mais ils te rendent… tu vois, quoi?

– Non, je ne vois pas, justement. Ils me rendent quoi?

– Mychal m'a dit une fois que tu étais comme la moutarde. Géniale en petite quantité mais en grande, c'est… trop.

Je suis restée silencieuse.

– Désolée, je n'aurais pas dû sortir ça.

On était arrêtées au feu rouge et, quand il est passé au vert, j'ai manqué de douceur à l'égard de la pédale d'accélérateur de Harold. J'avais les joues en feu, mais je ne savais pas si j'allais me mettre à pleurer ou à crier. Daisy ne s'arrêtait toujours pas.

– Mais tu vois ce que je veux dire. Tu connais les prénoms de mes parents, par exemple ?

Je n'ai pas répondu. Je n'avais pas la réponse. J'ai pris une profonde inspiration en essayant de refouler les battements de mon cœur au fond de ma poitrine. Elle n'avait pas besoin de démontrer à quel point j'étais une merde. Je le savais déjà.

– C'est quoi leur boulot ? Tu es venue quand chez moi pour la dernière fois... ? Il y a cinq ans ? On est censées être les meilleures amies, Holminette, et tu te fous même de savoir si j'ai un animal de compagnie. Tu n'as aucune idée de ce qu'est ma vie et ton manque pathologique de curiosité t'empêche de connaître l'étendue de ce que tu ignores.

– Tu as un chat, ai-je murmuré.

– Tu sais que dalle. Tout est tellement simple pour toi. Tu crois que ta mère et toi êtes pauvres ou je ne sais quoi, mais tu as un appareil dentaire. Tu as une voiture et un ordi portable, et toutes ces merdes que tu trouves tellement *naturelles*. Tu trouves normal de vivre dans une maison où tu as ta chambre et une mère qui t'aide à faire tes devoirs. Tu penses que tu n'es pas une privilégiée, sauf que tu as tout. Tu ne sais pas comment c'est pour moi et tu ne me le demandes pas. Je partage ma chambre avec ma sœur exaspérante de huit ans dont tu ne connais pas le prénom et après, tu me juges parce que j'achète une voiture au lieu de mettre de l'argent de côté pour la fac, mais qu'est-ce que tu sais ? Tu aimerais que je sois une de ces héroïnes désintéressées, mais tout ça, c'est que des conneries, Holminette. Être pauvre ne te rend pas pur ou je ne sais quoi. Ça craint, c'est tout. Tu ne connais pas ma vie. Tu n'as pas pris le temps de t'y intéresser et je te prierai de ne pas me juger.

– Elle s'appelle Elena, ai-je dit doucement.

– Tu penses que c'est dur pour toi et je suis sûre que dans ta tête ça l'est, mais… tu ne peux pas piger, parce que tes privilèges sont comme de l'oxygène pour toi. J'ai cru que l'argent nous rendrait pareilles. Depuis tout le temps, j'essaie d'être à ton niveau, de taper aussi vite sur mon téléphone que toi sur ton ordi et j'ai cru que le fric nous rapprocherait, mais ça n'a fait que me conforter dans l'idée que… tu es pourrie gâtée. Comme si tu l'avais toujours eu, ce fric, et que tu ne savais pas à quel point ça rend les choses plus faciles, parce que la vie des autres ne t'intéresse pas.

J'ai cru que j'allais gerber. On a débouché sur l'autoroute. J'avais le cerveau en effervescence – je me détestais, je la détestais, même si elle avait raison et tort, même si je savais que je méritais tout ça, mais qu'en même temps je la trouvais injuste.

– Tu crois que c'est facile pour moi ?

– Je ne voulais pas…

Je me suis tournée vers elle.

– FERME-LA ! Putain, ça fait dix ans que tu n'arrêtes pas de parler. Je suis désolée si ce n'est pas marrant d'être en ma compagnie parce que je suis coincée dans ma tête. Mais mets-toi deux secondes à ma place, sans moyen d'en sortir ni de souffler un peu ; parce que c'est ça, ma vie. Pour reprendre la très spirituelle comparaison de Mychal, essaie d'imaginer que tu ne manges RIEN D'AUTRE que de la moutarde TOUT LE TEMPS, et si tu me détestes autant, alors arrête de me demander de…

– HOLMINETTE ! a-t-elle crié mais trop tard.

J'ai tourné les yeux juste à temps pour voir que je n'avais pas cessé d'accélérer alors que la circulation avait ralenti. Je n'ai même pas pu freiner avant qu'on percute le 4x4 qui se trouvait devant nous. Une seconde plus tard, c'est Harold qui se faisait percuter par l'arrière. Crissements de pneus. Coups de Klaxon.

Encore une collision, mais plus faible. Puis le silence.

J'ai essayé de reprendre mon souffle, mais c'était impossible car chaque respiration me faisait mal.

J'aurais voulu jurer mais c'est un son inarticulé qui est sorti de ma bouche. J'ai tendu la main pour ouvrir la portière quand je me suis aperçue que ma ceinture de sécurité était toujours attachée. J'ai regardé Daisy, qui me regardait aussi.

– Ça va ? a-t-elle crié.

Je me suis rendu compte que je grognais à chaque expiration. J'avais les oreilles qui sifflaient.

– Oui. Et toi ? ai-je demandé.

La douleur me donnait le tournis. La périphérie de mon champ de vision s'obscurcissait.

– Je crois, a-t-elle répondu.

Le monde a rétréci à l'intérieur d'un tunnel, je n'arrivais pas à respirer.

– Reste dans la voiture, Holminette. Tu es blessée. Tu as ton téléphone ? Il faut appeler les secours.

Le téléphone. J'ai défait ma ceinture de sécurité et ouvert la portière. J'ai essayé de me lever mais la douleur m'a fait retomber sur le siège de Harold. Merde. *Harold*. Une femme en tailleur s'est baissée à ma hauteur. Elle m'a dit de ne pas bouger. Mais il le fallait. Je me suis hissée hors du siège et, l'espace d'une seconde, la douleur m'a aveuglée, puis les points devant mes yeux se sont espacés et j'ai pu constater les dégâts.

Le coffre et le capot de Harold étaient enfoncés – il ressemblait au relevé d'un sismographe –, seul l'habitacle était resté intact. Harold ne m'avait jamais laissée tomber même quand je l'avais déçu.

Je me suis appuyée contre sa carrosserie pour aller jusqu'au coffre. J'ai essayé de soulever le hayon mais la tôle était froissée. Je me suis mise à taper des deux mains dessus en hurlant à chaque respiration :

– Oh, merde ! Oh, merde ! Oh, merde ! Il est foutu. Foutu.

– Tu rigoles ! s'est écriée Daisy en me rejoignant à l'arrière de Harold. Tu es contrariée à cause de cette bagnole ? C'est une *voiture*, Holminette. On a failli *mourir* et tu t'inquiètes pour la *voiture* ?

J'ai tapé sur le coffre à nouveau et la plaque d'immatriculation de Harold a fini par se détacher, mais impossible d'ouvrir le hayon.

– Ne me dis pas que tu pleures à cause de la voiture ?

J'apercevais le loquet de verrouillage. Simplement je ne parvenais pas à le forcer et, chaque fois que j'essayais de soulever le hayon, la douleur dans mes côtes troublait ma vision. J'ai enfin réussi à entrouvrir le coffre et j'ai pu glisser la main à l'intérieur. J'ai tâtonné jusqu'à ce que je tombe sur le téléphone de mon père. L'écran était brisé.

J'ai appuyé sur le bouton « marche » pour l'allumer, mais une lueur grisâtre est apparue sous les éclats de verre. Je me suis traînée jusqu'à ma portière et me suis effondrée sur le siège de Harold, le front appuyé sur le volant.

Je savais que les photos étaient sauvegardées, que rien n'avait été vraiment perdu. Mais c'était son téléphone, vous voyez ? Il l'avait tenu dans sa main, il avait parlé dedans. Pris des photos de moi avec.

J'ai caressé l'écran brisé avec le pouce et j'ai pleuré jusqu'à ce que je sente une main sur mon épaule.

– Je m'appelle Franklin. Vous avez eu un accident de voiture. Je suis pompier. Essayez de ne pas bouger. Une ambulance arrive. Quel est votre prénom ?

– Aza. Je ne suis pas blessée.

– Restez avec moi, Aza. Vous savez quel jour on est ?

– C'est le téléphone de mon père, ai-je dit. C'est son téléphone et…

– C'est sa voiture ? Vous avez peur qu'il soit furieux ? Aza, cela fait des années que je fais ce boulot et je peux vous jurer que votre père ne sera pas en colère. Il sera soulagé que vous soyez en vie.

J'ai eu l'impression qu'on me déchirait de l'intérieur, la supernova de mes différents moi a explosé avant de s'écrouler. Pleurer me faisait mal, mais ça ne m'était pas arrivé depuis longtemps et je n'avais pas envie de m'arrêter.

– Où avez-vous mal ?

J'ai indiqué un point à droite sur ma cage thoracique. Une femme s'est approchée et ils ont commencé à discuter pour savoir si j'avais besoin d'une civière ou non. J'ai essayé de leur dire que j'avais la tête qui tournait, puis je me suis sentie tomber, même si je n'avais pas d'endroit où tomber.

Quand je me suis réveillée, j'ai d'abord vu le plafond de l'ambulance. J'étais sanglée sur une civière, un homme tenait un masque à oxygène sur mon visage, j'entendais vaguement la sirène, j'avais toujours les oreilles qui sifflaient. Puis je suis tombée à nouveau, loin, très loin, ensuite je me suis retrouvée allongée sur un lit d'hôpital dans un couloir, maman penchée sur moi, les yeux rougis, son mascara dégoulinant sur ses joues.

– Mon bébé, oh, mon Dieu. Mon bébé, comment ça va ?

– Ça va, ai-je répondu. J'ai dû me casser une côte ou quelque chose. Le téléphone de papa ne fonctionne plus.

– Ce n'est pas grave. Tout est sauvegardé. Ils

m'ont appelée pour me dire que tu étais blessée mais ils n'ont pas spécifié si tu étais…, a-t-elle dit et elle s'est mise à pleurer en s'effondrant contre Daisy.

C'est alors que je me suis aperçue que Daisy était là, une marque rouge sur la clavicule.

J'ai détourné le regard vers la lumière vive du néon au-dessus de mon lit, j'ai senti des larmes brûlantes couler sur mon visage, puis maman a fini par dire :

– Je ne peux pas te perdre aussi.

Une femme est venue me chercher pour me faire passer un scanner et j'ai été presque soulagée d'être éloignée à la fois de ma mère et de Daisy, de ne plus ressentir le tourbillon de peur et de culpabilité, de ne plus avoir l'impression d'être une fille et une amie aussi décevante.

– Accident de voiture ? a demandé la femme en poussant ma civière le long d'un mur sur lequel était peint le mot « gentillesse ».

– Oui.

– Ces ceintures de sécurité font mal et vous sauvent la vie en même temps.

– Exact. Est-ce qu'on va me donner des antibiotiques ?

– Je ne suis pas votre médecin. Elle viendra vous voir après le scan.

On m'a injecté un produit et j'ai cru que j'allais me faire pipi dessus, puis on m'a fait passer dans le cylindre du scanner, et ensuite, j'ai été ramenée auprès de ma mère toute fébrile. Je ne parvenais pas à oublier la fêlure dans sa voix quand elle m'a dit qu'elle ne pouvait pas me perdre aussi. Je sentais son agitation tandis qu'elle envoyait un texto à mon oncle et ma tante au Texas en faisant les cent pas autour de la pièce, respirant profondément, la bouche crispée, essuyant son mascara avec un mouchoir en papier.

Daisy n'a pas dit grand-chose pour une fois.

– Tu peux rentrer chez toi si tu veux, ai-je proposé à un moment donné.

– Tu veux que je m'en aille ? a-t-elle demandé.

– C'est toi qui décides. Sérieusement.

– Alors je reste, a-t-elle décidé et elle n'a plus rien dit, son regard faisant la navette entre ma mère et moi.

Dix-neuf

– J'ai une bonne et une mauvaise nouvelle, a annoncé une femme en blouse bleu marine en entrant dans la pièce. La mauvaise, c'est que vous avez une lacération du foie ; la bonne, c'est qu'elle est bénigne. On va vous garder en observation quelques jours afin de s'assurer que les saignements n'augmentent pas. Vous aurez mal pendant quelques semaines, mais je vais vous prescrire des antidouleurs afin que vous puissiez le supporter. Vous avez des questions ?

– Elle va s'en sortir ? a demandé ma mère.

– Oui. Si elle perdait plus de sang, on l'opérerait, mais le compte rendu du radiologue est rassurant. Votre fille se trouve dans le meilleur cas de figure possible en matière de lacération du foie. Elle a eu beaucoup de chance, compte tenu des circonstances.

– Elle va s'en sortir, a répété maman.

– Comme je vous l'ai dit, on va la surveiller de près pendant quelques jours, puis elle devra garder le lit pendant huit jours. Et, d'ici six semaines à peu près, elle sera redevenue elle-même.

Submergée de reconnaissance, ma mère a fondu en larmes pendant que je retournais l'expression du médecin dans ma tête : « redevenue elle-même ».

– Je vais prendre des antibiotiques ? ai-je demandé.

– Non. Si on devait vous opérer, sûrement, mais en l'état actuel des choses, non.

J'ai été parcourue d'un frisson de soulagement. Pas d'antibiotiques. Pas de risques accrus de CD. Il fallait juste que je me tire de là.

Le médecin m'a demandé quel traitement je suivais et je le lui ai dit. Puis elle a pris quelques notes dans mon dossier avant de m'annoncer :

– Quelqu'un va venir vous chercher pour vous monter dans votre chambre, et on vous administrera un antidouleur en attendant.

– Une seconde, ai-je dit. Comment ça, dans ma chambre ?

– Comme je vous l'ai expliqué, on vous garde en observation quelques jours afin de...

– Non, non, non. Je ne peux pas rester à l'hôpital.

– Mon bébé, est intervenue maman, il le faut.

– Non, je ne peux pas. S'il y a un endroit au monde où je ne peux absolument pas passer la nuit, c'est ici. S'il vous plaît. Laissez-nous rentrer à la maison.

– Ce serait tout à fait déconseillé.

Oh, non. Écoute, ça va aller. La plupart des personnes admises à l'hôpital rentrent chez elles en meilleure santé. Presque toutes, même. Il n'y a que ceux qui se font opérer qui risquent une infection à la CD. Tu n'auras même pas à prendre d'antibiotiques. *Oh, non, non, non, non, non.*

S'il y avait un endroit au monde pour se retrouver dans la gyre toujours plus étroite, c'était bien là, au quatrième étage de l'hôpital de Carmel, en Indiana.

Daisy est partie quand on m'a transférée dans ma chambre mais maman est restée, allongée sur le côté dans le fauteuil inclinable près de mon lit, son visage tourné vers moi.

Je pouvais sentir son souffle pendant qu'elle dormait, la bouche entrouverte, ses yeux barbouillés fermés, les microbes de ses poumons effleurant ma joue. Il m'était impossible de me mettre sur le côté parce que la douleur était atroce, même sous analgésique ; et quand je tournais la tête, une expiration de ma mère me rabattait les cheveux sur la figure, alors j'ai dû m'en accommoder.

Elle a remué, nos regards se sont croisés.

– Ça va ?

– Oui, ai-je répondu.

– Ça fait mal ? (J'ai hoché la tête.) Dans un de ses poèmes, Sekou Sundiata dit que la partie la plus importante du corps n'est pas le cœur ni les poumons, ni le cerveau. C'est celle qui souffre.

Elle a posé sa main sur mon poignet et elle s'est rendormie.

J'avais beau être défoncée à la morphine ou à je ne sais quoi d'autre, je n'arrivais pas à dormir. J'entendais les bips des chambres voisines de la mienne, il ne faisait pas particulièrement sombre dans la pièce et c'était un défilé de gens bien intentionnés qui venaient me faire une prise de sang et/ou vérifier ma tension. Mais surtout, je savais : je savais que la CD était en train d'envahir mon corps, qu'elle flottait dans l'air. J'ai lu sur mon téléphone des récits de patients qui étaient entrés à l'hôpital pour se faire retirer la vésicule biliaire ou un calcul rénal et en étaient sortis détruits.

Le truc avec la CD, c'est qu'on en est tous porteurs. Tout le monde l'a, tapie à l'intérieur de son corps. Et parfois, elle se développe de façon incontrôlable, elle prend le pouvoir et commence à s'attaquer à vos entrailles. Ça arrive juste comme ça. D'autres fois, on a absorbé la CD de quelqu'un d'autre, qui est légèrement différente de la nôtre, et alors, quand les deux se mélangent, *boum* !

Je sentais de petites secousses parcourir mes bras et mes jambes tandis que mon cerveau bourdonnait de pensées, s'efforçant de trouver le moyen de supporter ce qui m'arrivait. Les bips de ma perf. Je ne savais même plus quand j'avais changé mon pansement. La CD à la fois à l'intérieur et à l'extérieur de mon corps. Elle était capable de survivre des mois en dehors d'un corps, attendant un nouvel hôte. Le poids de tous les gros animaux présents sur terre – hommes, vaches, pingouins, requins – s'élève à un milliard cent millions de tonnes. Quand toutes les bactéries du monde réunies pèsent quatre cents milliards de tonnes. Elles nous envahissent.

Pour une raison obscure, j'ai commencé à entendre *Can't Stop Thinking About You* dans ma tête. Plus j'y réfléchissais et plus je trouvais la chanson bizarre. Le refrain par exemple – *can't stop can't stop can't stop thinking about you* – suggère que c'est adorable et romantique de ne pas pouvoir détacher ses pensées de quelqu'un ; sauf que le fait qu'un garçon pense à vous comme je pense à la CD n'a rien de romantique ni de joli. Impossible d'arrêter mon cerveau. J'essaie de m'accrocher à quelque chose de solide dans cet océan de pensées. Le tableau qui représente une spirale. Daisy te déteste et elle a raison. La langue pleine de microbes de Davis dans ton cou. Le souffle chaud de ta mère. La blouse de l'hôpital qui colle au dos, trempée de sueur. Et, au plus profond de moi-même, une voix qui hurle : *sortez-moi d'ici sortez-moi d'ici sortez-moi d'ici s'il vous plaît je ferai tout ce que vous voudrez,* mais les pensées continuaient de tourbillonner dans la gyre toujours plus étroite, « la bouche du *runner* », la stupidité d'Ayala, Aza et Holminette, et tous mes moi irréconciliables, mon égocentrisme, la crasse dans mes boyaux, *pense à autre chose qu'à toi, espèce de narcissique répugnante.*

J'ai pris mon téléphone et j'ai envoyé un texto à Daisy :

> Je suis désolée de ne pas avoir été à la hauteur comme amie. Je n'arrête pas d'y penser.

Elle m'a répondu immédiatement :

> Tout va bien. Comment tu te sens ?
>
> Moi : Je m'intéresse vraiment à ce que tu vis et je regrette de ne pas te l'avoir montré.
>
> Daisy : Holminette, calme-toi, tout va bien. Je suis désolée qu'on se soit disputées. On va se réconcilier. Tout ira bien.
>
> Moi : Pardon. Je n'ai pas les idées claires.

Daisy : Arrête de t'excuser. T'es shootée à l'antidouleur ?

Je n'ai pas répondu, mais j'étais en boucle sur Daisy, Ayala, et surtout sur les microbes qui colonisaient l'intérieur et l'extérieur de mon corps ; je savais que c'était égoïste d'en faire tout un plat, de mettre plus ou moins sur le même plan l'infection à la CD, qui touchait vraiment d'autres gens, et la mienne, qui était hypothétique. C'était odieux. J'ai appuyé sur mon doigt avec l'ongle du pouce, histoire de vérifier que cet instant était bien réel, mais impossible d'échapper à moi-même. Je ne peux embrasser personne, je ne peux pas conduire une voiture, je ne peux pas vivre dans le monde réel et hyper-sensoriel. Comment ai-je pu imaginer que je serais capable d'aller dans une fac à l'autre bout du pays où l'on paie une fortune pour partager une chambre avec des inconnues, où les salles de bains et les cafétérias sont communes et où il n'y a aucun espace privé pour donner libre cours à sa folie ? Je suis coincée, j'irai en fac ici – à condition d'avoir retrouvé mes esprits et d'être en mesure de présenter ma candidature. Je vivrai à la maison avec ma mère et j'y resterai après mes études. Dans ces conditions, je ne pourrai jamais devenir une adulte autonome. Il était inconcevable que j'aie un jour un métier. Quand je passerai un entretien d'embauche et qu'on me demandera : « Quelle est votre plus grande faiblesse ? », j'expliquerai que j'allais sans doute passer une bonne partie de ma journée de travail terrorisée par des pensées qui me sont imposées, possédée par un démon sans nom ni apparence ; alors, vous n'aurez peut-être pas envie de m'engager.

Les pensées semblent être une autre sorte de bactéries, qui vous colonisent, elles aussi. J'ai repensé à l'axe intestin-cerveau par lequel circulent les informations. *Si ça se trouve, tu n'es déjà plus là. Les prisonniers ont pris le contrôle de la prison.* Pas une personne, mais un essaim. Pas une abeille, mais une ruche.

Je ne supportais pas le souffle de ma mère sur mon visage. J'avais les mains moites. Je me sentais disparaître. *Tu sais comment gérer ça.*

– Tu peux te retourner ? ai-je chuchoté, mais pour toute réponse, elle m'a soufflé au visage.

Tu dois te lever.

J'ai pris mon téléphone pour envoyer un texto à Daisy mais les lettres étaient floues sur l'écran et la panique m'a envahie. J'ai vu le distributeur de gel antibactérien accroché au mur à côté de la porte. *C'est la seule solution* c'est idiot si ça marchait les alcooliques seraient les gens les plus sains de la terre *tu vas juste te désinfecter les mains et la bouche* démerde-toi pour penser à autre chose *lève-toi* JE DÉTESTE ÊTRE COINCÉE AVEC TOI *tu es moi* non *tu es nous* non, c'est faux *tu veux te sentir mieux tu sais ce qu'il te reste à faire* ça va juste me donner envie de dégueuler *tu seras toute propre, tu peux en être sûre* je ne serai jamais sûre *lève-toi* même pas une personne, juste un raisonnement profondément vicié *tu as envie de te lever* le médecin m'a dit de rester au lit et la dernière chose dont j'aie envie, c'est d'une opération *tu vas te lever et faire rouler le pied de ta perfusion* sortez-moi de là *pousse ta perf jusqu'à l'entrée de la chambre* s'il te plaît *et tu feras couler du gel dans tes mains, tu les nettoieras soigneusement, puis tu en feras à nouveau couler et tu le mettras dans ta bouche, tu en passeras sur tes dents et tes gencives sales.* Mais ce truc contient de l'alcool qui passera par mon foie endommagé *EST-CE QUE TU VEUX MOURIR DE LA CD?* non, mais ce n'est pas rationnel *ALORS LÈVE-TOI ET FAIS ROULER TON PIED JUSQU'AU DISTRIBUTEUR DE GEL ANTIBACTÉRIEN ACCROCHÉ AU MUR ESPÈCE D'IDIOTE.* S'il te plaît, laisse-moi tranquille. Je ferai n'importe quoi. Je démissionne. Tu peux avoir mon corps. Je n'en veux plus. *Tu vas te lever.* Non. Je suis un vecteur, pas une volonté. *Tu vas te lever.* S'il te plaît. *Tu vas aller au distributeur de gel antibactérien.* Cogito, ergo non sum. Transpiration *tu l'as déjà contractée* rien ne fait autant souffrir que ça *tu l'as déjà contractée* mon Dieu, arrêtez ça, s'il vous plaît *tu ne t'en libéreras jamais* tu ne t'en libéreras jamais *tu ne retrouveras jamais ton moi* tu ne retrouveras jamais ton moi *tu veux mourir de ça* tu veux mourir de ça *parce que c'est ce qui va t'arriver* ce qui va t'arriver *ce qui va t'arriver* ce qui va t'arriver *ce qui va t'arriver* ce qui va t'arriver.

Je me suis mise debout. J'ai cru que j'allais m'évanouir tant la douleur était fulgurante. J'ai attrapé le pied de la perf et j'ai avancé à petits pas. J'ai entendu ma mère remuer. Je m'en fichais. J'ai appuyé sur le distributeur pour faire sortir le gel et je me suis frotté les mains avec. J'ai appuyé à nouveau et j'en ai mis dans ma bouche.

– Aza, qu'est-ce que tu fais ? a demandé ma mère.

J'étais terriblement embarrassée, mais j'ai recommencé parce qu'il le fallait.

– Aza, arrête !

J'ai entendu ma mère se lever et j'ai su que ma fenêtre de tir se refermait, alors j'ai appuyé une troisième fois et j'ai fourré le gel dans ma bouche avec un haut-le-cœur. J'ai été secouée d'un spasme et j'ai vomi, la douleur dans mes côtes me troublant la vue, tandis que maman m'attrapait par le bras. De la bile jaune maculait tout le devant de ma blouse d'hôpital bleu pâle.

J'ai entendu une voix sortir d'un haut-parleur quelque part derrière moi.

– Infirmière Wallace.

– Ma fille a vomi. Je crois qu'elle a bu du gel antibactérien.

Je savais à quel point j'étais répugnante. Je le savais. Désormais, j'en avais la certitude. Je n'étais pas possédée par le démon. J'étais le démon.

Vingt

Le lendemain matin, tu te réveilles dans un lit d'hôpital, les yeux tournés vers le plafond. Avec mille précautions, tu évalues ton état de conscience. Tu te demandes : *C'est terminé ?*

– Je n'ai pas trouvé la nourriture d'hôpital très appétissante, alors je t'ai préparé un petit déjeuner, a dit ta mère. Des Cheerios.

Tu regardes ton corps allongé, rendu informe par la couverture blanche.

Tu dis :

– Les Cheerios, ça ne se prépare pas.

Et ta mère rit.

Au bout de ton lit, posé sur une table, tu vois un énorme bouquet de fleurs, ostensiblement gros, dans un vase en cristal.

– C'est de la part de Davis, dit ta mère.

Plus près de toi, planant au-dessus de ton corps sans formes, un plateau avec de la nourriture. Tu avales. Tu regardes les Cheerios flotter dans le lait. Ton corps te fait mal. Une pensée te traverse l'esprit : *Dieu seul sait ce que tu as inhalé pendant ton sommeil.*

Ce n'est pas terminé.

Allongée dans ce lit, tu ne penses pas vraiment, à part pour réfléchir à la meilleure façon de décrire la douleur, comme si trouver les mots permettait de l'expulser. Si on parvient à rendre quelque chose réel, si on peut le voir, le sentir, le toucher, alors on peut le tuer.

Tu te dis, c'est comme un feu de cerveau. Comme un rongeur qui te grignote de l'intérieur. Un couteau dans le ventre. Une spirale. Un tourbillon. Un trou noir.

Les mots pour la décrire – désespoir, peur, angoisse, obsession – disent peu de ce qu'elle est vraiment. Peut-être avons-nous inventé les métaphores pour réagir à la douleur. Peut-être avions-nous besoin de donner forme au mal opaque, profond, qui échappe à la fois au sens et aux sens.

L'espace d'un instant, tu penses que tu vas mieux. Tu viens de réussir à dérouler le fil de tes pensées, avec un début, un milieu et une fin. Tes pensées. Dont tu es l'auteur. Et puis, tu sens une vague de nausée te submerger, un poing se refermer dans ta cage thoracique, sueur froide, front chaud *tu l'as attrapée elle est déjà à l'intérieur de toi elle évince tout le reste elle prend le contrôle de ton corps elle va te tuer et elle mangera tout sur son passage avant de te quitter* et alors d'une toute petite voix, rendue presque inaudible par l'indicible horreur, tu parviens tout juste à formuler les mots que tu dois dire :

– Maman, ça va mal. Ça va très mal.

Vingt et un

L'histoire se déroule en suivant cet arc narratif : ayant sombré dans la folie pure, je commence à établir les liens qui permettront de résoudre l'énigme de la disparition de Russell Pickett. Mon obsession tenace me conduit à ignorer toutes sortes de menaces et de risques qui pourraient peser sur la fortune dont Daisy et moi avons hérité par hasard. Je me concentre uniquement sur le mystère et j'adopte la croyance selon laquelle sa résolution permet d'accéder au bien suprême, que les phrases déclaratives sont par essence meilleures que les phrases interrogatives et, trouvant la solution malgré ma folie, je découvre en même temps le moyen de vivre avec elle. Je deviens une enquêtrice hors pair, non en dépit de mes circuits cérébraux, mais grâce à eux.

Je ne sais pas exactement qui, de Davis ou de Daisy, m'accompagne tandis que j'avance vers le crépuscule de cette véritable histoire. Vous me voyez à contre-jour, une éclipse qui se découpe sur la lumière vieille de huit minutes de notre étoile mère, main dans la main avec quelqu'un.

Et, ce faisant, je me rends compte que je peux agir sur moi-même, que mes pensées sont – comme le docteur Singh aimait à le dire – seulement des pensées. Je comprends alors que ma vie est une histoire que je raconte, que je suis libre, que j'ai du pouvoir et que je suis maîtresse de ma conscience. Eh bien, non. Ce n'est pas comme cela que les choses se sont passées.

Je ne suis pas devenue tenace ou affirmative, pas plus que je ne me suis avancée vers le soleil couchant – en fait, pendant le temps où je suis restée alitée, j'ai à peine vu la lumière du jour.

Ce qui s'est réellement passé est prodigieusement ennuyeux : je suis restée couchée dans un lit d'hôpital, à *souffrir*. Mes côtes, mon cerveau, mes pensées me faisaient mal, et je n'ai pas eu l'autorisation de rentrer à la maison avant huit jours.

Au début, ils ont cru que j'étais alcoolique – que j'avais avalé du gel antibactérien parce que j'avais désespérément besoin d'un verre. La vérité s'est révélée tellement plus étrange et moins rationnelle que personne n'a voulu y croire jusqu'à ce qu'ils contactent le docteur Singh. En arrivant dans ma chambre d'hôpital, elle a approché une chaise de mon lit.

– Il s'est passé deux choses, a-t-elle commencé. Premièrement, vous ne suivez pas le traitement que je vous ai prescrit.

Je lui ai dit que je le prenais presque tous les jours, ce qui *semblait* plausible, mais n'était pas vrai.

– J'avais l'impression qu'il aggravait mon état, ai-je fini par avouer.

– Aza, vous êtes une jeune fille intelligente. Vous ne croyez quand même pas que boire du gel antibactérien alors que vous êtes hospitalisée pour une lacération du foie va constituer une avancée sur le chemin de votre santé mentale.

Je l'ai regardée sans rien dire.

– On vous aura sans doute expliqué que boire du gel antibactérien était *dangereux* – pas seulement à cause de la présence d'alcool, mais aussi parce qu'il contient des produits chimiques qui peuvent vous *tuer* pour peu qu'ils soient ingérés. Nous n'allons nulle part avec l'idée que le traitement que vous avez cessé de prendre aggrave votre état, a-t-elle affirmé avec une telle force que j'ai simplement acquiescé. Et deuxièmement, avec cet accident, vous avez subi un grave traumatisme qu'il est difficile de surmonter – pour n'importe qui.

Je ne disais toujours rien.

– Il faut qu'on trouve un autre traitement, qui conviendra mieux à votre état, que vous supporterez très bien et que vous allez prendre.

– Aucun traitement ne marche.

– Aucun traitement n'a encore marché, a-t-elle corrigé.

Le docteur Singh est venue tous les matins et, l'après-midi, un autre médecin venait vérifier que mon foie cicatrisait bien. Je les attendais toutes les deux avec soulagement, pour la bonne raison que mon omniprésente mère était alors obligée de quitter la chambre quelques instants.

Le dernier jour, le docteur Singh s'est assise à côté de moi sur le lit et a posé sa main sur mon épaule. C'était la première fois qu'elle me touchait.

– Je reconnais que le cadre de l'hôpital n'a pas dû améliorer vos angoisses.

– C'est vrai, ai-je acquiescé.

– Avez-vous l'impression d'être une menace pour vous-même ?

– Non, ai-je répondu. Je suis seulement terrifiée et j'ai beaucoup d'invasives.

– Avez-vous bu du gel antibactérien hier ?

– Non.

– Je ne suis pas là pour vous juger, Aza. Mais il faut que vous soyez honnête afin que je puisse vous aider.

– Je dis la vérité. Je n'en ai pas pris.

Pour une bonne raison, ils avaient retiré le distributeur de ma chambre.

– Y avez-vous pensé ?

– Oui.

– Vous ne devez pas avoir peur de cette pensée. Penser n'est pas agir.

– Je suis obsédée par l'idée que je vais être infectée par la CD. Je veux être sûre que je ne suis pas…

– Boire du gel antibactérien n'aidera en rien.

– Qu'est-ce qui peut aider, alors ?

– Le temps. La thérapie. Prendre votre traitement.

– J'ai l'impression qu'une corde est passée autour de mon cou et j'essaie de m'échapper, mais me débattre ne fait que resserrer le nœud. La spirale ne cesse d'être toujours plus étroite, vous comprenez ?

Elle m'a regardée droit dans les yeux. J'ai cru qu'elle allait pleurer à la façon dont elle me fixait.

– Aza, vous allez survivre à ça.

Même après que j'ai été autorisée à rentrer chez moi, le docteur Singh a continué de venir me voir deux fois par semaine à la maison, pour s'assurer de mes progrès. Elle m'a prescrit un nouveau traitement que maman me faisait prendre tous les matins sans exception, et je n'avais pas le droit de me lever sauf pour aller aux toilettes, de peur que le foie soit à nouveau lacéré.

J'ai manqué les cours pendant deux semaines. Quatorze jours de ma vie réduits à une seule phrase, car je suis incapable de décrire ce qui s'est passé pendant cette période. J'avais mal tout le temps avec une intensité pour laquelle il n'y a pas de mots. C'était ennuyeux. C'était prévisible. Comme déambuler dans un labyrinthe en sachant qu'il n'y a pas d'issue. Trouver une image pour dire ce que cela évoque est relativement facile, en revanche, mettre un nom dessus est impossible.

Daisy et Davis ont tous les deux voulu venir me voir mais j'avais envie d'être seule, au lit. Je n'ai pas lu ni regardé la télé ; rien ne pouvait vraiment me distraire. Je suis restée allongée, dans un état presque catatonique, tandis que ma mère rôdait sans arrêt près de moi, brisant le silence toutes les deux minutes avec une question formulée comme une affirmation. Chaque jour est un peu mieux que le précédent ? Tu vas bien ? Tu fais des progrès ? Un interrogatoire en forme de déclarations.

Pendant un certain temps, je n'ai même pas allumé mon téléphone, une décision approuvée par le docteur Singh. Mais quand je me suis décidée à le faire, j'ai été prise d'une peur tenace. Je rêvais que ma boîte vocale déborde de messages et, en même temps, qu'elle soit vide.

Il se trouve que j'avais trente messages – et pas seulement de Daisy ou de Davis (qui m'en avaient laissé quelques-uns), mais aussi de Mychal, d'autres amis, et même de certains profs.

J'ai repris les cours un lundi matin, début décembre. J'ignorais si le nouveau traitement faisait de l'effet, mais je ne me posais pas non plus la question de savoir s'il fallait le prendre. Je me sentais prête comme si je revenais au monde – pas redevenue celle que j'étais, mais néanmoins moi-même.

Maman m'a accompagnée au lycée. Harold était détruit et, de toute façon, j'avais trop peur de conduire.

– Excitée ou stressée ? m'a demandé maman.

Elle conduisait les deux mains sur le volant, à dix heures dix.

– Stressée.

– Tes profs, tes amis, tout le monde comprend, Aza. Ils veulent que tu ailles bien et sont derrière toi – et si ce n'était pas le cas, je les réduirais en bouillie.

J'ai ébauché un sourire.

– Tout le monde est au courant que je suis devenue dingue ou je ne sais quoi.

– Oh, mon cœur, a dit maman, tu n'es pas *devenue* dingue, tu l'as toujours été.

Cette fois, j'ai ri et elle a tendu la main pour me serrer le poignet.

Daisy m'attendait sur les marches. Maman a arrêté la voiture et je suis descendue, mon sac à dos pesant contre mes côtes encore sensibles. C'était une journée froide, mais le soleil brillait alors qu'il venait de se lever, et la lumière me faisait cligner des yeux. Cela faisait un bon moment que je n'avais pas mis le nez dehors.

Daisy m'a paru différente. Plus lumineuse. J'ai mis une seconde à réaliser qu'elle s'était fait couper les cheveux, un carré court très joli.

– Est-ce que je peux te serrer dans mes bras sans te lacérer le foie ?

– J'aime beaucoup ta nouvelle coiffure, ai-je dit tandis qu'on s'embrassait.

– C'est gentil, mais on sait toutes les deux que c'est une catastrophe.

– Écoute, ai-je dit, je suis vraiment désolée.

– Moi aussi, mais on s'est pardonné, et maintenant, on va vivre heureuses jusqu'à la fin de nos jours.

– Mais je ne blague pas, ai-je continué. Je me sens affreusement mal à propos…

– Moi aussi, m'a-t-elle coupée. Faut que tu lises ma nouvelle histoire, ma vieille. C'est un éloge en quinze mille mots avec pour toile de fond la postapocalyptique Jedha. Ce que je veux te dire, Holminette, c'est que, oui, tu es épuisante et oui, être ton amie, c'est du boulot. Mais tu es la personne la plus intéressante que j'aie jamais rencontrée et tu n'es pas comme de la moutarde. Tu es comme de la pizza, ce qui est le plus grand compliment que je puisse faire à quelqu'un.

– Je regrette tellement, Daisy, de ne pas être…

– Bon sang, Holminette, j'ai compris que tu t'en voulais. Tu es la personne que je préfère. Je veux être enterrée à côté de toi. On partagera la même pierre tombale. Dessus, il y aura écrit : « Ici reposent Holminette et Daisy : elles ont tout fait ensemble, excepté des cochonneries. » Bref, comment tu vas ? (J'ai haussé les épaules.) Tu veux que je continue à parler ? (J'ai approuvé.) Tu vois quand les gens disent parfois : « Oh, elle adore s'entendre parler » ? Eh ben, dans mon cas, c'est vrai. J'ai une voix radiophonique.

Elle s'est détournée et a commencé à monter les marches pour se placer dans la queue des détecteurs de métaux.

– Alors, je sais ce que tu te demandes, a-t-elle repris. Daisy, est-ce que tu sors toujours avec Mychal ? Où est ta voiture ? Qu'est-ce qui s'est passé avec tes cheveux ? Les réponses sont les suivantes : non, je l'ai vendue et une coupe était indispensable après qu'Elena a intentionnellement mis du chewing-gum dans mes cheveux pendant que je dormais. Ces deux semaines ont été longues, Holminette. Je développe ?

J'ai hoché la tête.

– Avec plaisir, a-t-elle dit après qu'on a passé le détecteur. Donc, avec Mychal, mon besoin de jeunesse, de folie et de liberté a calmé le jeu – genre, j'avais frôlé la mort et je me suis dit : « Est-ce que j'ai vraiment envie de gâcher ma jeunesse en poursuivant une relation avec un grand *r* ? » Et alors je lui ai dit comme ça : « On devrait sortir avec d'autres personnes » et lui était genre : « Non » et moi, j'étais genre : « S'il te plaît », alors il m'a fait : « J'ai envie d'une relation monogame », et j'étais genre : « Je ne veux pas que le poids de cette euh… chose pèse sur ma vie », et lui m'a fait « Je ne suis pas une chose », et on s'est séparés. Techniquement, je crois que c'est lui qui m'a finalement larguée, mais c'est le genre de situation qui nécessiterait au moins trois juges pour déterminer à qui revient la faute. Bref, passons à la voiture. Il se trouve que posséder une voiture coûte cher et que ça peut vous faire du mal, alors je me suis fait rembourser parce que je l'avais depuis moins de soixante jours et, à partir de maintenant, je circulerai en Uber pour le reste de ma vie, parce que ce sera comme avoir *toutes* les voitures et aussi que, en tant que personne riche, je mérite d'avoir un chauffeur. Je continue ?

On était arrivées devant mon casier et j'ai été surprise de constater que je me rappelais la combinaison. Il y avait tellement de corps humains autour de moi. Je n'en revenais pas. J'ai ouvert mon casier. Je n'avais pas fait mes devoirs. J'étais en retard sur tout. Le couloir était si bruyant, si bondé.

– Oui, ai-je répondu.

– Pas de problème. Je peux faire ça *toute la journée*. Encore une raison qui explique qu'on soit destinées à être ensemble : tu es super-forte pour ne pas parler. Donc, passons à Elena : elle a fait exprès de me mettre du chewing-gum dans les cheveux pendant que je dormais, et le lendemain matin, j'étais genre : « Pourquoi est-ce que j'ai du chewing-gum dans les cheveux ? » et elle m'a dit : « Ha ! Ha ! », alors je lui ai fait : « Elena, tu ne comprends rien à l'humour. Ça n'est pas drôle de pourrir la vie des gens. Si je te cassais la jambe, par exemple, tu trouverais ça drôle ? » Et elle m'a fait : « Ha ! Ha ! » Alors je me suis fait couper les cheveux et figure-toi que j'ai payé le coiffeur en piquant dans le compte épargne étudiant d'Elena. Mes parents m'ont obligée à lui en ouvrir un, BTW. Autre nouvelle, toute l'affaire Mychal a tendu l'ambiance autour de notre table à la cafète, alors on ira pique-niquer toutes les deux dehors. Je sais qu'il fait *un peu* froid mais, crois-moi, s'asseoir à côté de Mychal est nettement plus réfrigérant. Tu te sens super-prête pour aller en bio et tout défoncer ? Genre, d'ici quarante-sept minutes, tu retrouves la dépouille exsangue du cours jetée à tes pieds ? Putain, il s'en est passé des trucs depuis que tu as perdu l'esprit. Est-ce que c'était déplacé de dire ça ?

– En fait, c'est bien le problème : je ne peux pas perdre l'esprit, ai-je dit. Je ne peux pas lui échapper.

– C'est exactement ce que je ressens à propos de ma virginité, a rétorqué Daisy. Encore une raison qui prouve que Mychal et moi étions maudits – il ne veut pas faire l'amour sans être *amoureux* et, oui, je sais que la virginité est un concept social misogyne et oppressif, mais j'ai quand même envie de la perdre et j'avais justement ce garçon transi sous la main, comme si on était dans un roman de Jane Austen. Si seulement les garçons n'avaient pas tous ces sentiments qui m'obligent à jouer les psys.

Daisy m'a accompagnée jusqu'à ma salle de classe et même jusqu'à mon bureau, derrière lequel je me suis assise.

– Tu sais que je t'aime ? (J'ai acquiescé.) Toute ma vie, j'ai cru que j'étais l'héroïne d'une bonne comédie romantique alors qu'en fait je suis en plein dans un film à la noix sur l'amitié.

Bon, il faut que j'aille à mon cours de maths. C'est bon de te revoir, Holminette.

Daisy avait apporté un reste de pizza pour notre pique-nique et on s'est installées sous le seul grand chêne du lycée, à mi-chemin du terrain de foot. Il faisait un froid glacial, on était toutes les deux emmitouflées dans nos manteaux d'hiver, la capuche relevée, et je sentais mon jean se raidir sur le sol gelé.

Comme je n'avais pas de gants, j'ai rentré mes poings dans mes manches. Ce n'était vraiment pas un temps à pique-niquer.

– J'ai beaucoup pensé à Russell Pickett, a dit Daisy.

– Ah, bon ?

– Oui. Pendant tout le temps où tu as été absente, je n'arrivais pas à m'ôter de la tête que c'était franchement bizarre de laisser ses enfants comme ça, sans même leur dire au revoir. Pour être honnête, il m'a presque fait pitié. Qu'est-ce qui ne va pas chez lui pour ne pas donner de nouvelles à ses mômes avec un téléphone à carte prépayée ?

De mon côté, c'était l'ado de treize ans qui me faisait le plus mal au cœur. Il se réveillait tous les matins en se disant que c'était peut-être le jour où il obtiendrait des réponses. Et le soir, il s'évadait dans des jeux vidéo pour oublier son chagrin de savoir que son père ne l'aimait pas assez ou ne lui faisait pas suffisamment confiance pour lui donner signe de vie – ce même père qui lui avait préféré un tuatara dans son testament.

– J'ai plus de peine pour Noah que pour Pickett, ai-je alors dit.

– Tu as toujours eu de la compassion pour lui. Même quand tu n'en avais pas pour ta meilleure amie.

Je lui ai lancé un regard qu'elle a balayé d'un grand rire, mais je savais qu'elle ne plaisantait pas.

– Alors, ils font quoi, tes parents ? ai-je demandé.

Daisy a ri à nouveau.

– Mon père travaille au State Museum. Il est gardien. Il aime bien son travail parce qu'il est dingue de l'histoire de l'Indiana, mais son boulot consiste surtout à surveiller que personne ne touche au squelette du mammouth ou d'autres bestioles. Ma mère travaille dans un pressing de Broad Ripple.

– Tu leur as parlé de l'argent ?

– Oui. C'est comme ça qu'Elena a eu droit à son compte épargne étudiant. Ils m'ont obligée à déposer dix mille dollars dessus. Mon père m'a dit : « Elena ferait la même chose pour toi si elle avait une rentrée d'argent imprévue. » Ben, voyons.

– Ils étaient fâchés ?

– Que je sois rentrée à la maison avec cinquante mille dollars ? Non, Holminette, ils n'étaient pas fâchés.

À l'intérieur de la manche de mon manteau, je me suis rendu compte que mon majeur suintait. J'allais être obligée de changer le pansement avant mon cours d'histoire, d'en passer par ce rituel insupportable. Mais, pour l'instant, j'étais bien avec Daisy. J'aimais regarder la buée s'échapper de ma bouche dans l'air froid.

– Comment va Davis ? a-t-elle demandé.

– Je ne lui ai pas parlé, ai-je répondu. Je n'ai parlé à personne.

– Alors c'était grave.

– Oui, ai-je dit.

– Je suis désolée.

– Tu n'y es pour rien.

– Est-ce que tu… est-ce que tu as envisagé de te suicider ?

– J'ai envisagé de ne plus vouloir ressentir ça.

– Tu le penses encore…

– Je ne sais pas.

J'ai laissé échapper un long soupir et regardé la buée se dissiper dans l'air hivernal.

– Je me demande si je ne suis pas comme la White River, ai-je poursuivi. Non navigable.

– Mais ce n'est pas le truc intéressant de l'histoire, Holminette. Ce qui est intéressant, c'est qu'ils ont quand même bâti la ville, tu vois ? On fait avec ce qu'on a. Ils avaient cette rivière de merde et ils se sont débrouillés pour fonder une ville correcte sur les rives. Sans doute pas une super-ville. Mais pas si mal que ça, finalement. Tu n'es pas la rivière. Tu es la ville.

– Alors, je ne suis pas si mal que ça ?

– Exact. Tu as un bon quatorze sur vingt. Or, si on arrive à fonder une ville notée quatorze sur vingt avec un onze en géographie, c'est super.

J'ai éclaté de rire. Daisy s'est allongée dans l'herbe et m'a fait signe d'en faire autant. Nos têtes au pied du chêne solitaire, on a levé les yeux vers le ciel gris fragmenté à travers les branches dénudées de l'arbre.

Je ne sais pas si j'en avais déjà parlé à Daisy – si elle s'était allongée à ce moment-là parce qu'elle savait à quel point j'aimais regarder le ciel découpé. Je me suis fait la réflexion que des branches pourtant éloignées les unes des autres pouvaient quand même se croiser dans mon champ de vision, comme les étoiles de Cassiopée qui, bien qu'elles soient elles aussi très éloignées les unes des autres, paraissaient proches de moi.

– Si seulement je pouvais comprendre, a-t-elle dit.

– Ne t'en fais pas. Personne ne comprend personne, pas tout à fait. On est tous coincés à l'intérieur de nous-mêmes.

– Tu te détestes, c'est ça ? Tu détestes être toi ?

– Il n'y a pas de moi à détester. Quand je me livre à une introspection, je ne vois pas de moi – juste des pensées, des comportements et des situations. Qui, pour la plupart, ne m'appartiennent pas (du moins, c'est l'impression que j'ai). Ce ne sont pas des choses auxquelles j'aimerais penser ou qu'il me plairait de faire, ou je ne sais quoi. Et quand je cherche mon vrai moi, je ne le trouve jamais. Tu sais, c'est comme les poupées russes, celles qui sont creuses, quand tu en ouvres une, il y en a une plus petite à l'intérieur et ainsi de suite jusqu'à ce que tu tombes sur la dernière, minuscule, qui, elle, est pleine. Mais en ce qui me concerne, je ne pense pas en avoir une pleine. Mes poupées sont juste de plus en plus petites.

– Ça me rappelle une histoire que ma mère m'a racontée, a dit Daisy.

– Laquelle ?

Je l'entendais claquer des dents quand elle parlait mais aucune de nous deux n'avait envie de s'éloigner du ciel fragmenté.

– Alors voilà : il y a un scientifique qui donne une conférence sur l'histoire de la Terre devant un public énorme et il explique que notre planète s'est formée des milliards d'années auparavant à partir d'un nuage de poussière cosmique, puis qu'elle a été très chaude pendant un certain temps avant de finir par refroidir ; c'est là que les océans sont apparus. Une forme de vie composée d'une seule cellule a alors émergé de ces océans et, des milliards d'années plus tard, elles sont devenues plus nombreuses et plus complexes jusqu'à ce que, il y a deux cent cinquante mille ans environ, l'homme évolue et se mette à utiliser des outils sophistiqués pour construire des vaisseaux spatiaux et tout le reste. Donc, il fait cette présentation de l'histoire de la Terre et de la vie et, à la fin, il demande si les gens ont des questions. Une vieille dame assise dans le fond lève la main et dit : « C'est bien gentil tout ça, monsieur le scientifique, mais la vérité, c'est que la Terre est une surface plane posée sur le dos d'une tortue géante. » Le scientifique, qui a envie de se payer la tête de la vieille dame, lui demande alors : « Dans ce cas, sur quoi repose la tortue géante ? » Et la femme lui répond : « Eh bien, elle se tient sur la carapace d'une autre tortue géante. » Cette fois, le scientifique est agacé et il lui rétorque : « Dans ce cas, sur quoi repose cette tortue-là ? » Et la vieille dame lui lance : « Mais monsieur, vous ne comprenez pas. Ce sont des tortues à l'infini. »

J'ai éclaté de rire.

– Des tortues à l'infini.

– Dans le mille, Holminette. Toi, tu essaies d'atteindre la tortue qui est tout en bas de la pile, mais ça ne marche pas comme ça.

– Des tortues à l'infini, ai-je répété avec un sentiment proche de la révélation mystique.

Je me suis arrêtée dans la salle de classe de maman quelques minutes avant la fin de ma pause déjeuner. J'ai refermé la porte derrière moi et je me suis assise à un bureau en face du sien. J'ai jeté un coup d'œil à la pendule. 13 h 08. J'avais six minutes devant moi. Juste ce qu'il fallait.

– Salut, ai-je dit.

– Ton premier jour se passe bien ?

Elle s'est mouchée dans un Kleenex. Elle avait un rhume, mais elle avait consacré son congé maladie à s'occuper de sa fille malade.

– Oui, ai-je répondu. Voilà, Davis m'a donné de l'argent. Pas mal d'argent. Cinquante mille dollars. Mais je ne l'ai pas dépensé. Je le garde pour la fac.

Son visage s'est contracté.

– C'est un cadeau, ai-je précisé.

– Quand ?

– Il y a quelques mois.

– Ça ne peut pas être un cadeau. Un collier, oui. Cinquante mille dollars, c'est… ce n'est pas un cadeau. Si j'étais toi, je le rendrais à Davis. Il ne faudrait pas que tu te sentes redevable.

– Mais je ne suis pas toi. Et je ne me sens pas redevable.

– C'est vrai, tu n'es pas moi, a-t-elle dit après une seconde.

J'ai attendu qu'elle ajoute quelque chose, qu'elle m'explique pourquoi j'avais tort de garder l'argent.

– Ta vie t'appartient, Aza, a-t-elle fini par lâcher, mais si on considère tes problèmes psychiques de ces derniers mois…

– L'argent n'a rien à voir avec ça. Je suis malade depuis très longtemps.

– Pas à ce point-là. J'ai besoin que tu sois en bonne santé, Aza. Je ne peux pas te perdre…

– Merde, maman, arrête de dire ça, s'il te plaît. Je sais que tu essaies de ne pas me mettre la pression, mais c'est comme si je te faisais du mal, comme si je t'agressais ou je ne sais quoi, et du coup, je me sens mille fois plus mal. Je fais de mon mieux mais je ne peux pas être saine d'esprit juste pour te faire plaisir, OK?

– Le jour où tu es rentrée de l'hôpital, a-t-elle dit au bout de quelques instants, je t'ai portée jusqu'à la salle de bains et puis jusqu'à ton lit, je t'ai bordée, et j'ai réalisé que je ne te porterais sans doute plus jamais. Tu as raison. Je ne peux m'empêcher de te dire que je ne veux pas te perdre, mais je sais que ça va arriver. Que c'est en train d'arriver. Et c'est dur à encaisser. C'est très, très dur. Et, encore une fois, tu as raison. Tu n'es pas moi. Tu fais tes propres choix. Et si tu mets cet argent de côté pour tes études, prenant en cela une décision responsable, alors je…

Elle n'a jamais fini sa phrase car elle a été interrompue par la sonnerie.

– Bon, ai-je dit.

– Je t'aime, Aza.

– Moi aussi, maman.

J'aurais voulu ajouter quelque chose, trouver le moyen de lui parler des pôles opposés de mon amour pour elle : *merci pardon merci pardon*. Mais je ne pouvais m'y résoudre et, de toute façon, la cloche avait sonné.

J'allais à mon cours d'histoire quand je me suis fait intercepter par Mychal.

– Salut, comment ça va ? a-t-il demandé.

– Ça va, et toi ?

– Daisy et moi avons rompu.

– J'ai appris ça.

– Ça m'a démoli.

– Je suis désolée.

– Et ça n'a même pas l'air de lui faire quelque chose, j'en suis malade. Elle voudrait que je passe à autre chose, mais tout me rappelle Daisy, Holminette, et voir qu'elle m'ignore, qu'elle ne vient plus à la cafète, tout ça… Tu ne pourrais pas lui dire deux mots pour moi ?

Au même moment, j'ai aperçu Daisy qui marchait tête baissée, plus loin dans le couloir bondé.

– Daisy ! ai-je crié.

Elle a continué d'avancer, alors j'ai crié plus fort. Cette fois, elle m'a entendue et s'est frayé un chemin à travers la cohue pour nous rejoindre.

Je les ai tirés tous les deux par la main et les ai mis face à face.

– Alors comme ça, vous arrivez à venir me parler l'un de l'autre chacun de votre côté, mais impossible de discuter ensemble de votre relation ? Il va falloir arranger ça parce que c'est très énervant, OK ? Bon. Il faut que j'aille en histoire.

Daisy m'a envoyé un texto pendant le cours.

> Merci de ton intervention. On a décidé de rester amis.
>
> Moi : Super.
>
> Elle : Mais le genre d'amis qui s'embrassent après avoir décidé de rester amis.
>
> Moi : Je suis sûre que vous allez trouver la solution.
>
> Elle : On la trouve toujours.

J'ai profité du fait que mon téléphone était sorti et que, de toute façon, on regardait une vidéo en cours, pour envoyer un texto à Davis.

Pardon de ne pas avoir répondu plus tôt.
Salut. Tu me manques.

Il m'a répondu immédiatement.

On se voit quand ?

Moi : Demain ?

Lui : 19 h chez Applebee's ?

Moi : Ça me va.

Vingt-deux

J'ai cru que conduire la Toyota Camry grise de maman pour aller chez Applebee's irait de soi mais les souvenirs de l'accident étaient tenaces. Il me paraissait à la foi irréel et miraculeux qu'autant de voitures puissent se croiser sans se rentrer dedans, et j'étais persuadée que les phares qui arrivaient en face de moi allaient fatalement dévier dans ma voie. Je me rappelais le froissement de tôle qui avait signé la mort de Harold, le silence qui avait suivi, la douleur dans mes côtes. J'ai repensé au poème qui dit que la partie la plus importante du corps est celle qui souffre, ainsi qu'au téléphone de mon père, disparu à jamais. Je me suis efforcée de laisser les pensées affluer car les nier signifiait leur donner le pouvoir. Et ça a plus ou moins marché – comme pour tout.

Je suis arrivée chez Applebee's avec un quart d'heure d'avance. Davis m'attendait déjà dans l'entrée, il m'a serrée dans ses bras, puis on est allés s'asseoir. Une pensée a surgi dans mon esprit aussi clairement que le soleil dans un ciel dégagé : *Il va vouloir mettre ses bactéries dans ta bouche.*

– Salut, ai-je dit.

– Tu m'as manqué.

Après l'angoisse du trajet en voiture, mon cerveau bouillonnait. J'ai essayé de me convaincre qu'avoir des pensées n'était pas dangereux, que penser n'était pas agir, que les pensées ne sont que des pensées.

Une des comparaisons favorites du docteur Karen Singh voulait qu'une pensée soit comme une voiture qui passait devant vous quand vous êtes au bord de la route. Et je me suis dit que je n'étais pas forcée de monter dans cette voiture, que le choix qui s'offrait à moi n'était pas de décider si oui ou non il convenait d'avoir cette pensée, mais plutôt de ne pas se laisser emporter par elle.

Et je suis montée dans la voiture.

Je me suis installée dans le box et, au lieu de s'asseoir en face de moi, Davis s'est mis à côté de moi, sa hanche contre la mienne.

– J'ai parlé plusieurs fois avec ta mère, a-t-il dit. Je crois qu'elle est en train de changer d'avis à mon sujet.

Mais qu'est-ce que ça peut faire qu'il ait envie de mettre ses bactéries dans ma bouche ? C'est bon de s'embrasser. C'est agréable. Je veux l'embrasser. *Mais tu ne veux pas être infectée par la* campylobacter. Ce ne sera pas le cas. *Tu seras malade pendant des semaines. Tu seras peut-être même obligée de prendre des antibiotiques.* Arrête. *Ensuite, tu choperas la CD ou le virus d'Epstein-Barr à cause de la* campylobacter. Arrête. *Tu pourrais devenir paralysée, tout ça parce que tu l'as embrassé alors que tu n'en avais pas vraiment envie puisque c'est carrément dégueu d'introduire sa langue dans la bouche de quelqu'un d'autre.*

– Tu es toujours là ? a-t-il demandé.

– Quoi ? Oui.

– Je te demandais comment tu te sentais.

– Bien, ai-je répondu. À vrai dire, pas au top là maintenant, mais bien en général.

– Pourquoi pas au top maintenant ?

– Ça t'ennuierait de t'asseoir en face de moi ?

– Euh, non, bien sûr.

Il s'est levé, a contourné la table et s'est installé sur la banquette opposée, ce qui m'a soulagée. Du moins, quelques instants.

– Je ne peux pas faire ça, ai-je dit.

– Quoi ?

– Ça, ai-je répondu. Je ne peux pas, Davis. Je ne sais pas si j'en serai capable un jour. Je sais que tu attends que j'aille mieux et tes textos m'ont fait super-plaisir. C'est... c'est juste adorable, mais je ne suis pas capable de faire mieux que ça.

– Tu me plais telle que tu es.

– Non, ce n'est pas vrai. Tu as envie qu'on s'embrasse, qu'on soit assis du même côté de la table et qu'on fasse des trucs de couple. C'est normal.

Il n'a rien dit.

– Si ça se trouve, s'est-il finalement lancé, tu ne me trouves pas attirant.

– Ce n'est pas ça.

– Mais peut-être que si.

– Non. Ce n'est pas comme si je n'avais pas envie de t'embrasser, que je n'aimais pas ça ou d'autres trucs du même genre... Je... c'est juste que mon cerveau me dit qu'embrasser un garçon est l'une des nombreuses choses qui peuvent me tuer. Qui peuvent vraiment me tuer, en fait. D'ailleurs, il ne s'agit pas tant de l'idée de mourir – car même si je savais que j'étais vraiment sur le point de rendre l'âme et que je te donnais un baiser d'adieu, ma dernière pensée n'irait pas à ma mort mais plutôt aux quatre-vingts millions de microbes que nous viendrions d'échanger. Je sais que je ne contracte pas de maladie quand tu me touches (enfin, probablement pas). Putain, je n'arrive même pas à être *affirmative* parce que ça me fout une trouille d'enfer. Je ne peux même pas lui donner de nom, je l'appelle « ça », tu comprends ? Je ne peux vraiment pas.

Je voyais bien qu'il était blessé. Il n'arrêtait pas de cligner des yeux. Il ne comprenait pas, il en était incapable. Je ne lui en voulais pas. C'était insensé. Une histoire bourrée d'incohérences.

– C'est effrayant, a-t-il dit – ce à quoi j'ai acquiescé. Tu as l'impression que tu vas aller mieux ?

Tout le monde voulait entendre la même histoire – le passage de l'obscurité à la lumière, de la faiblesse à la force, de la fragmentation à l'unité. Je le voulais, moi aussi.

– Peut-être, ai-je répondu. Honnêtement, je me sens très fragile. J'ai l'impression d'avoir été recollée avec du Scotch.

– Ça m'arrive aussi.

– Comment vas-tu ? ai-je demandé.

Il a haussé les épaules.

– Et Noah ?

– Pas bien, a-t-il répondu.

– Tu peux développer ?

– Papa lui manque. On dirait qu'il est deux personnes à la fois : d'un côté, il y a ce petit mec qui boit de la vodka merdique et fait la loi sur sa petite bande de pseudo-délinquants de quatrième. Et puis, il y a le bébé qui se glisse dans mon lit certaines nuits et qui pleure. Je me demande s'il ne fait pas exprès de faire des conneries pour que papa soit obligé de se montrer.

– Il est désespéré, ai-je dit.

– Oui, sans doute. Est-ce qu'on ne l'est pas

tous ? C'est… Je n'ai pas très envie de parler de ma vie si tu veux bien.

J'ai soudain songé que ce qu'il appréciait en moi était sans doute ce qui exaspérait Daisy – à savoir que je ne posais pas beaucoup de questions. D'autres personnes auraient donné n'importe quoi pour connaître la vie du jeune milliardaire mais, en ce qui me concernait, j'avais toujours été trop enfermée à l'intérieur de moi-même pour l'interroger.

La conversation s'est lentement tarie. On s'est mis à se parler comme des gens qui ont été proches autrefois – en se donnant des nouvelles de nos vies plutôt qu'en les vivant ensemble. Au moment où il a payé l'addition, j'avais acquis la certitude que, quoi que nous ayons été, c'était bel et bien fini.

Et pourtant, une fois à la maison et sous ma couette, je lui ai envoyé un texto.

Tu es là ?

Tu ne peux pas le vivre d'une autre manière, a-t-il répondu. Et je ne peux pas comme ça.

Moi : Pourquoi ?

Lui : J'ai l'impression que tu ne m'aimes que de loin. Or j'ai besoin qu'on m'aime de près.

J'ai tapé une réponse que j'ai effacée, puis

j'ai fait un autre essai et, finalement, je n'ai rien envoyé.

Le lendemain au lycée, je traversais la cafétéria pour aller à notre table quand Daisy m'a attrapée par le bras.

– Holminette, il faut que je te parle en privé.

Elle m'a fait asseoir à une table pratiquement vide, à l'écart d'un groupe de troisièmes.

– Tu as encore rompu avec Mychal ?

– Non, bien sûr que non. Le truc magique avec le fait de rester amis, c'est qu'on ne peut pas se séparer. J'ai l'impression d'avoir découvert le secret de l'univers avec cette affaire. Mais non, je voulais juste te dire qu'on va vivre une grande aventure.

– Qui ça « on » ?

– Est-ce que tu as suffisamment récupéré tes esprits pour, par exemple, pénétrer en douce dans les souterrains d'Indianapolis et aller à un vernissage sauvage ?

– Un quoi ?

– Je t'explique. Tu te rappelles que j'avais donné à Mychal l'idée d'utiliser des photos de détenus disculpés pour son montage ?

– En fait, c'était surtout son i…

– Ne nous perdons pas dans les détails, Holminette. Le truc, c'est qu'il l'a réalisé et l'a proposé à ce collectif artistique trop génial, Known City. Et ils ont décidé de le présenter à Underground Art, une expo éphémère qu'ils organisent vendredi soir dans le tunnel de Pogue's Run transformé en galerie pour l'occasion.

Pogue's Run était le tunnel qui se déversait dans la White River et que Pickett Engineering n'avait jamais terminé, bien que l'entreprise ait remporté le marché. Drôle d'endroit pour une expo.

– Je n'ai pas très envie de passer mon vendredi soir dans une galerie d'art clandestine.

– Ça n'a rien d'illégal. Ils ont l'autorisation. C'est juste super-underground. Genre, au sens littéral du terme.

J'ai froncé le nez.

– C'est l'événement le plus cool qui se soit jamais déroulé à Indianapolis et mon « ami » y est *exposé*. Ne te sens pas obligée de venir évidemment, mais… viens.

– Je n'ai pas envie de tenir la chandelle.

– Je vais être super-stressée, je serai entourée de gens bien mieux que moi et j'aimerais vraiment que ma meilleure amie soit là.

J'ai sorti mon sandwich au miel et au beurre de cacahuètes du sachet en plastique, et j'ai mordu dedans.

– Tu y réfléchis, a-t-elle dit d'une voix tout excitée.

– J'y réfléchis, ai-je consenti.

Puis, après avoir avalé ma bouchée, j'ai dit :

– OK. C'est d'accord.

– Oui ! Oui ! On viendra te chercher à dix-huit heures quinze vendredi. Ça va être génial.

Je n'ai pas pu m'empêcher de sourire en la voyant sourire.

– Je t'aime, Daisy, ai-je dit à voix basse – je n'étais même pas sûre qu'elle m'entende. Je sais que tu me le dis tout le temps et que je ne te rends jamais la pareille. Mais je t'aime.

– Putain, Holminette. Ne me fais pas le coup des sentiments.

À dix-huit heures quinze pile, Mychal et Daisy sonnaient à ma porte. Elle avait mis des collants et une robe que sa doudoune rendait minuscule, et Mychal portait un costume gris argenté un peu trop grand pour lui. Pour ma part, j'étais en T-shirt à manches longues, jean et blouson.

– Je ne savais pas qu'il fallait s'habiller pour aller dans les égouts, ai-je dit, honteuse.

– Les égouts *artistiques*, a corrigé Daisy en souriant.

J'hésitais à me changer mais elle m'a entraînée par le bras en me disant :

– Holminette, tu es sublime. Tu ressembles à… toi.

Je me suis installée à l'arrière du minivan et, tandis que Mychal prenait Michigan Road pour aller vers le sud, Daisy a mis une de nos chansons préférées : *You're the one*. Nous avons commencé à hurler les paroles ensemble, ce qui a fait rire Mychal. Elle faisait la chanteuse et moi le chœur, ce qui se résumait à répéter à tue-tête : « *You're everything, everything, everything.* » Et c'est ce que je ressentais, en fait. J'étais tout. Tu es à la fois le feu et l'eau qui l'éteint. La narratrice, le personnage et l'acolyte. Tu es la conteuse et l'histoire racontée. Tu es le quelque chose de quelqu'un mais aussi ton toi.

Daisy a mis une autre chanson plus romantique, qu'elle et Mychal ont reprise ensemble, et j'ai repensé aux tortues à l'infini. Je me suis demandé si la vieille dame et le scientifique n'avaient pas tous les deux raison. Certes, le monde est vieux de plusieurs milliards d'années et la vie est le produit d'une mutation nucléotidique, tout ça. Mais il est également fait de toutes les histoires qu'on raconte à son sujet.

Mychal a quitté Michigan Road au niveau de la 10e Rue et a roulé encore un moment jusqu'à un magasin de fournitures pour piscines surmonté d'une enseigne lumineuse tremblotante qui indiquait PISCINES ROSENTHAL. Le parking était déjà à moitié plein. Daisy a éteint la musique au moment où Mychal se garait. On est descendus de voiture et on s'est trouvés face à une foule étrange de hipsters d'une vingtaine d'années et de couples d'âge mûr. À part nous, tout le monde avait l'air de se connaître, et on est restés à côté de la voiture de Mychal pendant un bon moment, à regarder la scène en silence, jusqu'à ce qu'une femme d'une cinquantaine d'années habillée tout en noir s'avance vers nous.

– Vous êtes venus pour l'exposition ? a-t-elle demandé.

– Je, euh, je m'appelle Mychal Turner, a-t-il répondu. J'expose un, euh, un montage.

– *Prisoner 101* ?

– Oui, c'est moi.

– Je me présente : Frances Oliver. Pour moi, *Prisoner 101* est l'une des plus belles pièces de la galerie. Et j'en sais quelque chose, je suis la commissaire de l'exposition. Venez, venez, descendons ensemble. Je serai ravie d'en apprendre davantage sur votre travail.

On a commencé à traverser le parking, mais Frances s'arrêtait toutes les cinq secondes pour présenter quelqu'un à Mychal, un artiste, un collectionneur, un partenaire financier, si bien qu'on n'avançait pas. Il a bientôt été englouti par tous les gens qui adoraient *Prisoner 101* et voulaient lui en parler. Après avoir attendu derrière lui quelques instants, Daisy a fini par lui prendre la main et lui a dit :

– On descend voir l'expo. Profite de tout ça. Je suis tellement fière de toi.

– Je peux venir avec vous, a-t-il proposé en abandonnant brièvement un groupe d'étudiants de Herron, la fac d'arts plastiques d'Indianapolis.

– Non, éclate-toi. Tu dois rencontrer tous ces gens pour qu'ils achètent tes œuvres.

Il a souri, a embrassé Daisy et il est retourné à sa foule d'admirateurs.

En arrivant au bout du parking, Daisy et moi avons aperçu la lumière d'une torche que quelqu'un agitait derrière les arbres, on a serpenté parmi les broussailles d'un talus jusqu'à une large cuvette en béton. Dans le fond coulait un petit cours d'eau bouillonnant – j'aurais pu facilement l'enjamber. On s'est avancées vers le barbu qui agitait la lampe et il nous a dit qu'il s'appelait Kip. Puis il nous a remis à chacune un casque de chantier avec une lampe frontale, et une torche.

– Suivez le tunnel pendant deux cents mètres environ, puis tournez dans le premier boyau à gauche et vous serez arrivées à la galerie.

À la lumière de la lampe frontale de mon casque, j'ai suivi le courant du ruisseau qui allait vers l'aval. Au loin, j'ai aperçu l'ouverture du tunnel, un carré noir qui se découpait sur le versant d'une butte. Dehors, à l'endroit où commençait le caniveau, un Caddie retourné était coincé contre un rocher couvert de mousse. Alors que je m'avançais vers l'entrée du tunnel, j'ai levé les yeux vers les silhouettes noires de branches d'érable dénudées qui fragmentaient le ciel.

Le ruisseau courait sur le côté gauche du tunnel de Pogue's Run, et le trottoir en béton légèrement surélevé sur lequel on marchait courait du côté droit. L'odeur nous a immédiatement saisies – une odeur d'égout mêlée à celle, doucereuse, de la pourriture. J'ai cru que je m'y habituerais, mais non.

On avait à peine fait quelques pas qu'on entendait déjà des rats détaler le long du ruisseau. Des voix nous parvenaient aussi – rebondissant sur les parois du tunnel, des conversations inaudibles qui semblaient venir de toutes parts. Grâce à nos lampes frontales, on a pu voir les graffitis qui couvraient les murs – des tags peints à la bombe en grosses lettres, mais aussi des dessins et des messages au pochoir. Daisy s'est attardée sur l'un d'eux qui représentait un gros rat en train de boire du vin à la bouteille avec cette légende : LE ROI DES RATS CONNAÎT VOS SECRETS. Un autre message, peint manifestement à la peinture blanche pour façade, disait : L'IMPORTANT N'EST PAS COMMENT ON MEURT, MAIS QUI ON MEURT.

– C'est un peu flippant, a chuchoté Daisy.

– Pourquoi tu parles tout bas ?

– J'ai peur. On a fait les deux cents mètres, non ?

– J'en sais rien, ai-je répondu, mais j'entends des gens.

Je me suis retournée vers l'entrée du tunnel et ma lampe a éclairé un couple d'une cinquantaine d'années qui marchait derrière nous et nous a fait signe.

– Tu vois, tout va bien.

Le ruisseau n'en était plus vraiment un, il se résumait désormais à un filet d'eau qui s'écoulait lentement. J'ai regardé un rat le traverser, sans même se mouiller le museau.

– C'était un rat, a dit Daisy d'une voix étranglée.

– Il vit ici, ai-je répliqué. C'est nous les envahisseurs.

On a continué à marcher avec l'impression que la seule lumière qui restait au monde était le faisceau jaune des lampes frontales et des torches – comme si les gens n'étaient plus que des faisceaux de lumière qui ricochaient sur les parois du tunnel par petits groupes.

Devant nous, j'ai vu des lampes frontales tourner à gauche dans un tunnel adjacent qui mesurait à peine deux mètres cinquante de haut. On a sauté par-dessus le ruisseau, au niveau d'un panneau indiquant « UN PROJET DE PICKETT ENGINEERING », et on a débouché dans la galerie.

Comme elle n'était pas éclairée, on ne pouvait admirer les œuvres qu'à la seule lumière des lampes frontales et des torches, et on avait l'impression de voir les tableaux et les photos exposés surgir et disparaître du champ de vision. Pour pouvoir embrasser la création de Mychal d'un seul regard, il fallait se poster de l'autre côté du tunnel, contre la paroi. C'était une œuvre stupéfiante – *Prisoner 101* semblait être une vraie personne alors que son visage était composé des fragments d'une centaine de photos d'identité trouvées par Mychal et représentant des hommes condamnés pour meurtre, puis disculpés. Et même en l'observant de près, il était difficile d'admettre que *Prisoner 101* n'était pas réel.

Le reste de l'exposition était lui aussi formidable – grands tableaux abstraits représentant des formes géométriques aux lignes acérées, une installation de vieilles chaises en bois empilées en équilibre jusqu'au plafond, une immense photo d'un jeune sautant seul sur un trampoline au milieu d'un champ de maïs qui avait été récolté –, mais mon œuvre préférée était celle de Mychal et pas seulement parce qu'il était mon ami.

Quelques instants plus tard, on a entendu une clameur, des voix approchaient et, bientôt, la galerie a été bondée. Quelqu'un avait installé du matériel stéréo et la musique a commencé à résonner dans tout le tunnel. Des gobelets en plastique ont circulé, puis des bouteilles de vin, le bruit est devenu de plus en plus fort ; même si l'air était glacé, j'ai commencé à me sentir moite et j'ai demandé à Daisy si elle voulait faire un tour.

– Un tour ?

– Oui, je ne sais pas… dans le tunnel, par exemple ?

– Tu veux aller te promener dans le tunnel ?

– Oui. Enfin, ce n'est pas une obligation.

Elle m'a montré l'obscurité qui s'étendait au-delà du faisceau de nos lampes.

– Tu me proposes d'explorer ce vide ?

– Pas sur des *kilomètres*. Juste pour voir.

Daisy a soupiré.

– OK. D'accord. Va pour la balade.

À peine s'était-on éloignées que l'air était déjà plus vif. Devant nous, le tunnel d'un noir d'encre décrivait une large courbe qui a bientôt avalé la lumière venant de la galerie. On entendait toujours la musique et les gens qui parlaient fort pour se faire comprendre, mais tous ces sons étaient atténués, un peu comme quand on passe en voiture devant chez des gens qui font la fête.

– Je ne comprends pas comment tu peux faire preuve de ce calme inhumain alors qu'on est à cinq mètres sous le centre-ville d'Indianapolis, de la merde de rat jusqu'aux chevilles, quand tu as une crise de panique dès que tu penses que ton doigt est infecté.

– Je ne sais pas, ai-je répondu. C'est juste que ça ne me fait pas peur.

– Et pourtant, c'est objectivement flippant.

J'ai éteint ma lampe frontale et la torche.

– Éteins ta lampe, ai-je dit.

– Sûrement pas.

– Vas-y, éteins-la. Il ne va rien se passer.

Elle s'est exécutée et le monde est devenu noir. J'ai sondé l'obscurité mais, sans lumière, aucun point de repère.

– Maintenant, tu ne vois plus les murs, on est d'accord ? Ni les rats. Tourne sur toi-même plusieurs fois et tu ne sauras plus dans quelle direction se trouvent l'entrée et la sortie. Ça, ça fait peur. Maintenant, imagine qu'on ne puisse plus se parler, plus entendre l'autre respirer. Imagine qu'on n'ait pas le sens du toucher et qu'on ne sache même pas si on est l'une à côté de l'autre. Imagine que tu essaies de trouver quelqu'un, ou même de te trouver, sauf que tu es privée de sens, tu n'as aucun moyen de savoir où sont les murs, où est l'avant et où est l'arrière, qu'est-ce qui est eau et qu'est-ce qui est air. Tu es dépourvue de sens et de forme – tu ne peux te décrire qu'en identifiant ce que tu n'es pas et tu flottes ainsi dans un corps sur lequel tu n'as aucun contrôle. Ce n'est pas toi qui décides qui tu aimes ni l'endroit où tu vis, ni quand tu manges, ni ce que tu crains. Tu es coincée dans l'obscurité, entièrement seule. Ça, ça fait peur. Ça, ai-je dit en rallumant ma torche, ça, c'est contrôler. C'est avoir du pouvoir. C'est vrai qu'il peut y avoir des rats, des araignées et je ne sais quelles autres bestioles, mais c'est nous qui dirigeons le faisceau de notre lampe sur eux et pas le contraire. On sait où se trouvent les murs, dans quelle direction sont l'entrée et la sortie. Ça, ai-je dit en éteignant à nouveau ma torche, c'est ce que je ressens quand j'ai peur. Et ça, ai-je ajouté en la rallumant, c'est une promenade de santé.

On a marché quelque temps en silence.

– C'est aussi horrible que ça ? a fini par demander Daisy.

– Parfois, ai-je répondu.

– Mais ensuite ta torche se rallume ?

– Jusqu'ici, oui.

À mesure qu'on avançait dans le tunnel, la musique derrière nous de plus en plus faible, Daisy s'est calmée un peu.

– J'envisage de tuer Ayala, a-t-elle dit. Tu le prendrais mal ?

– Non, ai-je répondu. Cela dit, je commençais à l'apprécier.

– Tu as lu ma dernière histoire ?

– Celle où ils vont sur Ryloth, livrer des convertisseurs d'énergie ? J'adore la scène dans le bar où Rey et Ayala bavardent en attendant le mec. J'aime les scènes d'action et tout le reste, mais je préfère celles où ils ne font que parler. Et puis, ça me plaît aussi d'être sortie avec un Twi'lek. Enfin, Ayala, je veux dire. Tu as une façon d'écrire qui rend l'histoire réelle, j'ai l'impression d'y être.

– Merci, a dit Daisy. Maintenant, tu me fais douter, je ne sais plus si je dois la tuer.

– Ça m'est égal que tu la tues, pourvu qu'elle meure héroïquement.

– Bien sûr. Obligé. Je songeais à un sacrifice pour le bien de la communauté, comme dans *Rogue One*. Qu'est-ce que tu en dis ?

– Ça me va, ai-je répondu.

– C'est moi ou ça pue encore plus fort ? a-t-elle demandé.

– Je reconnais que ça ne s'arrange pas, ai-je dit.

L'odeur était différente, ça sentait les ordures en décomposition et les toilettes sales. Et, en passant devant un tunnel qui débouchait dans le nôtre, Daisy a dit qu'elle voulait faire demi-tour. Mais je voyais un petit point de lumière grise au loin et j'étais curieuse de savoir ce qu'il y avait au bout.

Plus on avançait, plus les bruits de la ville s'amplifiaient, et moins ça sentait mauvais car on arrivait à l'air libre. À mesure qu'on approchait de l'extrémité du tunnel, le point de lumière grise s'est agrandi. Le chantier était inachevé – le petit filet d'eau qui aurait dû être détourné de la White River se déversait au contraire dedans, une dizaine de mètres plus bas.

Il était plus de vingt-deux heures et, pourtant, je n'avais jamais vu la ville briller avec autant d'intensité. Tout était parfaitement visible : la mousse verte sur les rochers dans la rivière ; l'écume dorée au pied de la chute d'eau ; les arbres penchés au-dessus de l'eau, formant une voûte semblable à celle d'une chapelle ; les lignes électriques qui s'affaissaient au-dessus de la White River ; un grand moulin à céréales argenté curieusement immobile sous le clair de lune ; les enseignes lumineuses Speedway et Chase Bank, au loin.

Indianapolis est une ville très plate, qu'on a rarement l'occasion de voir de haut ; elle n'offre pas de panorama exceptionnel. Mais celui qui s'offrait à ma vue, depuis un endroit totalement inattendu, était merveilleux ; la ville s'étirait à la fois en contrebas et devant moi. J'ai mis une bonne minute avant de me rappeler qu'on était en pleine nuit et que ce paysage baigné de lumière argentée était considéré comme étant « l'obscurité » quand on était en bas.

Daisy m'a surprise en s'asseyant par terre, les jambes pendant dans le vide par-dessus le rebord en béton. Quant à moi, je me suis assise de l'autre côté du filet d'eau et on a admiré la vue ensemble pendant un long moment.

Ce soir-là, « on est allées au pré », on a discuté de tout, de la fac, des baisers, de la religion et de l'art, sans que j'aie l'impression de regarder un film sur notre conversation. Non, je la vivais. J'écoutais Daisy et je savais qu'elle m'écoutait aussi.

– Je me demande s'ils finiront un jour ce tunnel, a-t-elle dit à un moment donné.

– J'espère que non, finalement. Je suis à fond pour l'épuration de l'eau mais j'aimerais avoir la possibilité de revenir ici dans dix ou vingt ans. Au lieu d'assister à la réunion des anciens du lycée, je viendrais ici.

« Avec toi », aurais-je voulu ajouter.

– Tu as raison, a dit Daisy. Que Pogue's Run reste bien sale parce que la vue depuis le tunnel inachevé de traitement des eaux est époustouflante. Merci, Russell Pickett, d'être aussi corrompu et incompétent.

– Pogue's *Run*, ai-je répété entre mes dents. Attends, où commence Pogue's Run ? Où se trouve son embouchure ?

– L'embouchure d'un fleuve est l'endroit où il se jette dans la mer, pas celui où il prend sa source. On est à l'embouchure.

Je l'ai regardée et j'ai vu qu'elle comprenait.

– Oh, putain, Holminette, a-t-elle ajouté, on est dans « la bouche du *runner* ».

Je me suis levée. Je ne sais pas pourquoi mais j'ai presque senti la présence de Pickett derrière nous, prêt à nous pousser par-dessus bord dans la rivière.

– Cette fois, je reconnais que je flippe un peu.

– Qu'est-ce qu'on va faire ?

– Rien, ai-je répondu. On va faire demi-tour, retourner au vernissage, se mêler à la foule *arty* et stylée, et rentrer à la maison avant minuit. Je préviendrai Davis, ai-je poursuivi en marchant en direction de la musique. C'est lui qui décidera s'il faut avertir Noah ou pas. Mais à part lui, on ne dit rien à personne.

– D'accord, a dit Daisy en se hâtant pour ne pas se laisser distancer. Tu crois qu'il est dans le tunnel *en ce moment* ?

– Je ne sais pas, ai-je répondu. Ça ne nous regarde pas.

– Tu as raison. D'un autre côté, je me demande comment il s'est débrouillé pour rester ici tout ce temps.

J'avais mon idée, mais je n'ai rien dit.

– Putain, cette odeur…, a lâché Daisy sans finir sa phrase.

On pourrait croire que la résolution d'une énigme permettrait de tourner la page, que boucler la boucle procurerait un certain réconfort et apaiserait l'esprit. Mais ce n'est jamais le cas. La vérité est toujours décevante. En déambulant dans la galerie à la recherche de Mychal, je n'ai pas eu le sentiment d'avoir trouvé ma petite poupée russe pleine ou autre chose. Rien n'était réglé – du moins, pas vraiment. Le zoologiste avait raison : on n'obtient jamais de réponses, seulement d'autres questions plus profondes.

On a fini par découvrir Mychal adossé au mur qui faisait face à son tableau, en grande conversation avec deux femmes d'âge mûr. Daisy lui a pris la main.

– Je déteste jouer les rabat-joie, a-t-elle dit. Mais ce célèbre artiste a un couvre-feu à respecter.

Mychal a éclaté de rire. On a repris ensemble le tunnel, jusqu'au parking qui baignait dans un halo argenté, et on est montés dans le minivan. Je n'avais pas sitôt fermé ma portière que Mychal s'exclamait :

– C'était la meilleure soirée de ma vie, merci de m'avoir accompagné, oh, bon sang ! C'est le truc le plus génial qui me soit jamais arrivé, j'ai presque l'impression d'être un artiste, un vrai. C'était tellement génial. Et vous, les filles, vous vous êtes bien amusées ?

– Raconte-nous en détail, a répliqué Daisy sans vraiment répondre à sa question.

Quand je suis rentrée à la maison, j'ai trouvé maman assise à la table de la cuisine en train de boire du thé.

– C'est quoi, cette *puanteur* ? a-t-elle demandé.

– Égouts, odeur corporelle, moisissure – un mélange de tout ça.

– Tu m'inquiètes, Aza. J'ai peur que tu ne perdes le contact avec la réalité.

– Ce n'est pas ça. C'est juste que je suis fatiguée.

– Ce soir, tu vas veiller un peu pour parler à ta mère.

– De quoi ?

– De l'endroit où tu étais, de ce que tu y faisais et avec qui. De ta *vie*.

Alors, je lui ai raconté. Je lui ai dit que Daisy, Mychal et moi étions allés à un vernissage dans une galerie éphémère sous le centre-ville d'Indianapolis ; que Daisy et moi avions marché jusqu'au bout du tunnel que Pickett n'avait jamais achevé ; qu'on « était allées au pré » toutes les deux ; que j'avais découvert « la bouche du *runner* » ; que je pensais que Pickett était peut-être dans le souterrain ; qu'il y régnait une odeur pestilentielle.

– Tu vas le dire à Davis ? a-t-elle demandé.

– Oui.

– Mais pas à la police ?

– Non, ai-je répondu. Si j'en parle à la police et qu'on retrouve son corps dans le tunnel, Davis et Noah perdront leur maison. Et c'est un tuatara qui la récupérera.

– Un tua quoi ?

– Un tuatara. Ça ressemble à un lézard mais ça n'en est pas un. C'est un animal qui descend du dinosaure et qui peut vivre jusqu'à cent cinquante ans. Et il se trouve que Pickett lui a légué sa maison, son entreprise, toute sa fortune.

– La folie de la richesse, a marmonné ma mère. On se dit parfois qu'on dépense de l'argent, or c'est l'argent qui nous dépense.

Elle a regardé sa tasse de thé puis elle est revenue à moi.

– Mais uniquement si on le vénère, a-t-elle précisé. On est toujours prêt à se mettre au service de ce qu'on vénère.

– Alors, on a intérêt à bien choisir l'objet de son adoration, ai-je dit.

Elle m'a souri et m'a poussée vers la salle de bains. Sous la douche, je me suis demandé à qui ou à quoi je vouerais un culte plus tard et si cette adoration influencerait le cours de ma vie. Je n'en étais qu'au début. Je pouvais encore devenir n'importe quelle personne.

Vingt-trois

Le lendemain matin, un samedi, je me suis réveillée parfaitement reposée, tandis qu'une pluie glacée cinglait les vitres de la fenêtre de ma chambre. À Indianapolis, l'hiver produit rarement une belle neige qui permette de skier ou de faire de la luge. On doit se contenter d'un agglomérat d'intempéries qu'on appelle « mélange d'hiver », composé de grésil, de pluie glacée et de vent.

Il ne faisait pas si froid – un degré, peut-être – mais le vent hurlait au-dehors. Je me suis habillée, j'ai mangé un bol de céréales, j'ai pris un comprimé, puis j'ai regardé un peu la télé avec maman. J'ai passé la matinée à procrastiner – je sortais mon téléphone, je commençais à rédiger un texto à Davis, puis je le rangeais. Je le ressortais, mais toujours pas. Pas tout de suite. Ce n'était jamais le bon moment. Cela dit, ce n'est jamais le bon moment.

Pendant un certain temps, après la mort de mon père, je me rappelle avoir eu l'impression que sa disparition était à la fois réelle et abstraite. Pendant des semaines, j'ai vraiment réussi à le faire revivre. Je l'imaginais rentrer dans la maison, dégoulinant de sueur après avoir fini de tondre la pelouse, et essayer de m'embrasser ; mais moi, je me dérobais parce que, déjà à cette époque, la transpiration me faisait flipper.

Ou alors, j'étais allongée sur le ventre dans ma chambre en train de lire et je tournais la tête vers la porte, imaginant qu'il l'ouvrait et que je le regardais s'agenouiller à côté de mon lit pour m'embrasser sur le dessus du crâne.

Et puis, c'est devenu plus difficile de le faire apparaître, de sentir son odeur, d'imaginer qu'il me portait dans ses bras. Mon père est mort brutalement, mais aussi progressivement. Il a continué de mourir, en fait – ce qui signifiait sans doute qu'il vivait toujours.

On dit souvent qu'une ligne nette sépare l'imagination des souvenirs, mais c'est faux, du moins en ce qui me concerne. Je me rappelle ce que j'ai imaginé et j'imagine ce que je me rappelle.

Je me suis enfin décidée à envoyer un texto à Davis juste après midi :

> Il faut qu'on se parle. Est-ce que tu peux venir chez moi cet après-midi ?

Il a répondu :

Il n'y a personne pour s'occuper de Noah.
Tu ne pourrais pas venir plutôt ?

J'ai besoin qu'on se voie juste tous les deux, ai-je écrit – je voulais lui laisser le choix de prévenir ou non son frère.

Je serai là à 17h30.

Merci. À plus.

La journée s'est écoulée avec une lenteur exaspérante. J'ai essayé de lire, d'envoyer des textos à Daisy, de regarder la télé, mais rien ne faisait passer le temps plus vite. Je me demandais si je préférais rester bloquée dans ma vie à cet instant précis ou passer directement au moment suivant.

À cinq heures moins le quart, j'étais dans le salon en train de lire pendant que maman payait des factures.

– Davis va venir tout à l'heure, lui ai-je annoncé.

– D'accord. J'ai des courses à faire. Tu as besoin de quelque chose ?

J'ai secoué la tête.

– Tu te sens stressée ?

– Est-ce qu'on ne pourrait pas se mettre

d'accord pour que ce soit moi qui te prévienne quand quelque chose ne va pas plutôt que tu me le demandes sans arrêt ?

– Je ne peux pas m'empêcher de me faire du souci, mon bébé.

– Je sais, mais moi, je ne peux pas m'empêcher de sentir le poids de ton inquiétude peser sur ma poitrine comme un gros caillou.

– D'accord, je vais essayer.

– Merci, maman. Je t'aime.

– Moi aussi, je t'aime. Très fort.

J'ai zappé parmi les innombrables programmes proposés à la télé sans m'arrêter sur quoi que ce soit, jusqu'à ce que j'entende Davis frapper à la porte – un petit coup hésitant.

– Salut, ai-je dit en le serrant dans mes bras.

– Salut, a-t-il répondu.

Je lui ai indiqué le canapé et on s'est assis.

– Comment tu vas ? a-t-il demandé.

– Écoute, Davis, ai-je commencé, je voulais te parler de ton père. Je sais où se trouve « la bouche du *runner* ». C'est l'embouchure de Pogue's Run, le tunnel que son entreprise n'a jamais terminé.

Son visage s'est crispé, puis il a hoché la tête.

– Tu en es sûre ?

– Oui. Et à mon avis, il est là-bas. On y était, Daisy et moi, hier soir et…

– Tu l'as vu ?

J'ai secoué la tête.

– Non. Mais l'embouchure de Pogue's Run et « la bouche du *runner* », ça paraît logique.

– Enfin, c'était juste dans une note de son téléphone. Tu crois qu'il aurait passé tous ces mois caché dans un égout ?

– Peut-être. Mais… eh bien, je ne sais pas.

– Mais quoi ?

– Je ne veux pas t'inquiéter, mais il y avait une mauvaise odeur dans le tunnel. Vraiment très mauvaise.

– Ça pourrait être n'importe quoi, a-t-il dit, mais j'ai lu la peur dans ses yeux.

– Tu as raison, oui, ça pourrait être n'importe quoi, ai-je consenti.

– Je n'ai pas pensé… je ne me suis jamais autorisé à penser… (Sa voix s'est brisée.)

Il a lâché un cri, comme si soudain le ciel se déchirait. Puis il s'est effondré contre moi ; je le tenais pour qu'il ne tombe pas du canapé. Je sentais sa cage thoracique se soulever. Noah n'était pas le seul à qui son père manquait.

– Oh, merde ! Il est mort, c'est ça ?

– Tu n'en sais rien, ai-je dit.

Mais il s'en doutait. Cela expliquerait pourquoi leur père n'avait plus donné signe de vie ni laissé de traces derrière lui : il était mort depuis le début.

Davis s'est allongé et je me suis glissée à côté

de lui, nos deux corps tenant à peine sur le vieux canapé. Sa tête posée sur mon épaule, il répétait inlassablement : « Qu'est-ce que je vais faire, qu'est-ce que je vais faire ? » Je me suis demandé si je n'avais pas fait une erreur en lui disant la vérité. « Qu'est-ce que je vais faire ? » a-t-il répété encore et encore d'un ton suppliant.

– Tu vas continuer d'avancer, lui ai-je dit. Tu as sept ans devant toi. Qu'importe ce qui est réellement arrivé. D'un point de vue légal, ton père sera considéré comme étant encore vivant pendant les sept prochaines années, ce qui vous permet de garder la maison et tout le reste. C'est beaucoup de temps pour se construire une nouvelle vie, Davis. Regarde, il y a sept ans, on ne se connaissait pas encore, tous les deux.

– On n'a plus personne, maintenant, a-t-il marmonné.

J'aurais aimé lui dire qu'il m'avait, moi, qu'il pouvait compter sur moi, mais c'était faux.

– Tu as ton frère, ai-je répondu.

Ses larmes ont redoublé. On est restés blottis l'un contre l'autre pendant un long moment, jusqu'à ce que maman revienne des courses. On s'est redressés d'un bond – même si on n'avait rien à se reprocher.

– Désolée de vous avoir interrompus, a-t-elle dit.

– J'allais partir, a annoncé Davis.

– Tu n'es pas obligé, a-t-on dit en chœur.
– Si, en quelque sorte, a-t-il répondu.

Il s'est penché vers moi et m'a entouré les épaules de son bras.

– Merci, a-t-il murmuré bien que je n'aie pas eu l'impression de lui avoir rendu service.

Davis s'est arrêté sur le pas de la porte un court instant et s'est retourné pour nous regarder, maman et moi – on représentait sûrement l'image du bonheur familial, à ses yeux. J'ai cru qu'il allait ajouter quelque chose, mais il s'est contenté de faire un signe, timide et maladroit, avant de s'en aller.

C'était une soirée plutôt tranquille, chez les Holmes. On aurait pu se croire n'importe quel soir. J'ai travaillé à mon exposé d'histoire sur la guerre de Sécession. Dehors, le jour – qui n'avait pas été franchement beau – a plongé dans l'obscurité. J'ai dit à maman que j'allais me coucher, je me suis mise en pyjama, je me suis lavé les dents, j'ai changé le pansement qui recouvrait la croûte au bout de mon doigt, je me suis glissée dans mon lit et j'ai écrit un texto à Davis.

Salut.

Voyant qu'il ne répondait pas, j'en ai envoyé un à Daisy.

J'ai parlé à Davis.

Elle : Comment ça s'est passé ?

Moi : Pas très bien.

Elle : Tu veux que je passe chez toi ?

Moi : Oui.

Elle : Je suis en route.

Une heure plus tard, Daisy et moi étions allongées dans mon lit, nos ordinateurs portables posés sur le ventre. Je lisais les dernières aventures d'Ayala et, chaque fois que je riais, Daisy me demandait :

– Qu'est-ce qui te fait rire ?

Et je le lui racontais. Puis, quand j'ai eu terminé, on est restées tranquilles dans mon lit, les yeux fixés au plafond.

– Bon, tout est bien qui finit bien, a lancé Daisy au bout d'un moment.

– Comment ça ?

– Nos héros sont devenus riches et personne n'a morflé.

– *Tout le monde* a morflé, me suis-je insurgée.

– Ce que je veux dire, c'est que personne n'a été *blessé*.

– Je te rappelle que mon foie a été lacéré !

– Ah, oui, c'est vrai. J'avais oublié. Au moins, personne n'est mort.

– Harold est mort ! Et probablement Pickett.

– Holminette, j'essaie de clore l'histoire par un *happy end*. Arrête de me casser le moral.

– C'est mon côté Ayala, ai-je répondu.

– Tellement.

– Le problème avec les histoires qui finissent bien, ai-je dit, c'est que soit la fin n'est pas franchement heureuse, soit elles ne sont pas vraiment terminées, tu comprends ? Dans la vraie vie, certaines choses s'arrangent et d'autres empirent. Et à la fin, on finit tous par mourir.

Daisy a éclaté de rire.

– Comme toujours, Aza Holmes, plus connue sous le nom de Aza-et-à-la-fin-on-finit-tous-par-mourir, est là pour nous rappeler comment se termine réellement l'histoire, par l'extinction de la race humaine.

Cette fois, c'est moi qui ai ri.

– N'empêche, c'est la seule véritable fin.

– Non, Holminette, ce n'est pas vrai. C'est toi qui détermines la fin et le début. C'est toi qui choisis le cadre, tu comprends ? Tu n'as peut-être pas ton mot à dire sur le tableau, mais tu choisis le cadre.

Davis n'a pas répondu à mon texto ni à ceux que je lui ai envoyés quelques jours plus tard. En revanche, il a actualisé son blog.

« Et, tel l'édifice sans base de cette vision, / Les tours coiffées de nuages, les palais somptueux, / Les temples solennels, le grand globe lui-même, / Avec tous ceux qui en ont la jouissance, oui, se dissoudront, / Et de même que ce spectacle insusbtantiel s'est évanoui, / Ils ne laisseront pas derrière eux une traînée de brume. »

— William Shakespeare

Je comprends que rien ne dure. Mais pourquoi faut-il que tout le monde me manque autant ?

Vingt-quatre

Un mois plus tard, juste après la fin des vacances de Noël, je me suis levée tôt et je suis allée à la cuisine remplir deux bols de céréales pour maman et moi. Je mangeais le mien devant la télé quand elle est entrée dans le salon en pleine effervescence et toujours en pyjama.

– Je suis en retard, a-t-elle dit. Je me suis rendormie plusieurs fois.

– Je t'ai préparé ton petit déjeuner, ai-je annoncé.

Quand elle est venue s'asseoir à côté de moi sur le canapé, elle a fait remarquer :

– Les Cheerios, ça ne se prépare pas.

J'ai ri. Elle a avalé une ou deux bouchées, avant de courir s'habiller. Un vrai tourbillon, ma mère.

Quand j'ai tourné à nouveau les yeux vers la télé, une bande rouge défilait au bas de l'écran, avec une nouvelle de dernière minute. J'ai vu un journaliste posté devant la grille de la propriété des Pickett. J'ai tâtonné pour retrouver la télécommande et j'ai remis le son.

« D'après nos sources, Pickett n'a pas été formellement identifié, mais les autorités ont de bonnes raisons de croire que le corps découvert dans un bras adjacent du tunnel de Pogue's Run est bien celui de Russell Davis Pickett, le milliardaire et magnat de la construction. Une source proche de l'enquête a confié à *Eyewitness News* que Pickett serait mort d'hypothermie quelques jours après sa disparition. Bien que nous n'ayons aucune confirmation officielle, il semblerait que le corps ait été découvert par la police à la suite d'un appel anonyme. »

J'ai aussitôt envoyé un texto à Davis.

> Je viens de voir les infos. Je suis désolée,
> Davis. Je sais que je te l'ai beaucoup dit,
> mais c'est vrai. Je suis tellement désolée.

Il ne m'a pas répondu tout de suite, alors, j'ai ajouté :

> Je veux que tu saches que ce n'est ni
> Daisy ni moi qui avons prévenu les flics.
> On n'a rien dit à personne.

Cette fois, j'ai vu les trois petits points qui annonçaient sa réponse.

Je sais. C'est nous qui l'avons fait.
On l'a décidé ensemble, Noah et moi.

Maman est revenue en mettant ses boucles d'oreilles et en enfilant ses chaussures en même temps. Elle devait avoir entendu la fin du reportage parce qu'elle m'a dit :

– Aza, tu devrais appeler Davis. Ça va être une dure journée pour lui.

– Je viens de lui envoyer un texto. Ils ont décidé, son frère et lui, de dire aux flics où chercher.

– Quand tu penses que tous ses biens vont revenir à un lézard ! Ils avaient sept ans à attendre, avant que Pickett soit déclaré officiellement mort – sept années de plus à profiter de la maison, à obtenir tout ce qu'ils voulaient –, et pourtant, ils ont décidé de laisser tout ça revenir à un lézard.

– Ils ne pouvaient sans doute pas se résoudre à laisser leur père dans le tunnel, ai-je dit. Je n'aurais peut-être pas dû lui parler de « la bouche du *runner* ».

Après tout, c'était ma faute. Un frisson glacé m'a parcourue. Je les avais forcés à choisir entre abandonner leur père et abandonner leurs vies.

– Ne sois pas si dure avec toi-même, a dit maman. Il ne fait aucun doute que la vérité avait plus d'importance pour lui que la maison.

Et puis, ce n'est pas comme s'il allait être jeté à la rue, Aza.

Je m'efforçais de l'écouter mais cette sensation reconnaissable entre toutes avait surgi en moi. J'ai essayé de résister, mais ça n'a pas duré longtemps. J'ai retiré le pansement et enfoncé mon ongle dans la callosité au bout de mon doigt, rouvrant la plaie qui avait fini par cicatriser.

En me lavant les mains dans la salle de bains avant de remettre un pansement neuf, je me suis regardée dans le miroir. Je serai toujours ainsi, j'aurai toujours ça en moi. Je ne pourrai jamais le vaincre, jamais tuer le dragon car j'étais aussi le dragon. La maladie et moi étions liées pour la vie.

J'ai repensé à la citation de Frost dans le journal de Davis : « En trois mots, je peux résumer ce que j'ai appris sur la vie : elle se poursuit. »

Et toi aussi, tu la poursuis, avec et contre le courant. Du moins, c'est ce que je me suis murmuré. Avant de sortir de la salle de bains, j'ai envoyé un autre texto à Davis.

Ça te dirait qu'on se revoie ?

J'ai vu les trois petits points mais il n'a pas répondu.

– Il faut se dépêcher, a dit maman.

Je suis sortie de la salle de bains, j'ai pris un

blouson et un bonnet sur le portemanteau et je suis entrée dans notre garage glacé. J'ai glissé la main sous la porte pour la soulever, puis je me suis assise sur le siège passager de la voiture, en attendant que maman ait fini de préparer son café du matin. Je jetais des coups d'œil incessants à mon téléphone, espérant une réponse. J'avais froid mais je dégoulinais, je sentais la transpiration imprégner mon bonnet. Je pensais à Davis qui avait une fois encore entendu son nom aux infos. *Tu la poursuis*, me suis-je dit en essayant de lui communiquer le même message par télépathie.

Dans les mois qui ont suivi, j'ai effectivement avancé. Mon état s'est amélioré sans que j'aille vraiment bien. Daisy et moi avons fondé un atelier d'écriture de fanfiction et une association pour les maladies mentales, afin de pouvoir prétendre à des activités extrascolaires quand on déposerait nos candidatures à l'université (même si on était les deux seuls membres de ces clubs). On passait la plupart de nos soirées ensemble, soit chez elle, soit chez Applebee's, soit chez moi, parfois chez Mychal, mais rarement – la plupart du temps, on n'était que toutes les deux. On regardait un film, on faisait nos devoirs ou on parlait. C'était simple « d'aller au pré » avec elle.

Davis me manquait, bien sûr. Les premiers

jours je n'arrêtais pas de regarder mon téléphone pour vérifier s'il m'avait répondu, mais peu à peu, j'ai fini par comprendre qu'on appartenait tous deux à nos passés respectifs. N'empêche, il me manquait. Comme mon père me manquait. Ainsi que Harold. Tout le monde me manquait. C'était ça, être vivant.

Et puis, un soir d'avril, Daisy et moi étions à la maison en train d'assister à la reformation pour la soirée de notre groupe préféré, à l'occasion de je ne sais quels Music Awards de troisième zone. Ils étaient en train de chanter *It's Gotta Be You* dans un merveilleux *play-back* quand quelqu'un a frappé à la porte. Il était presque vingt-trois heures, trop tard pour les visites. J'ai ouvert avec appréhension.

C'était Davis, en chemise à carreaux et jean slim. Il avait un grand carton entre les mains.

– Euh. Salut, ai-je dit.

– C'est pour toi, a-t-il expliqué en me tendant le carton qui était moins lourd que je ne pensais.

Je l'ai transporté à l'intérieur et j'étais en train de le poser sur la table de la salle à manger quand je me suis aperçue que Davis repartait.

– Attends, viens ici, lui ai-je dit en lui tendant la main.

Il l'a prise et je l'ai entraîné dans le jardin

à l'arrière de la maison. Les eaux de la rivière étaient gonflées, on l'entendait bouillonner dans l'obscurité. J'ai trouvé l'air chaud sur mes avant-bras quand je me suis allongée sous le frêne. Davis s'est glissé à côté de moi et je lui ai montré à quoi ressemblait le ciel de chez moi, morcelé par les branches qui commençaient tout juste à se couvrir de feuilles.

Il m'a annoncé que Noah et lui déménageaient dans le Colorado. Noah allait intégrer une pension privée pour enfants difficiles. Davis finirait le lycée là-bas, dans un établissement public. Ils avaient loué une maison.

– Elle est plus petite que la nôtre, a-t-il précisé. Mais, d'un autre côté, il n'y a pas de tuatara dedans.

Il m'a demandé comment ça allait et je lui ai répondu que je me sentais plutôt bien la plupart du temps. Mes visites chez le docteur Singh avaient désormais lieu toutes les quatre semaines.

– Tu pars quand ? lui ai-je demandé.

– Demain, a-t-il répondu.

Ce qui nous a rendus muets un certain temps.

– OK, ai-je fini par dire, qu'est-ce que je vois en ce moment ?

Il a eu un petit rire.

– Bon, là, c'est Jupiter, bien sûr. Très brillant ce soir. Et voilà Arcturus.

Il s'est tortillé pour se mettre sur le côté et m'a indiqué une autre partie du ciel.

– Là, c'est la Grande Ourse et si tu suis la ligne décrite par ces deux étoiles que tu vois là, tu découvriras Polaris, l'étoile Polaire.

– Pourquoi tu as dit aux flics d'aller là-bas ? ai-je demandé.

– Parce que ça rongeait complètement Noah de ne pas savoir. J'ai compris… je crois que j'ai compris que je devais jouer le rôle du grand frère, tu vois ? Maintenant, c'est mon boulot à plein temps. C'est ce que je suis. Et il fallait qu'il sache pourquoi son père ne l'avait pas contacté – cela comptait plus que l'argent. Alors, on a décidé d'appeler les flics.

J'ai attrapé sa main et je l'ai serrée fort.

– Tu es un super-grand frère.

Il a hoché la tête. À la lumière grise, j'ai vu qu'il pleurait.

– Merci, a-t-il dit. J'aimerais tellement que ce moment dure toujours.

– Moi aussi, ai-je dit.

On est restés silencieux et j'ai senti l'immensité du ciel au-dessus de moi, son incroyable étendue – d'abord en regardant Polaris, tout en sachant que la lumière que je voyais avait quatre cent vingt-cinq ans, puis en observant Jupiter, à moins d'une heure-lumière de la Terre. Dans cette obscurité sans lune, on était de simples témoins de la lumière, et j'ai entrevu ce qui avait amené Davis à se passionner pour l'astronomie. C'était en quelque sorte un soulagement de se sentir si petit ; j'ai compris quelque chose que Davis devait déjà savoir : plus on suit une spirale vers l'intérieur, plus elle va rétrécissant, et, plus on la suit vers l'extérieur, plus elle va s'élargissant.

J'étais sûre de ne jamais oublier ce que je ressentais à ce moment-là, sous le ciel fragmenté ; avant que la machinerie du destin ne nous broie pour nous transformer en une chose ou une autre, alors que nous pouvions encore être n'importe qui.

Allongée sous cet arbre, je me suis dit que je l'aimerais peut-être toute ma vie. On s'aimait, aucun doute là-dessus – on ne se l'était jamais dit et l'amour n'était pas forcément notre truc, mais c'est quelque chose que je ressentais. Je l'aimais et j'ai pensé que je ne le reverrais sans doute jamais, qu'il me manquerait toujours – n'était-ce pas là une terrible perspective ?

Mais il se trouve que ça ne sera pas aussi terrible que prévu parce que je connais un secret dont le moi allongé sous ce ciel n'a pas conscience : je sais que cette fille ira de l'avant, deviendra adulte, aura des enfants et les aimera ; que, malgré l'amour qu'elle leur portera, elle sera trop malade pour s'occuper d'eux, sera hospitalisée, ira mieux, puis sera à nouveau malade. Je sais qu'un psy lui dira : « Écrivez votre histoire. »

Alors tu le feras et, en mettant des mots sur ce que tu as vécu, tu comprendras que l'amour n'est pas une tragédie ou un échec, mais un cadeau.

On se rappelle son premier amour parce qu'il montre, il prouve qu'on est capable d'aimer et d'être aimé, que rien dans ce monde n'est mérité si ce n'est l'amour, que l'amour est à la fois le moyen de devenir une personne et la raison pour laquelle on la devient.

Mais sous ces cieux, ta main – non, ma main – non, nos mains – dans la sienne, tu ne sais rien encore. Tu ne sais pas que le carton que tu as posé sur la table de la salle à manger contient le tableau avec la spirale, un Post-it collé au dos sur lequel il est écrit : « Volé à un lézard pour toi. – D. » Tu ne sais pas encore que le tableau te suivra d'appartement en appartement et, finalement, jusqu'à une maison, ou que, des dizaines d'années plus tard, tu seras fière que Daisy soit toujours ta meilleure amie, qu'avoir pris des directions différentes dans la vie vous aura rendues pour toujours loyales l'une envers l'autre. Tu ne sais pas que tu iras à l'université, tu trouveras du travail, tu feras ta vie, tu la verras démolie et reconstruite.

Je (pronom singulier) continuerais d'avancer, même au conditionnel.

Mais tu ne sais rien de tout cela pour le moment. Nous lui serrons la main et il serre la nôtre. Vous observez le même ciel ensemble et, quelques instants plus tard, il dit : « Il faut que je m'en aille », et tu lui réponds : « Au revoir », et il ajoute : « Au revoir, Aza », et personne ne dit au revoir à moins d'avoir envie de vous revoir.

Remerciements

Je voudrais tout d'abord remercier Sarah Urist Green, qui a lu d'innombrables versions de cette histoire avec beaucoup de prévenance et de générosité. Je tiens également à remercier Chris et Marina Waters ; mon frère, Hank, et ma belle-sœur, Katherine ; mes parents, Sydney et Mike Green ; mes beaux-parents, Connie et Marshall Urist ; ainsi que Henry et Alice Green.

Cela fait aujourd'hui plus de quinze ans que Julie Strauss-Gabel est mon éditrice et je ne trouverai jamais les mots susceptibles d'exprimer la gratitude que m'inspirent la foi inébranlable et la sagesse dont elle a fait preuve au cours des six années que nous avons consacrées à l'écriture de ce livre. Merci également à Anne Heausler pour sa relecture attentive qui a donné lieu à quelques querelles, et à toute l'équipe de Dutton, en particulier à Anna Booth, Melissa Faulner, Rosanne Lauer, Steve Meltzer et Natalie Vielkind.

J'ai une dette immense à l'égard d'Elyse Marshall, amie, attachée de presse, confidente et compagne de voyage, et à l'égard de tant de personnes chez Penguin Random House qui m'ont aidé à faire mes livres et à les partager avec les lecteurs. Je voudrais tout particulièrement remercier Jen Loja, Felicia Frazier, Jocelyn Schmidt, Adam Royce, Stephanie Sabol, Emily Romero, Erin Berger, Helen Boomer, Leigh Butler, Kimberly Ryan, Deborah Kaplan et Lindsey Andrews. Merci également à Don Weisberg et à l'extraordinaire Rosianna Halse Rojas dont la perspicacité et les conseils ont façonné chaque page de ce livre.

Ariel Bissett, Meredith Danko, Hayley Hoover, Zulaiha Razak et Tara Covais Varsov ont lu plusieurs versions du manuscrit avec beaucoup d'attention et de gentillesse. Joanna Cardenas m'a fourni un retour et des idées inestimables. Et, pour toutes sortes d'aides, je tiens à remercier Ilene Cooper, Bill Ott, Amy Krouse Rosenthal, Rainbow Rowell, Stan Muller et Marlene Reeder.

Jodi Reamer et Kassie Evashevski, agents extraordinaires, sont les meilleurs défenseurs dont un auteur puisse rêver – et aussi les plus patients. Merci à Phil Plait pour son aide en matière d'astronomie, à E. K. Johnston pour son expertise dans le domaine de *Star Wars* ; à Ed Yong pour son livre *Moi, microbiote, maître du monde – Enquête sur le microcosme : Les microbes, 30 billions d'amis* ; à David Adam pour son livre *The Man Who Couldn't Stop* ; à Elaine Scarry pour son livre *The Body in Pain* ; à Stuart Hyatt pour m'avoir fait connaître Pogue's Run ; et à James Bell, Michaela Irons, Tim Riffle, Lea Shaver et Shannon James pour leurs connaissances juridiques. Cela posé, la géographie, la loi, les convertisseurs d'énergie, le ciel nocturne et tout le reste dans ce livre sont imaginaires, traités sur le mode de la fiction et toute erreur est de ma responsabilité.

Enfin, les docteurs Joellen Hosler et Sunil Patel ont considérablement amélioré ma vie grâce à un traitement des troubles psychiques d'une qualité malheureusement pas à la portée de tous. Ma famille et moi-même leur en sommes infiniment reconnaissants. Si vous avez besoin d'un accompagnement psychiatrique aux États-Unis, appelez un spécialiste au numéro dédié du SAMSHSA : 1-877-SAMHSA7. C'est un chemin long et difficile, mais les maladies mentales peuvent se soigner. Il y a de l'espoir même quand votre cerveau vous dit le contraire.

◆

Pour la France, contactez FIL SANTÉ JEUNES
Tél. : 0800 235 236 ou 01 44 93 30 74
Service anonyme et gratuit,
tous les jours de 9 h à 23 h.

Possibilité de chatter sur le site :
www.filsantejeunes.com

Informations santé à destination des jeunes :
www.portail-sante-jeunes.fr/

Crédits des citations

La citation en pages 81 et 83 est extraite de *Jane Eyre*, Charlotte Brontë – Éditions Gallimard.

La citation en page 83 est extraite de *Tar Baby*, Toni Morrison – Éditions 10 x 18.

La citation en page 85 est extraite de *L'Attrape-cœurs,* J. D. Salinger – Éditions Robert Laffont.

La citation en page 121 est extraite de *De la maladie*, Virginia Woolf – Éditions Payot & Rivages.

Les passages du poème *La Seconde Venue* en page 189 et 197 sont extraits de *Anthologie bilingue de la poésie anglaise* – Éditions Gallimard.

Le poème en page 240 est extrait d'*Emily Dickinson / Poésies complètes* – Éditions Flammarion.

La citation en page 241 est extraite de *Nation*, Terry Pratchett – Éditions de l'Atalante.

Les citations en pages 241, 242, 243 et 355 sont extraites de *La Tempête* de William Shakespeare – Éditions Gallimard.

La citation en page 265 est extraite de *Hamlet*, William Shakespeare – Éditions Gallimard.

L'auteur

John Green naît à Indianapolis – tout comme son héroïne Aza – en 1977. Il fait ensuite des études de littérature et de théologie, devient pendant six mois aumônier dans un hôpital pour enfants incurables. Il décide que cette vie n'est pas pour lui et s'oriente vers la radio et la critique littéraire.

C'est à l'âge de vingt-cinq ans qu'il écrit son premier roman, *Qui es-tu Alaska ?* et remporte le prestigieux M. L. Printz Award du meilleur livre pour adolescents. Ce titre ne cesse, depuis, de figurer sur la liste des best-sellers dans de nombreux pays. Il est comparé à l'emblématique *Attrape-cœurs* de Salinger, et l'intelligence de ce créateur de personnages attachants – garçons brillants et bourrés d'humour, filles charismatiques et compliquées – se posant de façon insatiable les grandes questions de la vie suscite immédiatement l'admiration des critiques, libraires et lecteurs.

Peu d'auteurs savent à ce point restituer la profondeur émotionnelle de l'adolescence. « J'adore l'intensité que les adolescents mettent non seulement dans leur premier amour, mais aussi dans leurs premiers chagrins, la première fois qu'ils affrontent la question de la souffrance et du sens de la vie. Les adolescents ont le sentiment que la façon dont on va répondre à ces questions va importer. Les adultes aussi, mais ils ne font plus l'expérience quotidienne de cette importance », confie-t-il.

D'une énergie inouïe, John crée en 2007 avec son frère, Hank, une chaîne de vidéos en ligne qui sont prétextes à des discussions tous azimuts sur tous les sujets (de la guerre en Centrafrique à Justin Bieber). Connue aujourd'hui sous le nom de Vlogbrothers (youtube.com/vlogbrothers), elle devient l'une des chaînes les plus populaires de l'histoire du Net, dont les vidéos cumulent plus de 200 millions de vues. En 2012, ils créent également une chaîne de vidéos éducatives, Crash Course, qui leur vaut la médaille de l'Innovateur 2013 du *Los Angeles Times*.

En 2012, c'est la publication de *Nos étoiles contraires*, aujourd'hui adapté au cinéma tout comme *La Face cachée de Margo*, son troisième roman, en 2015. En 2017, John Green signe son roman le plus personnel : *Tortues à l'infini*. Le célèbre magazine *Time* a sélectionné John

Green dans sa liste des « 100 personnes les plus influentes du monde » en 2014. Il vit à Indianapolis avec sa femme, Sarah, et leurs deux enfants, Henry et Alice.

Vous pouvez rejoindre les millions
de fans de John Green
sur Twitter
(**@realjohngreen**)
et Tumblr
(**fi shingboatproceeds.tumblr.com**)

ou lui rendre visite sur son site :

johngreenbooks.com.

Découvrez d'autres romans
de John Green

Qui es-tu Alaska ?

PREMIERS AMIS, PREMIÈRE FILLE, DERNIÈRES PAROLES.
La vie de Miles Halter n'a été jusqu'à maintenant qu'une sorte de non-événement. Décidé à vivre enfin, il quitte le cocon familial pour partir dans un pensionnat loin de chez lui. Ce sera le lieu de tous les possibles. Et de toutes les premières fois. C'est là aussi qu'il rencontre Alaska. La troublante, l'insaisissable et insoumise, drôle, intelligente et follement sexy, Alaska Young.

La Face cachée de Margo

PERSONNE NE S'INTÉRESSE VRAIMENT AUX CHOSES IMPORTANTES.

Mar-go-Roth-Spie-gel-man, le nom aux six syllabes qui fait fantasmer Quentin depuis toujours. Alors forcément, quand elle s'introduit dans sa chambre, une nuit, par la fenêtre ouverte, pour l'entraîner dans une expédition vengeresse, il la suit. Mais au lendemain de leur folle nuit blanche, Margo ne se présente pas au lycée, elle a disparu.

Will & Will

(coécrit avec David Levithan)

ÊTRE AIMÉ TEL QUE L'ON EST.
Will Grayson se méfie des sentiments. Les histoires de cœur portent la poisse, tout le temps. Alors dans la vie, autant se faire discret. Son meilleur ami, Tiny Cooper, est à la fois une bénédiction et une vraie plaie : ami fidèle et rayonnant, il est aussi ouvertement gay que corpulent et n'a pas l'habitude de passer inaperçu. À l'autre bout de la ville, un adolescent en pleine déprime assume mal sa différence. Le hasard veut qu'il se nomme lui aussi Will Grayson...

Dans la collection

Pôle**fiction**

Clémentine Beauvais
Les Petites Reines

Bernard Beckett
Genesis

Jean-Philippe Blondel
Blog

Anne-Laure Bondoux
Tant que nous sommes vivants
L'aube sera grandiose

Paule du Bouchet
À la vie à la mort
Chante, Luna
Mon amie, Sophie Scholl
Je vous écrirai

Ann Brashares
Quatre filles et un jean
- Quatre filles et un jean
- Le Deuxième Été
- Le Troisième Été
- Le Dernier Été
- Quatre filles et un jean, pour toujours

Melvin Burgess
Junk
Lady. Ma vie de chienne

Florence Cadier
Le Rêve de Sam

Sébastien de Castell
L'Anti-magicien
- 1. L'Anti-magicien

Orianne Charpentier
Après la vague
La Vie au bout des doigts

Émilie Chazerand
La Fourmi rouge

Sarah Cohen-Scali
Max

Élisabeth Combres
La Mémoire trouée

Ally Condie
Atlantia
Promise
- Promise
- Insoumise
- Conquise

Matthew Crow
Sans prévenir

Christelle Dabos
La Passe-miroir
- 1. Les Fiancés de l'hiver
- 2. Les Disparus du Clairdelune
- 3. La Mémoire de Babel

Stéphane Daniel
Gaspard in love

Victor Dixen
Le Cas Jack Spark
- Saison 1. Été mutant
- Saison 2. Automne traqué
- Saison 3. Hiver nucléaire

Animale
- 1. La Malédiction de Boucle d'or
- 2. La Prophétie de la Reine des neiges

Berlie Doherty
Cher inconnu

Timothée de Fombelle
Le Livre de Perle

Cornelia Funke
Reckless
- 1. Le Sortilège de pierre
- 2. Le Retour de Jacob

Aurélie Gerlach
Lola Frizmuth
Où est passée Lola Frizmuth ?
Qui veut la peau de Lola Frizmuth ?

Alison Goodman
Eon et le douzième dragon
- Eon et le douzième dragon
- Eona et le collier des dieux

Lady Helen
- Le Club des mauvais jours
- Le Pacte des mauvais jours

John Green
Qui es-tu Alaska ?
La Face cachée de Margo
Tortues à l'infini

John Green / David Levithan
Will & Will

Lian Hearn
Le Clan des Otori
- 1. Le Silence du rossignol
- 2. Les Neiges de l'exil
- 3. La Clarté de la lune
- 4. Le Vol du héron
- 5. Le Fil du destin

Monica Hesse
Une fille au manteau bleu

Gordon Korman
Mon père est un parrain

Sève Laurent-Fajal
Les Valises

David Levithan
A comme aujourd'hui

Erik L'Homme
Des pas dans la neige

E. Lockhart
Nous les menteurs
Trouble vérité

Hayley Long
Nos vies en mille morceaux

Benoît Minville
Les Belles Vies

Jean Molla
Felicidad

Jean-Claude Mourlevat
Le Combat d'hiver
Le Chagrin du roi mort
Silhouette
Terrienne

Patrick Ness
Le Chaos en marche
- 1. La Voix du couteau
- 2. Le Cercle et la Flèche
- 3. La Guerre du Bruit

Nous autres simples mortels

Jennifer Niven
Tous nos jours parfaits
Les Mille Visages de notre histoire

Joyce Carol Oates
Nulle et grande gueule
Sexy
Zarbie les yeux verts

Isabelle Pandazopoulos
La Décision
Trois filles en colère

Lucie Pierrat-Pajot
Les Mystères de Larispem
- 1. Le sang jamais n'oublie
- 2. Les Jeux du siècle

François Place
La Douane volante

Louise Rennison
Le Journal intime de Georgia Nicolson
- 1. Mon nez, mon chat, l'amour et moi
- 2. Le bonheur est au bout de l'élastique
- 3. Entre mes nungas-nungas mon cœur balance
- 4. À plus, Choupi-Trognon...
- 5. Syndrome allumage taille cosmos
- 6. Escale au Pays-du-Nougat-en-Folie
- 7. Retour à la case égouttoir de l'amour
- 8. Un gus vaut mieux que deux tu l'auras
- 9. Le coup passa si près que le félidé fit un écart
- 10. Bouquet final en forme d'hilaritude

Ruta Sepetys
Big Easy
Ce qu'ils n'ont pas pu nous prendre
Le Sel de nos larmes

Stéphane Servant
Guadalquivir

Dodie Smith
Le Château de Cassandra

Laini Taylor
La Marque des anges
- 1. Fille des chimères

Thibault Vermot
Colorado Train

Vincent Villeminot
La Brigade de l'ombre
- 1. La prochaine fois ce sera toi
- 2. Ne te fie à personne
- 3. Ne compte que sur les tiens

ON LIT PLUS FORT.COM

L'ACTUALITÉ DES ROMANS
GALLIMARD JEUNESSE

Le papier de cet ouvrage est composé de fibres naturelles, renouvelables, recyclables et fabriquées à partir de bois provenant de forêts gérées durablement.

Maquette : Dominique Guillaumin
Photo de l'auteur : © Marina Waters

ISBN : 978-2-07-511985-6
Loi n° 49-956 du 16 juillet 1949
sur les publications destinées à la jeunesse
Dépôt légal : août 2022
1er dépôt légal dans la collection : décembre 2018
N° d'édition : 547242 – N° d'impression : 264915
Imprimé en France par Maury Imprimeur - 45330 Malesherbes